U0691598

有爱的青春陪伴者

Taceng
Wode
Hunli

他曾参加我的婚礼

秋鱼与刀 ——— 著

四川文艺出版社

图书在版编目（CIP）数据

他曾参加我的婚礼 / 秋鱼与刀著. -- 成都：四川
文艺出版社，2025. 3. -- ISBN 978-7-5411-7189-5

Ⅰ．I247.5

中国国家版本馆 CIP 数据核字第 2025BR0523 号

TA CENG CAN JIA WO DE HUN LI

他曾参加我的婚礼

秋鱼与刀 著

出 品 人	冯　静
责任编辑	朱 兰　蔡　曦
特约编辑	周 贝
装帧设计	Insect　唐卉婷
封面绘制	点　奕

出版发行　四川文艺出版社（成都市锦江区三色路 238 号）
网　　址　www.scwys.com
电　　话　0731-89743446（发行部）　028-86361781（编辑部）

排　　版　长沙大鱼文化传媒有限公司
印　　刷　长沙鸿发印务实业有限公司
成品尺寸　145mm×210mm　　　开　本　32 开
印　　张　9　　　　　　　　　字　数　276 千字
版　　次　2025 年 3 月第一版　　印　次　2025 年 3 月第一次印刷
书　　号　ISBN 978-7-5411-7189-5
定　　价　42.80 元

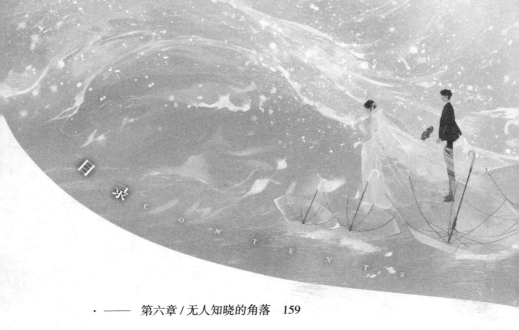

目录

第一章
/
好久不见，陆青乔

1

十月下旬，秋意浓。

塔城的秋天很短，下午突如其来的一场急雨让温度骤降至零下。

市中心的商业街公交站点，陆青乔被人群挤到最边缘，早上出门时还觉得正好的毛呢大衣，到晚上已经不防寒了。

她把手拢在嘴边哈气，目光落在拥堵的街道上。

正值晚高峰时段，这条街人车流量大，每到这个时间都会堵得水泄不通。她抬腕看了眼时间，已经等了十分钟。

陆青乔工作的店叫"素禾"，是一家已经成立十年的服装品牌店。店面有两层，坐落于商业街的黄金地段，她毕业后就在这里工作，勤勤恳恳干了五年，从店员升到店长。

人群骚动，9路公交车从拐角处驶来。

夜色浓郁，路灯把繁华的街道照得如同白昼，她没戴眼镜，模糊地看到塞得满满的车厢。

好在这个站点下车的人多，她从车后门挤上去，递出的纸币一路途经十几个人的手，稳稳地落在投币箱里后，她才艰难地挪到后面稍宽敞的空地，抓紧扶手。

雨后的室外寒意渐浓，车内却因为塞了太多人而温度升高，乘客大多默默低头看着手机，沉闷的氛围里，时不时响起热情的报站女声。

"永安街到了，下车的乘客请从后门下车……"

陆青乔抱着包往后门挪，一边对被挤到的人说抱歉，一边喊司机先别关门。直到脚落到实地，她才松了口气。

商业街在市中心，她租住的地方在城东，坐公交车要四十分钟才能晃悠到。这边是老城区，少了年轻的活力，加之马上进入冬季，夜晚温度低，八点后的路上就已经空荡荡的了。

手机在包里振动，她掏出来，果然是世界上最好的妈妈给她发来的购物清单。

苏言：奶瓶吸管刷，英氏磨牙棒（胡萝卜味），贝亲护臀膏，再看纸尿裤有没有活动，辛苦小星星她干妈了。

青乔：收到，等我十五分钟。

苏言：正好回来一起看剧，我订了炸鸡。

青乔：OK，为了炸鸡我提前三分钟。

苏言：你可有点儿出息吧。

亿都城是塔城的一家本土商超一体的连锁购物中心。

陆青乔推着购物车，点开手机看了一眼聊天记录后，右拐去了母婴用品区。

这个时间超市人不多，她熟门熟路地把要买的东西放在购物车里，然后给苏言打电话。

电话很快接通，陆青乔把吸管刷放进购物车，眯着眼读取货架上的价格标签："纸尿裤不打折，不急着用的话等双十一吧。"

"不急，家里还有一包半，够用。"苏言的声音很小很小，还夹着"宝贝乖乖快点睡"的睡前歌谣——平时这个时间她都在哄小星星睡觉。

陆青乔的声音也压低了："睡了没？"

苏言："快了。"

陆青乔心情变好，上半身挂在购物车上直冲收银台，因为惯性没收住，在货架转角差点撞到人。她只用余光就看到笔挺的大衣和锃亮的皮鞋，心里咯噔一下，作为服装行业从业者，几乎是条件反射地在心里列出价格。

大衣剪裁流畅，面料价格不菲，万一勾出个洞来，后果不堪设想，相当于她开二手五菱宏光直撞库里南，属于自杀式袭击，天王老子来了也是她全责。

陆青乔赶紧倒车，嘴里念出一长串"对不起"，狼狈地逃离危险区域，再也不敢迈大步，稳稳地推着车去收银台。

这会儿是超市倒班时间，收银台只开了两个，效率明显下降，等待结账的人排起长队，陆青乔挑了个稍微短的队伍站在后面。

双十一线上线下都有活动，超市也不例外。她把要结账的东西堆到收银台，视线落在旁边的优惠活动宣传单上。超市在办会员卡搞促销，已经是会员的顾客则攒积分换礼品。

陆青乔凑过去看，视线固定到中间那一栏："积分三千换纸尿裤？"

收银员拿着手枪似的扫码机扫描商品二维码，眼皮都懒得抬，回道："是，三千积分换 48 片装，活动已经开始了。"

她噼里啪啦地敲了几下键盘，目光终于落到陆青乔的脸上，问："消费七十二元，参加积分换纸尿裤的活动吗？"

陆青乔一边把扫完码的东西往袋子里装，一边说："麻烦看看我的积分够不够。"

这家超市办卡是用预留电话号码当卡号，既好记，又方便发送促销活动的短信。她念出号码，随手扫码付款。

收银员输入后，看着小小的屏幕，皱眉凝神。

陆青乔都想好纸尿裤怎么拿了，结果被告知积分不够。

"我现在多少积分？"

"2565 积分，还差四百多。"

"活动到什么时候结束？"陆青乔拎着购物袋，看了一眼手机上的日期，10 月 25 日。

收银员已经在接待下一位顾客，心不在焉地答复她："到 11 月 15 日，但数量有限，兑换完就没有了。"

陆青乔急着回去，匆忙点头表示知道了，转身离开。

说起陆青乔和苏言的相识，还要追溯到五年前。

那时陆青乔刚大学毕业，在市中心的老小区与人合租一套三室一厅的房子，她一个月付一千块。

这对当时的陆青乔来说算一笔巨款，但实际入住体验是对不起这个价钱的。

她住东面的卧室，苏言住中间，老房子隔音差，苏言总把男朋友带回来，女孩住的房子里总有男人出没，各种不方便。

年轻情侣在一起，很容易忽略他人，陆青乔找房东投诉过好几次，但都无疾而终。

那时她找工作不顺利，每天都处在崩溃边缘，有一次她在人才市场憋了一肚子气，回家看到一个男人大大咧咧地躺在沙发上看电视，连日的不顺终于找到了发泄口。

那晚她和苏言打了一架，是真打，她抽苏言耳光，苏言拽她头发，那种缠在一起的打，合租的另一个女孩拉都拉不开。最后警察上门调解，苏言保证男朋友以后不来，陆青乔也对自己先动手打人道歉，两人看似握手言和，实际上都在心里用最脏的话骂对方。

自那以后，两人都把对方当空气，心情不好的时候互赏白眼，告示这梁子结下了就没有和好的可能。

关系的转折是在一个冬日深夜。老房子的房龄已经几十年，各种管道老化严重，也不知怎的，燃气突然泄漏。苏言天天都和男朋友打电话到很晚，所以第一个反应过来。

冬天门窗紧闭，燃气不容易释放出去，苏言疯狂地敲另外两个人的房门。陆青乔的门是老屋子的旧门，苏言拎着菜刀砍开，把已经昏迷的陆青乔从被窝里拖了出来。

另一个女孩的门是自费换的，苏言菜刀都砍缺了也没能打开，救护车到的时候已经晚了……

陆青乔在医院住了一周，出院后的第一件事就是找苏言，想说对不起，也想说感谢。可苏言已经退租，因为之前关系不好，陆青乔也没有她的联系方式，这声谢谢便一直没能说出口。

那次惊险之后，陆青乔回老家休息了一阵子，把"平安是福"刻在脑门上，也不执着于找专业对口的工作了，直接去服装专卖店当了店员。

两人再遇见是今年春天，那天陆青乔刚下班，迎面看到苏言单手抱着小孩，另一只手拎着巨大的购物袋，面色疲惫地和她擦肩而过。

时间仿佛在苏言的身上按下了倍速键，她和当时的男朋友结婚不久就怀孕了，孕期老公出轨，月子里也一堆糟心事，孩子刚过百天她就干脆利落地离了婚。房子和孩子判给她，她一个人带孩子，没有收入，只能把房子卖了，租了套五十平方米的一居室，一大一小也算够住。

陆青乔知道了她的情况后，第二天就退租公寓，租到了她对门。

那句深埋了五年的感谢到底没有说出口，变成了"有需要帮忙的话，我可以跑腿，千万别客气"。

苏言觉得，当年救陆青乔是人的本能，根本没想过回报，现在时过境迁，她经历了这么多，虽被生活反复折磨，但也不想把自己放在那种可怜的境地。而且陆青乔工作很辛苦，要是帮她做这些琐事，精力会不够用，孩子亲生爸爸都做不到的事，她怎么好意思跟外人张这个口？

两人就这么不尴不尬地做了两个月邻居，直到夏天孩子生了病，凌晨发烧挂急诊，陆青乔请假跟着跑医院，生生熬了一周。

孩子病好后，她俩的关系也自然变亲近了。

苏言经过这次女儿生病也筋疲力尽了，索性不想那么多人情世故，把陆青乔升级成女儿的干妈，将日常需要购买的婴儿物品都发给陆青乔，陆青乔下班后顺路去超市买回来。

陆青乔拎着购物袋，一步两个台阶往上走，还没到三楼门就开了。

苏言从门缝里探出头，说："这么快？"

这一路几乎是跑回来的，陆青乔喘着粗气，把购物袋递给她，弯腰拿拖鞋。

室内前几天供暖了，热意扑面。

苏言忙着拆炸鸡外卖，余光瞥见扔到沙发一角的初秋薄款大衣，想到今天的温度，忍不住念叨："你穿这么少，不会是挤公交车回来的吧？"

陆青乔正在和毛衣上的静电作斗争，一阵噼里啪啦声后，顺滑的发丝也毛糙地飞舞起来。她不理会，套上睡裙后才说："对啊，猛吧？"

苏言斜眼看她冻得通红的脸颊，说："猛什么啊，我看你有点儿虎。为了青春美，冻死也不悔是吧？"

陆青乔扬手把失控的头发扎成了个毛糙的丸子，盘腿坐在小桌旁。

炸鸡刚出锅，表皮金黄酥脆，散发着垃圾食品独有的诱人香气。她咽下口水，感慨地说："天天美食相伴，哪还有什么青春美？"

2

雨后降温，只需一个夜晚就变换了季节。

起床后，陆青乔叼着牛奶，把昨天穿的大衣挂到衣柜深处，又把压箱底的长款薄羽绒服拿出来待命。

塔城的冬天刚刚开始，冷空气平等地攻击每一个人，只有放弃美丑，不顾形象地把自己包成粽子才能安稳度过寒冬。

　　这是二十八岁的陆青乔总结出来的生活经验。

　　她喝完牛奶又洗漱，连妆都来不及化，迅速套上羽绒服，把拉链拉到下巴处，挎上 LV 包急急出门。

　　对门很安静，她弯腰拉长靴拉链，起来后注意到门上贴着用水欠费通知。

　　她随手拍下来发给苏言，边下楼边打字。

　　青乔：你这个月用了十五吨水？

　　出了单元门她也没收到回复，大概苏言还没醒。她把手机塞进包里，小跑着去公交站。

　　店里九点营业，每天都要提前半个小时到，下了公交车还有五分钟时间，她在小胡同里买了两个包子，囫囵吃完才进店。

　　陆青乔刚开门，任小圆就跳过来，皱着鼻子闻了闻。

　　"牛肉圆葱的。"她笃定地下结论。

　　陆青乔"唔"了一声，脱下羽绒服，用手指梳理着头发避免起静电，低头时却注意到任小圆穿着黑丝袜的细腿，不免惊讶："你就穿这个来的啊？"

　　任小圆把腿伸直，摆了个妖娆的姿势："不好看吗？回头率老高了。"

　　"零下五度，是觉得你傻才看你的吧？"

　　任小圆才不在意，她才二十一岁，正是不怕冷的年纪，更何况穿的长筒靴可以把膝盖包住，大腿肉多，抗冻，无所畏惧。

　　陆青乔也有过这种阶段，那时韩流穿搭风靡全国，深冬腊月穿大衣，脖子上缠两圈厚围巾，大衣扣子也不扣，里面只穿件修身薄毛衣，风不吹都冷，浑身上下没有一块热乎的。她顶着通红的鼻尖说不冷，后来就开始痛经，还疑似出现老寒腿症状。

　　难受后她嘴就不硬了，规规矩矩地穿起羽绒服，扣子扣得严严实实，衣摆恨不得垂到鞋面上。差不多缓了两个冬天，身体终于好多了。

　　陆青乔把包放进收银台下面的柜子里，顺便打开电脑。

　　店里客流量不大，因为不是快销品牌，衣服价位略高，顾客群也基本固定。一共四名员工，两两倒班。陆青乔是店长，但也兼顾收银、库管、对货、排班、维系顾客等一系列琐碎的事。

任小圆换上工装，脚上踩着坡跟黑皮鞋，正拖地，浅棕色的短裙因为大迈步的动作紧紧绷着。

她拖完门口的区域，又凑过来没话找话："陆店长，总部真要在咱们这儿设立大区分部啊？"

陆青乔戴着黑框眼镜，全神贯注地盯着电脑的收银页面。

任小圆见她不说话，手指在台面上敲出一串清脆的噪音："陆店长！"

陆青乔正在统计昨天夜班的销售情况，心不在焉地回复："据说是。"

"那会扩店吧，搞个独栋总店之类的？"任小圆对这种捕风捉影的消息热情很大，没事总打听，可从听到风声到现在也差不多一个月了，依然风平浪静，大概率是谣传。

"去拖你的地。"

陆青乔对这件事没有想法，她虽然是店长，但以她这种不求上进的个性，只会想到活儿会变多，下班会变晚。

至于往好的方向想，她希望能招聘个收银员。

说来也好笑，她上了那么多年学，视力保持得特别好，看什么都像宫崎骏动画似的，大眼睛水汪汪的，自从在店里兼顾收银以后，竟然悲催地近视了。

录好新一批货号入系统，她看了眼时间，还有五分钟开门。

店里卫生刚搞到一半，任小圆正在擦落地窗，陆青乔看着人来人往的街道，皱眉说："匡静怎么还没到？"

这周白班轮到任小圆和匡静，早九晚六，得提前半个小时做准备工作。上周匡静的婆婆生病，她请了一周假在家照顾，她的夜班是陆青乔替的。匡静这周本来还想请假，但陆青乔实在顶不住早九晚九的通勤，而且匡静再休的话，别的员工都得跟着值大班。

好说歹说一番，匡静才没再请假，但得做完病号饭才能来。

陆青乔和任小圆一起擦完玻璃，刚好到开门时间。一楼已经做好营业准备，陆青乔拎着水桶和拖把去二楼，嘱咐任小圆站在门口迎宾。

二楼公共区域只立了三排衣架，休息区很宽敞，配置了进口沙发和宽敞的试衣间，只接待金卡顾客。因为需要预约，顾客很少上来，但库房和洗手间在二楼，来回上下的，一天也要擦两次。

陆青乔脱掉西服，把衬衫的袖子挽到手肘上方，先拿抹布擦台面。

中途手机响起一条新消息提示音，她湿着手点开。

苏言：十五吨水？

苏言：我开洗浴中心吗！怎么可能用这么多？

陆青乔往上翻，找到早上拍的图片放大，确定抄表数字没错。

青乔：看表数是这样，要不我给抄表员打个电话问问，看是不是抄错了。

苏言：不用，你上班吧，小星星还没醒，我打就行。

青乔：好，搞不定的话找我。

擦完台面和地之后已经快十点了，陆青乔捶着酸麻胀痛的腰下楼。

匡静已经到了，正接待一位四十多岁的女顾客。

女顾客身材丰腴，正在试穿冬季新款轻羽绒。她在镜子前左右端详，眉头微微皱起，旁边的匡静却一言不发，似乎在走神。

陆青乔疾步过去，同时摆出营业式微笑，离老远就热情地喊："陈姐，这件超级适合你！"

被叫陈姐的女人有些犹豫，目光严苛地看着镜子里自己肥厚的腰身："不太行吧，显胖。"

陆青乔走到女人旁边，说："这款最修饰身形了，轻薄防风。"她捻着衣服的袖口翻过来，给陈姐展示衣里。

"而且是新研制出的高科技面料，智能发热，保暖效果特别好，一件顶三件。"她又皱眉打量女人的腰身，"再说了，你哪儿胖？侧面都薄成纸片了，我刚下楼差点没认出来你。"

陈姐"扑哧"一乐，一巴掌拍在陆青乔的后背，说："哪儿瘦了？肉还这么厚呢。"

说着，她夸张地捏了几下侧腰的赘肉。

"真瘦了！你自己照镜子没感觉到吗？"陆青乔凑过去，一脸神秘，"有在偷偷减肥哦？"

陈姐脸颊泛红，胡乱地捋了几下衣领，打着哈哈："就运动呗，再配合饮食。"

陆青乔笑了笑："好敷衍的回答。"

"哎哟，我也到养生的年纪了。"

"你这年轻人说的什么话？"陆青乔转到陈姐身后，"从背面看也就二十出头，你可千万别去大学城那边晃悠。"

陈姐惊诧："大学城怎么了？"

"不然会有成群的体育生跟你搭讪要微信。"

"你这可就太夸张了。"陈姐知道陆青乔是变着花样地说好听话，可到这个年纪，让人熨帖的赞美只能在服装店里听到。

心情是实实在在变好了，她脱下衣服，递给旁边站着的匡静，微笑着说："这件包起来吧。"

送走陈姐后，陆青乔长呼一口气，本想和匡静谈谈工作态度问题，却没挤出时间。顾客三三两两地进店，她们忙到太阳快落山才腾出时间吃饭。

任小圆又"飘"到收银台前，双手托腮，眼睛眨啊眨："陆店长，晚上去酒吧，我请客。"

"不去。"

"不要这么斩钉截铁地拒绝嘛。"任小圆挪到收银台里面，拉出凳子坐下，"上次聚会还是夏天，这都隔多久了？"

陆青乔扶了下眼镜，对这种消耗体力的吵耳朵活动一点兴趣都没有："太累了，不去。"

"你再累也没有静姐累啊，"任小圆像河豚似的鼓起两边的腮，"她都说要去呢，就差你了。"

陆青乔想到匡静近半个月的状态，沉吟着说："她最近是挺操劳，去放松一下也好，正好你们开导开导她。"

"那你呢？"

"我累。"

任小圆怪异地盯着她看，问道："姐，你怎么还没结婚就这么疲惫？"

陆青乔抿唇，谁说我没结婚？

四年前的夏天，她在老家的那场婚礼可谓是空前盛大，不仅把这么多年随出去的礼金收回来了，还在小县城赚足了话题度。光酒席就摆了三轮，宾客不受烦琐的婚礼流程打扰，从天南地北赶来的老友借着这喜事相聚，叙旧畅谈，把酒言欢。

唯一的意外，是有个喝大的远房表叔给电视台打了电话。

她的妈妈黄桂花女士站在摄像机前，添油加醋地把自己提前摆酒收礼金这件事描述成长辈要体谅在外打拼的孩子，不能道德绑架，逼着让他们回来忍受老思想。

　　所以，她的婚礼，她没到场，甚至新郎都是妈妈虚构出来的。

　　陆青乔在婚礼的一周后才知道这个消息。

　　黄桂花在麻将馆接到她的电话，因为街坊多，还在那儿跟她演。

　　"青乔啊，加拿大今天降温了吧？"

　　"啊？"还是店员的陆青乔再三确认手机号码，确定是亲妈没错。

　　"不冷就好，家里不用担心，我身体还行……哎哎，碰！你把八筒给我放那儿！"

　　"妈，你怎么胡言乱语？"

　　"亲戚给你的红包我打你卡里了啊，好好在海岛度蜜月吧，挂了哈，我正忙着呢。"

　　陆青乔举着电话愣了很久，她就是收到一笔没有缘由的大额转账才给黄桂花打电话询问，结果问完更蒙了。

　　虽然蒙，但也没影响她挥霍的速度。

　　当天晚上，陆青乔就拥有了人生第一款 LV 包。

　　已经办完婚礼这件事，她大多用来搪塞不必要的社交，同时也阻挡了一部分桃花。

　　距离上段恋情结束，已经两年整了。

　　3

　　今天的公交车不是很挤，陆青乔把包裹在羽绒服里，一手抓着扶手，低头盯手机。

　　青乔：联系抄表员了吗？

　　对方秒回。

　　苏言：抄表员来了，说没抄错，测水表也正常。

　　青乔：那一个月十五吨也不合理。

　　苏言：就是啊，抄表员让我这两天注意一下水龙头和马桶，可能是跑水了。

　　熟悉的报站声响起，陆青乔挤过人群下车，手机还停在聊天页面。

　　青乔：那留点儿心。

　　010

青乔：我马上到超市门口，买什么？

苏言：两盒儿童蝴蝶面，要菠菜味和胡萝卜味的。

青乔：OK！

超市门庭冷落，陆青乔没推购物车，也没力气闲逛，直接奔粮油区货架找到要买的面，挑好口味直奔收银台。

这次的收银员是个圆脸的中年大姐，笑呵呵地，一边扫商品码，一边说："消费十八元，您是会员吗？"

陆青乔说是，告诉她号码，扫码付款。

"现在有积分换礼活动。"

"我知道，可我想换三千那档纸尿裤。"说完，她拎着购物袋欲转身，收银大姐却叫住她。

"积分三千五百多呢，够换。"

陆青乔疑惑，歪头凑过去看收款屏幕，右下角积分显示"3586"。明明昨天还差四百多到三千，怎么会凭空多出一千？

她想可能是系统漏洞，赶紧说："好！我换。"

她回到家时，小星星还没睡，正在爬爬垫上摆弄拨浪鼓，晃出阵阵没有规律的脆响。她在门口就听到声音了，直接敲门。

苏言刚洗完奶瓶，湿着手接过购物袋。

陆青乔搓着手哈气，看着往门口爬的小星星，想到自己一身寒气，赶紧往后退了一步，说："乖宝儿，等干妈身上暖和再抱你。"

"纸尿裤打折了？"苏言拎着袋子问她。

"没，用积分换的。"

苏言把袋子放到沙发上，弯腰抱起乱爬的小星星，用棉布擦了下她嘴角流出来的口水，然后看向门口换鞋的陆青乔，问："晚上吃饭了吗？"

"等公交车时吃了个面包。"

苏言皱眉："怎么天天都这么应付呢？"

陆青乔把包放在沙发上，小碎步凑过来。小星星十三个月了，很可爱，大眼睛滴溜溜地转，洋娃娃似的，见陆青乔过来，张开胳膊求抱抱。

小星星身上有一股甜甜的奶味，陆青乔抱着她软软的小身子，亲了一口她饱满光滑的脸颊，才感觉累得快散架的身体慢慢恢复力气。

"星星今晚这么精神？"

眼看就要晚上八点，每天这个时候小星星已经睡着了，现在这精神抖擞的，哪有一丝睡意。

苏言热了杯牛奶递给陆青乔，打着哈欠说："下午抄表员来了，她吓哭了，哭着哭着就睡了，一直睡到六点。"

陆青乔点了下小星星的额头，说："那今晚和干妈睡呀，好不好？"

小星星的语言系统还没建立，只会发出"麻麻"这种发音不标准的音节，她"噗噗"吐出口水泡泡，小肉手抓住陆青乔的头发就往嘴里放。

苏言不理会沙发上的大人被小孩欺负到喊救命，正翻箱倒柜找工具。

抄表员说可能跑水，她就留心了下家里的洗手间和厨房，马桶确定没有异常，水龙头有点不对劲。按理说，水龙头的材质是不容易生锈的，可从这个月初开始，洗手盆下面总会渗出黄色的水，因为不多，她也没在意，随便找了块抹布垫在下面。今天仔细检查了一下，发现如果安静的话，洗手间还真能隐隐听到滴答滴答的水声。

趁陆青乔哄小星星这会儿，苏言拿着钳子过去。她已经在网上搜索过怎么检查漏水，就差实际操作了，但她高估了自己的力气。

"有皮筋吗？我把头发扎起来。"陆青乔抱着小星星过来，披头散发的，有些狼狈。

苏言用力拧着水龙头的大螺母，憋着劲呢，就没搭她的腔。

"拧不动？"陆青乔探头问。

螺母纹丝不动，似乎和洗手台融为一体了。苏言手有点抖，缓了口气重新扣好工具，用了全身力气往外拧。

陆青乔抱着孩子进来，问："要不我试试？"

苏言后背冒汗，手指因为用力有些泛白，说："不用，你不知道这下面的构造。你带小星星去卧室，我自己来。"

末了她还甩出一句："床头柜里有皮筋。"

陆青乔抱着小星星去了卧室，把她放在床上，自己也顺势坐下，心里想着去找皮筋，实际却抓着小孩肉乎乎的手亲了一口。

小星星："麻麻……噗噗……"

陆青乔用手绢轻轻擦小星星的嘴角，小星星顺势抱住她的胳膊，摇摇晃晃地要站起来。

她扶着站不稳的小肉球，鼓励小星星自己站起来，没想到小星星中途改变主意，目光被垂坠的黑发吸引，钳子似的小手猛地拽住一绺不松开。

陆青乔戴上痛苦面具，感慨苏言就是因为孩子疯狂拽才剪的短发吧。

一大一小在床上用头发"拔河"，陆青乔哄着小星星松手，小星星浑然不觉自己在做坏事，陆青乔越喊痛她越开心。

中间有两根头发绷得巨紧，头皮针扎似的疼，偏偏这个时候裤兜里的手机振动，陆青乔腾出一只手拽出手机，扫了眼来电显示，是个陌生号码。

"你好，哪位？"

小星星眨巴眨巴眼，看到亮起的屏幕，松开头发去抓手机。

陆青乔歪着脑袋躲开她胡乱抓的小手，这会儿正一个头两个大，偏偏电话那边的人不说话。

"你好？"她疑惑地看了眼通话中的屏幕。

"麻麻，麻麻……"

"你再不说话我就……啊！我头发！"

陆青乔疼得眼角夹泪，也不管是谁的电话，直接挂断，抱着一刻也不消停的小星星去洗手间哭诉："苏言，我申请拧水龙头。"

拆掉水龙头已经晚上十点多了，确定是跑水，因为大部分水都顺着下水管流进了下水道，所以很难发现。

第二天一大早，苏言就联系了水暖工，陆青乔在旁边当帮手，修好时已经八点半了。

苏言递给她一盒牛奶："会迟到吧？"

陆青乔摇头，给了苏言一个放心的眼神，揣着牛奶，和水暖工师傅一起出门。下楼时，她瞟了眼师傅的名片地址，拉家常似的说："师傅是要回东广场吗？"

师傅早上起得太早，维修过程中还被一直催，所以脸色有些臭："对啊，早饭都还没吃呢。"

陆青乔小心翼翼地试探："那能不能载我一段？就到商业街路口。"

师傅回头，看她一身浅色羽绒服，拒绝的意味明显："我那车是敞篷三轮，挺破的，天还这么冷……"

陆青乔赶紧帮他拿工具包，万分感激地说："没事没事，有顺风车还挑啊，太感谢了。"

商业街吃穿娱乐一条龙，人流量大，路口的巷子里是小吃一条街，密密麻麻的档口聚集了天南地北的美食。

一辆黑色宝马停在路口，林跃放在方向盘上的手紧了又松，他小心地看了一眼副驾驶上坐着的男人，大气都不敢出。

塔城被选为北区试点，捕风捉影的事突然变成事实，还来不及做各项准备，这位总监级人物就到了。

车里暖气很足，他却开始冒冷汗。

"裴总，商业街店就在前面，您是先吃早饭还是先去看看？"

裴叙淡淡地看了眼热气升腾的小巷，目光又落在还没开的店门上，抬手看了眼腕表："八点四十五分，还没开门？"

林跃尴尬地抹了下额角不存在的虚汗，解释："正常是九点营业，店员提前半小时来做准备，今天这……可能店长在路上堵车，我马上给她打电话。"

裴叙摇头，语气淡漠："不用了。"

林跃表面笑呵呵的，实际在心里狠狠吐槽陆青乔，一年三百六十五天，偏偏赶在今天迟到，她活该这个月没有全勤。

"要不先吃早饭？"林跃又小心翼翼地问。

裴叙点头，手指刚触到门把，却忽然停住。

林跃也顺着他的目光向车窗外看。

红色敞篷三轮车突突地冒着白烟，一个急刹停在宝马旁边，陆青乔抱着肩膀哆哆嗦嗦地从车斗里蹦下来，冲开车的男人扬了扬手。待那辆破得都要拉去卖废铁的三轮车开走，她才吸吸鼻子，低头从包里拿出一盒牛奶叼在嘴里，马不停蹄地往小吃巷里跑。

林跃眼皮突突地跳，这人都迟到了还有心思买早饭，再扣二百。

裴叙收回开车门的动作，似乎没看到刚才那幕，像临时决定似的说："还不饿，去店里看完再说。"

林跃赶紧点头，笃定地说："马上就开门。"

陆青乔冻麻了，这一路在车斗里冷风兜头，躲都无处躲，手脚冻得没有知觉，脸也被风吹得微红。

她捧着包子边啃边走，随手点开手机群聊。

小圆：@青乔，店长大人，你昨晚也没蹦迪啊，竟然迟到？

匡静：我们在旁边店里，到了喊一声。

陆青乔缩着脖子把包子咽进去，手指僵着，连打字都做不到，于是直接发了段语音："到了到了，快出来。"

十几米外的运动品牌店门被推开，任小圆和匡静出来，陆青乔把钥匙扔过去，示意她们先开门。

任小圆笑嘻嘻地看着陆青乔，贼夸张的语气："陆店长，你天天吃牛肉包子不腻啊？"

陆青乔着急地咬了一口，腾不出工夫搭理任小圆，直接转过身去吃。因为动作太突然，她差点撞到身后西装笔挺的男人。

她抬头，触到那双深邃淡漠的眼睛，倏地愣住。

林跃已经破罐子破摔了，反正陆青乔工作懒散的第一印象已经坐实。他伸手把正捧着半个包子吃的陆青乔往旁边拽了拽，示意她叫人："这位是裴总。"

他又马上堆起笑脸看向裴叙，介绍道："裴总，这是商业街店的店长，陆青乔。"

陆青乔很难说出此刻的感觉，这种重逢桥段在梦中小剧场上演过无数次，虽然对方的面容逐渐模糊，但她的形象都是紧跟潮流的……

现实果然是反过来的。

她眼神闪了闪，把吃到一半的包子收起来，塞进羽绒服兜里，小声说："裴总。"

裴叙颔首，算是应答，似乎没认出她，语气也隐含质问："陆店长经常迟到吗？"

陆青乔瞟了眼旁边疯狂对她挤眼睛的林跃，硬着头皮说："这是第一次，因为家里漏水，早上找师傅来修，耽误了一会儿。"

她的认真解释没得到应答，男人别过头，视线落在店里。

林跃很有眼色地跑过去开门。

陆青乔低着头，余光看到翻扬的衣角，深呼吸。

裴叙在一楼巡视一圈，又和林跃上了二楼。

任小圆直勾勾地盯着裴叙的背影，手肘撞了下旁边发呆的陆青乔，小声问："姐，这是谁啊？"

陆青乔摇头，没心情八卦。

昨晚没睡好，今天又起太早，导致她大脑思维迟缓。直到裴叙下楼，看都没看她一眼就推门离开，她心里才猛地一沉。

周五店里比平时要忙一些，下班也会晚半个小时。陆青乔浑浑噩噩，日常的工作也变得费力，快七点半了，她才统计好销售明细和库存。

没挤上公交车，她打车到超市门口。青菜这个时间都在促销，她推着车转了一圈，只买了把特价生菜。

天冷之后，她吃了太多垃圾食品，完全忘记身材管理这码事——以这副落魄模样遇到故人，总有一个器官要对此负责。

她拎着菜回家，刚开门就闻到了浓郁的柳州螺蛳粉味。

苏言扎着围裙，看样子心情不错。小星星睡得早，她夜晚时间自由，接过袋子看了眼里面的青菜，极其满意："心有灵犀了姐妹，今晚'开螺'，正好当配菜。"

陆青乔趿拉着拖鞋栽到沙发上，眼里没有光："我不吃，我今晚干嚼生菜。"

"不吃拉倒，我自己吃。"苏言快乐地哼歌洗菜。

陆青乔慢吞吞地换好家居服，把衣服都收拾好后，苏言已经摆好小桌吃上了。两包螺蛳粉装了满满一盆，她挑出一碗，把洗好的生菜摆在桌角："给你，嚼吧。"

陆青乔挪过去，随手按遥控器把电视打开。

她租的房子和对门的格局相反，卧室大，客厅却有些局促，窄条沙发边铺了一块地毯，平时苏言趁小星星熟睡时过来，两人坐这里吃点东西喝点小酒，放松疲惫。

"你仔细看我的脸。"陆青乔盘腿坐下，随手摘下眼镜，素面朝天。

苏言嗦粉看着她，有些口齿不清："最近胖了。"

陆青乔愣了愣，点开手机相册往上翻，找到一张很有年代感的照片，举到苏言面前："以前的我和现在的我，有什么区别？"

苏言辣得直抽气，凝神看屏幕。

照片背景有些模糊，像是在学校操场拍的，女孩穿着蓝白相间的校服，小脸，齐刘海，长马尾，站在一位戴眼镜的女老师旁边比 V。

一番对比后，苏言迅速给出答案："割了双眼皮。"

陆青乔丧气地把手机扔到一边，拈起一片生菜塞进嘴里，有些沮丧：

"至少能看出是我吧？"

"很明显。"

就是啊，多明显，再说她割的双眼皮也没有很大，扇形自然款，这张脸和她高中时期几乎没有区别，裴叙怎么连眼神都没变一下？

至少也该表现出诧异或者意外的情绪，怎么会一潭死水似的？

苏言看陆青乔真在嚼菜叶子，后悔刚才说她变胖，赶紧帮她盛了碗粉递过去，劝道："你还真不吃啊？天气冷，不吃就冻死了。"

见她还在神情恍惚，苏言直接把筷子塞到她手里："快吃，一会儿粉不弹了。"

陆青乔无意识地握着筷子，搅动着沾着红油的圆滚滚的粉条，眉心皱成川字："你高中时的同学，现在看到还认识吗？"

苏言已经吃完一碗，边盛边说："帅的认识，丑的无视。"

沉吟许久，陆青乔才犹豫地说了出来："我今天遇到高中同学了，他不记得我。"

语气惆怅，神情哀伤，这很不符合陆青乔平时的作风。

苏言这才觉得不对劲，终于参与进了这个话题："你们高中三年都在一个班？"

"不是，就高一高二。"

苏言捻着指尖算时间："这都过去十来年了，不记得也很正常吧？"

陆青乔听她这么说，脸色更差了。

"不是，你干吗觉得人家必须记得你啊？"苏言嘴唇通红，夹了片生菜叶子塞进嘴里缓解辣意，"除非你俩有过缠绵悱恻的狂野故事，不然说不通哦。"

陆青乔夹起几根粉放进嘴里，也不知是辣还是烫，几根粉下肚，耳朵也跟着红了。

她把没吃完的粉推到旁边，小声反驳："没有的事儿。"

4

十一月初，艳阳高照，气温也有回暖迹象。

陆青乔洗漱完，从柜子深处拿出大衣，趁时间宽松，还化了个淡妆。

那天裴叙到店巡查一圈，据说还去了另外两个店，当天下午就开始立规矩，首先是员工的仪表着装必须符合门店要求。本来陆青乔只是随便涂个口红就上岗，这几天也被赶鸭子上架地要求涂粉底和眼影，她仗着皮肤白，以为可以蒙混过去，没想到林跃直接伸手捏她的脸查验。

"陆青乔，你以后要是再糊弄，就不是扣五百这么简单了。"

林跃是市场主管兼人事，和她熟得不能再熟了，没什么上下级的规矩，这次扣她钱也实属无奈。

下午店里不忙，林跃特意来找她。

陆青乔还记恨他扣钱的事，没心情说话，故意把自己搞得很忙。林跃在她耳边碎碎念，还跟着她上二楼。

"我说青乔，你咋跟我摆脸？这不是怪你自己往枪口上撞嘛！"

陆青乔把抹布抡得飞起，眼睛也不抬，说："我生活艰难，工资就五六千，饭都吃不起，暖气费还没交……"

"你行了啊。"

二楼温度高，林跃把西服脱掉放一边，里面穿着白色蓝条衬衫，上半部分还好，到肚腩那儿直接把条纹撑成立体状，像个西瓜。

楼上没别人，他把最下面的扣子解开放松，懒散地倚在监控死角："再说，这钱是裴总扣的，跟我没关系。"

陆青乔知道扣钱没错，已经在努力接受现实了，听他说是裴总指示，心情突然变得很差。不认识也就算了，还急吼吼地扣钱，总经理的权力倒是在她身上发挥得淋漓尽致。

她把抹布扔一边，抬眼就看到林跃凸起的啤酒肚，堆积的烦躁情绪终于有了发泄口："林主管，你能不能把衣服穿好？"

林跃吓了一跳，低头看了下衬衫，就末尾的扣子开了，连皮带都没露出来。她这说话夹枪带棒，很明显是拿他撒气。

不过他也不在意，两人已经认识五年多了，最初陆青乔应聘时就是他接待的。服务行业大多留不住人，他也没想到她这个最不可能留下的大学生会坚持下来。店员来来回回换了十几拨，塔城这三个店，数陆青乔资历最老。

林跃拿她当妹妹，有什么好事都先紧着她，这会儿她心情不佳，他也不触霉头，老老实实地把西服穿好。

主要是他自己也拿不准接下来要说的这件事是好还是不好。

"青乔，我这两天有个想法。"

"嗯，她不对，建议分手。"

林跃"嘶"了一声，瞪了眼陆青乔："我没说小红的事，是公事。"

陆青乔没有兴趣，拎着水桶去洗手间了。

林跃也跟过去，手撑在门框边，脸因为纠结显得更丑了："我寻思裴总初来乍到的，咱们作为下属，是不是该表示表示啊？"

陆青乔转头看他，说："我不是给他五百了吗？"

"你那五百是上交公司了，又不是给他。"

林跃愁得挠头，工作这么多年，第一次见这么大的领导，几天相处下来也没摸准这位裴总的喜好。主要是不知道他住哪儿，想送点特产都摸不到门。

林跃是土生土长的本地人，人情世故放在第一位，这位裴总太过公事公办的行事风格，总让他觉得不是那么回事。

"青乔，要不你带裴总在塔城转转，就当熟悉下这边的市场。"

陆青乔正在洗拖把，手攥着拖把杆哐哐在桶里涮，也不管溅出来的水，干脆地拒绝："我天天上班，没时间闲逛，塔城有什么我都不知道。"

她拧好拖把扔一边控水，见林跃一派悠闲地在门口发号施令，没好气地说："再说了，你既然有这种想法，你就带他逛，指使我干吗？"

林跃知道这个理，可这位裴总不苟言笑，一副生人勿近的模样，他也提议过出去进一下，被驳回不说，还被问是不是很闲。

一想到裴总说话时的眼神，林跃就像掉进冰窟里似的，那种冷暴力，就算他这七尺男儿也扛不住。

想了好久，他在心里掂量店里这些员工的性格，也就陆青乔合适。

第一，她有空闲时间；第二，她性格好，从不冷场，就算去当导游也能混成金牌级别。

林跃还是第一次见陆青乔的态度这么强硬，想着大概是因为她被罚钱的肉疼劲儿还没过去。

可话又说回来，这也是个机会啊。

他看陆青乔要拖地，直接抢过拖把卖力地摩擦地面，不忘循循善诱："这位可是总公司的大领导，你和他搞好关系了，也是一条人脉啊。"

陆青乔态度不变，内心更是抗拒。十年没见，躲都来不及，更别说往他面前凑了。

林跃游说不成，有些颓丧："我这只是提议，人家裴总还不一定乐意呢。"

陆青乔对于这句话倒是同意，和她躲着裴叙相比，裴叙更不可能靠近她这个灾星。现在他在办公室，她在门店，只要有心的话，一年也不一定能见上一面。

按理来说是这样，但两人下楼时，一眼就看到立在门口的顾长身影。

任小圆在旁边笑得脸僵，见陆青乔下来，像见到救世主，用口型传递情报：裴总在这儿站半个小时了。

林跃赶紧跑过去，笑着说："裴总怎么来了？"

裴叙淡淡地看了眼通往二层的楼梯，目光又落到规规矩矩站在旁边的陆青乔身上。她低头看自己的鞋尖，倒是摆出一副好员工的模样。

林跃太阳穴突突地跳，也不知怎的，每次和裴总在一起，他就很紧张。

想到刚才和陆青乔在楼上待那么久，她是店长，理应在工作时间守好工作区域，这次是他拉着她磨叽，是他惹的祸。

"裴总，我刚才和陆店长商量，您初来乍到，虽然这里比不上大城市，但也有很多地方特色，陆店长说应该带您逛一逛。"他说着拽了下陆青乔的衣袖，冲她挤眼，"是吧，青乔？"

陆青乔简直恨死林跃了，她硬着头皮，不自在地转变口风："不过裴总要是累的话，还是好好休息。"

裴叙一改拒人千里之外的态度，眼神落在陆青乔的脸上，淡淡地说："好啊，那就麻烦陆店长了。"

北方冬天天黑得很早，不到下午五点，长街的路灯就依次亮起。

商业街灯火通明，夜生活刚刚开始，各家店铺争相搞活动吸引顾客，促销打折的音响声开到最大，比白天还热闹。

陆青乔才走十几步就被震得耳鸣。

旁边的男人穿着大衣，下身黑色长裤，脚上的鞋看着也是单层皮的。

陆青乔暗暗揣度，他穿这么少，不冷吗？

商业街人流量大，两人并肩走，几次被迎面走来的情侣冲散，中间的距离也渐渐拉远，加之不交流，就像脚步同频的陌生人。

陆青乔拢了下大衣领口，小心地看了眼旁边闲庭信步的男人，他一直沉默，可这么毫无目的地走也不是回事。

她清了下嗓子，说："裴……裴总，那个……您有想去的地方吗？"

裴叙手插进大衣兜，转头看她，表情终于不是公事公办的冷漠。陆青乔心里咯噔一下，耳边传来他凉凉的语调："好久不见，陆青乔。"

这句"好久不见"，像打开冰封之门的钥匙，几天的胡思乱想稳稳落到实处，眼前这位冷峻的裴总和记忆里的少年渐渐重合，终于不再是高高在上的模样。

可陆青乔还是不自在，虽然裴叙主动破冰相认，但回忆翻涌，青春期义无反顾的热血，成年后再看也会脚趾抠地。

那会儿的她大概是脑子有毛病。

她往路边挪了几步，那道灼人的视线也紧紧跟随，她硬着头皮和他对视："好久不见。"

裴叙扬了扬嘴角，却不是笑。两人距离有些远，和街面上热闹笑谈的人群格格不入。

陆青乔语气诚恳："看你现在这么好，我挺开心的。"

人总会脱离校园走向社会，那些穿着校服的青涩岁月也会随着年龄的增长埋在记忆深处。成年人的世界多多少少都会沾点铜臭味，就算同学聚会也会不自觉攀比。

虽然陆青乔自己混得不怎么样，但刚才说的这句话是真心的，真心希望他过得好。

裴叙挑眉："你过得也不错。"

空气湿寒，穿着小熊玩偶的促销员摇摇晃晃地发传单，是街角新开的奶茶店，陆青乔手里被塞了两张。年轻的孩子们嘻嘻哈哈和玩偶合影，她被人群簇拥到反方向，待挤出来时，9路公交车已经从站点驶离。

她打车到家，没开灯，穿着大衣躺在沙发上，呆呆地看着漆黑的天花板。

苏言开灯，冷不丁看到沙发上的人影，吓了一大跳："你怎么这个点回来？"

小星星今天睡得早，她过来搜刮零食，没想到常年八点才到家的人，今天竟然提前了。

灯光刺眼，陆青乔皱眉，手背压在眼睛上。

苏言还是第一次看到陆青乔这么沮丧。陆青乔上班时间很长，基本没有个人生活，恋爱都没时间谈，首先排除感情问题，那就是——

"你失业了？"

陆青乔嘟囔："没有……失业就好了。"

那样的话就不用面对裴叙，不用听他阴阳怪气地说话。

她心思一动，突然坐起来，顶着鸡窝头，两眼冒光："对，我可以辞职啊！"

苏言觉得莫名其妙，这人早上走的时候还好好的呢。

她坐下，往里挤了挤陆青乔的腿，问："又被扣钱了？"

她知道前几天陆青乔因为迟到被罚了五百元，想到是因为帮她弄水龙头才迟到，心里就有很大负罪感，正琢磨请陆青乔吃顿大餐弥补，陆青乔这又张罗着不想干了。

"和顾客吵架了？"

"没有。"陆青乔脱掉大衣盖在腿上，窝在沙发角，找了个舒服的姿势，组织语言，"苏言……"

"哎，你说。"

"就是……我是打个比方啊。"

苏言屏息，聚精会神地竖起耳朵。

"假如，咱们小星星上高中，成绩特别好，能考上清北的那种好……"

"啊！我何德何能。"

陆青乔突然变小声了些："如果她不小心交到学渣朋友，一起玩之后把她的成绩也拉下来，高考掉了二百多名……"

苏言瞪眼，赶紧叫停："没有这种可能！别在这儿给我乌鸦嘴。"

"假如一下。"

苏言眉头紧皱，和平时的温柔妈妈模样大相径庭："真有的话，我去找那个学渣对峙，自己是个垃圾也就算了，还带坏别人家的小孩，我直接扒了他的皮。"

陆青乔的脸瞬间白了。

类似的话，陆青乔在十年前也听到过一次，是黄桂花说的。

——"你还想找他道别？你听楼上吵架都扔锅扔碗摔电视了，不怕死你就去，他爸妈一起扒了你的皮！"

虽然高中距离现在已经过去十年，陆青乔却依然清楚地记得高三开学那天傍晚。

黄桂花女士叉腰站在门口，胸口剧烈起伏，手里拿着鞋拔子，咬着后槽牙："陆青乔，你确定你是分到十六班？"

一般黄桂花叫她大名的时候，就说明事态严重，表情不对都可能挨抽。陆青乔紧张一整天，总觉得后脖颈凉飕飕的，像有把大刀悬在那里，现在，大刀马上要落下了。

"是……十六班。"

黄桂花捂着后脑，"妈呀妈呀"叫了几声："你可真棒，我花那么多钱给你补课，知识是吃进胃里又变成屎拉出去了吗？一共十八个班，你给我分到第十六个去！"

她把鞋拔子摔到一边，气得语无伦次："在十六班还吊车尾，给我考倒数，天天起早贪黑去上学，你上学校是去吃午饭的？"

陆青乔老实巴交地回道："不是。"

近些年才流行的"鸡娃"这个词，陆青乔早在小学时就体验到了。不过造成这种局面的原因，还要追溯到陆青乔出生前。

黄桂花是家里的老大，性格外向，嗓门亮。那个年代大家家里条件都不好，父母却供她读书到高中，在当时也算很高的学历。因为读书多，思想也开放，黄桂花反封建反包办，倒追比她大三岁的陆勇，自由恋爱一年半，到见家长这步却出了岔子。

一般见礼会亲家时，都要提前对个八字，拿到专门干这个的婆姨那里算一算，主要是看以后小两口的日子和不和气，一般没大问题就那么过去了，很少有不合到拆散的程度。

黄桂花偏偏赶上了。

算命的老太婆在炕上盘腿坐着，捻着手指头，摇头晃脑地说："不太成啊，你命孤，男人身体不好，坎多，生的孩子也是打工命。"

还没等她念叨完，黄桂花就抢起笤帚要打她。

"去你的！"

这次风波不仅没阻拦他们在一起，反而更是加速了结婚的进度，双方老人都心里硌硬，劝他们先别急。

黄桂花偏不信邪，偷偷去领证，婚后不愿意看这帮亲戚在背后嚼舌根，拉着陆勇离开小城去南方做生意。两年后，陆青乔出生，黄桂花虽然不提当年的事，心里却也绷紧了弦，忙碌之余，还加了两项重要任务。

一、给陆勇保养身体。

二、死盯陆青乔的学习。

所以，陆青乔小时候的记忆都是她在饭桌上写作业或哭哭啼啼背古诗，旁边则坐着她爸陆勇，穿着背心喝中药，补肾补肝补气血，喝得唉声叹气。

陆青乔一直向往窗外的世界，阳光正好，温度舒适，小广场上一群小孩叽叽喳喳地踢球跳皮筋，玩到天黑才回家。她从来没有过这种疯玩的体验，屁股黏在椅子上，一坐就是一整天。

积压的负面情绪到青春期时爆发，这时正是韩流强势涌入，唱跳组合霸屏，男帅女美，造型时尚，全渠道营业，还"咔咔"跳刀群舞。

这谁能顶得住？陆青乔很上头，偷偷用攒了很久的零花钱买了个MP4。

从那以后，她的成绩断崖式下滑，不过她知道这不怪韩流，怪她自己不是学习这块料。

分班那天，她就知道自己完了。虽然高一下学期就觉得跟不上老师的思路，但她休息时一对一补课，不懂就问，成绩倒也勉强维持在中上等。到高二时就没有办法了，课堂知识越来越复杂，平时空闲时间都用来追韩流杂志和聊明星八卦，松懈后，是真的追不上了。

高三是人生最重要的阶段，陆青乔分到差班，就等于给她打上"此学生不合格"的标签。黄桂花急得满嘴起泡，气也生了，骂也骂了，但还是得想办法。

坚持十年，不能差最后这临门一脚。

她当晚就找了市里最好的补课老师，同时也效仿孟母三迁，为了给陆青乔创造积极健康的学习环境，特意租到学霸家楼下。

陆青乔闹心死了，但不敢出声。

黄桂花在那儿收拾东西，没好气地唠叨："我都打听了，年级第一叫裴叙。真不懂，你和人家高一高二都在一个班，难道老师讲的只进了他的耳朵？"

陆青乔最不爱听这种夸别人贬她的话，拉着脸整理杂志。

黄桂花瞟了她一眼，血压又飙升："人家学霸脑子里干干净净摆着语数外物化生，你可倒好，就想着吃喝玩乐，还有这堆破纸片子。"

高三已经开始，所有课外书，还有她的命根子MP4都没带到租的房子里，她看着新书桌上的高考倒计时，流下痛苦的眼泪。

黄桂花在市场经营三个摊位，卖棉布针织，连带做手工零活，雇了七八个手艺好的大姐，生意火爆。她虽然拉起租房陪读的架势，但也不可能放下生计。

她去中医那儿搜罗了一个营养食谱，早早起来打豆浆，还特意买了两个保温杯，一蓝一粉，粉的给女儿用，蓝的给裴叙。

"这也太上赶着了。"陆青乔虽然抗拒，但还是老老实实接过装豆浆的保温杯。

和裴叙同班两年，座位一前一后，中间隔着长江那么宽，说过的话也是"腿抬一下我扫地"，或者"把你的物理作业交了"之类。

和他一点都不熟，也不想和他认识。

黄桂花可不管她乐不乐意，上半身贴在门上，盯着猫眼看楼道。

"妈，你能不能别搞这些有的没的……"

陆青乔话还没说完，黄桂花就如临大敌，手跟铁钳似的抓住她的手腕，开门，用力，丢垃圾似的把她推出去。

陆青乔直接撞到下楼的人身上，好在他抓住了楼梯扶手，勉强稳住身形。

裴叙穿着洗到发白的校服，背着书包，脸上架着一副黑框眼镜，外表就是标准的理科学霸的样子。

气氛凝滞三秒，陆青乔知道黄桂花在猫眼里盯着她，赶紧讨好地举起蓝色保温杯："裴叙，请……请你喝豆浆。"

1

陆青乔连续失眠，回忆往事的同时，还在考虑要不要辞职。

自从裴叙来了之后，店里就弥漫着紧张的气氛，连性格跳脱的任小圆都会碍于摄像头不敢在上班时间闲聊。

"听说二店的娟姐昨天被扣了三百块钱。"中午吃饭时，任小圆煞有介事地给陆青乔传递情报，感慨新官上任三把火，把把烧到平民头上。

陆青乔夹了一只水饺放碗里，问："为什么啊？也迟到了？"

"说是上班时间看手机。"任小圆像一匹野马突然被拴进棚子，拘得浑身难受，食欲也减退了，平时能吃二十几只饺子，今天才吃几只就胃里发堵，"这位裴总是不是天天啥也不干，就盯着摄像头找碴啊？"

"大概吧。"

陆青乔刻意躲避关于裴叙的话题，也突然没了胃口，见桌上还剩了不少，想招呼服务员打包。她手刚扬起来，就被突然来的林跃按住。

他穿着一身黑色运动装，看着灰头土脸："别打包，剩下的我来。"

任小圆回去接班，陆青乔把吃剩的饺子拉到一边，给林跃新点了两盘肉三鲜的。

林跃饿得肚子咕咕叫，看她在那儿打包直咽口水："我又不挑，吃剩的就行。"

"行了吧，红姐要是知道你吃我们剩的，分分钟踹了你。"

林跃哼了一声，倒也没反驳，去拿了瓶可乐，先灌了半瓶垫底。

"你都不知道我这两天经历了什么。"他打了个嗝，长吁短叹地摇头。

这位裴总一周前在远郊工业区租了个巨大的仓库，不分白天黑夜地装修，林跃起早贪黑过去盯着，连带收拾卫生，累得腰椎间盘突出。

林跃自诩都市白领，而且有轻微洁癖，这么多年都是西装皮鞋的行头，早就养出一身膘，还是头一回干体力活。

热乎的水饺被端上来，林跃挥舞筷子，连酱油和醋都不蘸就开吃。

陆青乔嫌弃地看着他的吃相，往旁边挪了挪，问："林主管，最近好招人吗？"

林跃皱眉："现在是休息时间，别叫主管。"

他嘴里嚼着，手忙活着倒酱油和醋，边搅边说："这破地儿就没有好招人的时候，就算招到了也干不长久。"

而且，眼看要过年了，北方人对过年有执念，只要雪一落，万事都等过完年再说。

"干吗，你有人推荐啊？"

陆青乔摇头，有点不好说出口："有应聘店长的吗？"

林跃莫名其妙地看着她："没有。你咋了？听到什么传言了？"

不等她说话，他又补充："别信啊，啥事没有。"

陆青乔："我想辞职。"

"噗——"

一只没来得及嚼的水饺从林跃嘴里喷射出来，落在陆青乔手边。她嫌弃极了，一边骂他恶心，一边挪到旁边桌去坐。

林跃瞪大眼睛："青乔，你什么情况？"

五年来，林跃是亲眼看着陆青乔从什么都不懂的店员一步步做到店长的，眼看机会来了，还没开始大展拳脚呢，她就要倒在黎明前。

真是让人……生气！

陆青乔也知道自己辞职的理由站不住脚，可裴叙明显对她积怨很深，以后时不时找碴扣她钱，再阴阳怪气几句，这活儿也干不顺当。她就像被捕兽夹咬住的兔子，什么都不管了，只想逃跑。

"反正我是提了啊，你快点招人。"

林跃觉得闹心，把筷子一摔："青乔，是不是因为前几天扣钱的事啊？"说完，他的手伸进衣兜，掏出一沓红票子，分出一半递过去，"这钱哥补给你，以后再别提这事儿了行吗？"

陆青乔盯着那一沓，少说也有一千块钱。

林跃见她态度松动，直接把钱塞过去："就当哥求你，这阵别给我找堵，我天天脚打后脑勺的，婚礼都没时间准备。"

"忙？"

"可不忙吗？忙死了。"他叹气，"裴总更忙，前天飞回总部开会，今天下午的飞机回来，晚上还要开会，早说也得八九点才能结束。"

一想起这茬，他赶紧拿起筷子继续吃。

裴总下午四点半的飞机，他得过去接，仓库那边的活还差点，正想着店里不忙的话，拉个店员过去收尾。

今天周二，客流少，应该没问题。

陆青乔一听到裴叙要回来，手里捏着的钱好像就开始发烫。她本想再磨一磨林跃，但他现在看着很烦躁，说一句保准还她十句。

算了。

她把钱还给林跃，说："饺子我请，你慢慢吃。"

林跃吃得差不多了，拿纸巾抹了下嘴："你得拨我一个人用一下午。"

陆青乔大翻白眼："我这儿一个萝卜一个坑，缺谁都不行。"

"那就你吧。"他起身，摆起领导的谱，"活儿轻松，收拾完给我打电话，我开车把你送到家。"

陆青乔到工业园时已经下午三点，在城南最边上，紧挨着郊区，开车将近一个小时才到。林跃怕赶不及接机，急慌慌地把她放下就走了。

仓库很空旷，顶棚是钢筋架，墙壁是新刷的乳胶漆，地板是大理石，上面全是杂乱的脚印，看着还挺壮观。门口堆着不用的装修材料，木棍、铁桶一大堆，装水泥的塑料袋堆在另一边，上面布满了细灰。

陆青乔把灯打开，微信里林跃发来长语音，她边听边去门口的角落拿工具。

林跃絮絮叨叨说了一大堆，事无巨细地叮嘱她，最后说今天必须干完，因为订的货架明天就到。

体力活对陆青乔来说不算苦差事，她把头发盘上，先清理那堆垃圾，用绳子捆好，一趟一趟地往垃圾桶送。

仓库有上千平方米，她分成四个区域打扫，弄完里面的大半，她也饿透了。

手机、手表全在包里，包在门口的地上。

她去拿手机，时间晚上七点半，右上角电量红格，下面有几条未读消息，她赶紧坐地上，依次点开。

苏言：几点回来？

陆青乔回复：今晚加大班，没时候，别等我。

回复完苏言的信息，她又点开店里的群聊。

小圆：@青乔，姐我下班了，在哪儿呢？要不要我过去帮忙？

陆青乔回复：不用，差不多干完了。

电量瞬间掉下去三格，她怕等会儿没电，就先给林跃打电话，告诉他剩下的这些活，她估计一个小时能干完，让他八点半到这里就行。

可是……电话没人接。

她继续打，结果手机电量掉到十格以下，进入紧急通话模式。

陆青乔没太在意，把手机丢进包里，反正他会来接，或早或晚罢了。

包里有中午吃剩的饺子，已经凉透了，这人生地不熟的，来的时候也没见有餐馆，她也就不挑了，囫囵塞进嘴里对付一口。

待全都完工之后，已经接近九点，林跃还没来。

电话依旧无人接听，陆青乔连续打了两次之后，手机终于电量耗尽，自动关机了。

陆青乔惯性乐观，不管怎样都不会觉得穷途末路，就算今晚降温，工业区貌似只有她这一个活人，她也觉得没什么，毕竟塔城也是城市，再不济还有出租车。

直到走出大门，在阴森森的路口傻等了十几分钟都没有车经过，她这才觉得不妙。

没接电话的林跃还在开会，时不时偷偷用文件挡住脸打哈欠，完全忘记了陆青乔还在城郊的仓库这码事。

办公室在十六楼，灯火通明，会议室正在开会，前面坐着几个今天新派来的同事，都神情严肃地看着讲台上的男人。

裴叙穿着黑色西装，脸上略有疲态，头顶的白炽灯照在他脸上，隐隐可以看到下巴冒出的胡茬。

"我刚才说这些，是从现在到春节的规划，以线上主销售，线下主售后，现在距离第一个购物节结束还剩一周左右，希望大家快速进入状态。"

这是所有人员到齐后的第一个会议，线上销售进行到尾声，门店的活动持续到十五号，售后的系统已经完善，明天开始实行。

裴叙捏了下鼻梁，把企划书放在讲台上，抬腕看了眼时间，九点五十分。

时间太晚了，原定的开会结束后聚餐的计划也取消了，大家散会后直接去酒店休息。

这几天工作强度大，他将近三十个小时没合眼，跟他一起过来的员工也是开完总部大会后马不停蹄上飞机，此时都面色疲惫，眼下挂着黑眼圈。

林跃见会议终于结束，忍着困意去开门。酒店是他订的，离办公室不远，开车十分钟的距离。

他小跑着去按电梯，待所有人都进去了，他才最后一个上去，按下关门键，然后转头，小心地看旁边的男人，语气卑微："裴总，您今晚和大家一起吧，酒店条件还算不错。"

林跃问的时候其实不确定，他订了五个房间，算上裴总了。可刚才他突然想到，前几天裴总到这儿就开始找仓库考察市场，他也被指使得晕头转向，就没顾上裴总在哪儿住这事。

人家大领导，初来这小地方，虽然嘴上说不用管他的个人私事，但也可能在考验自己会不会来事儿，结果自己怪听话的，还真没管。

林跃本来没想这么多，谁知就在刚才开会之前，他和新调来的一位领导在洗手间碰到了，客气地交流了几句，随口问对方负责什么。

结果呢，人家说负责人事。

新来个负责人事的，那他算啥？

林跃这左右一想，保不齐是他没眼色，加之这几天裴叙也看出来这边天高皇帝远，员工都像没长骨头似的懒懒散散，说不定正好趁着这个机会来个大换血。

林跃单方面认为裴总在心里给他打了低分，说不定明天他就会因为左脚先迈进办公室被开除。

他胡思乱想的，还想到陆青乔那天办的稀烂事儿，裴总好不容易答应出去走走，她可倒好，刚出门就出了岔子，不知道说了句什么狗屁话，把裴总气得转身就走。

真是……

三个店全算上，都没有一个能拿得出手的。

林跃满脑子都是如何完美安排这几个领导的住处问题，连开车时都一脸凝重。

裴叙靠在后座，紧绷的神经松懈下来，困意席卷。

塔城四季分明，空气是让他感到陌生的冷。车里两个同事低声交谈，声音像催眠曲似的灌进耳朵，他合上眼，十分钟的时间里竟也迷迷糊糊地做了个梦。

梦里是微凉的秋日清晨，女孩穿着校服，依然"很巧"地在门口和他偶遇，执着地递给他蓝色保温杯，说出的话却和之前不一样。

"裴叙，我家豆浆机罢工了，咱们以后喝牛奶吧。"

其实豆浆也好，牛奶也罢，他都不喜欢喝。

最开始他不接她的保温杯，不说话，不对视，当她是透明的，可她却从不在意，要么在公交车上偷偷把保温杯塞进他书包，要么在校门口塞到他腋下，拔腿就跑。

距离高中毕业已经十年，但那张脸却没有随着时间的流逝变得模糊，刻在心底的人，竟会在他没想到的地方，以完全陌生的模样闯入他的生活。

他睁开布满血丝的双眼，目光落在满是水珠的车窗上。

想不通，那双让他魂牵梦萦的狐狸眼，怎么会变成了双眼皮？

2

林跃在和酒店前台核对订房信息时，才想起陆青乔还在城郊的仓库，他按亮手机，看到屏幕上显示五个未接来电，全是她打来的。

开会之前手机静音了，完全忘记了这码事，他一下子冒了汗。

但眼下安排领导们住宿重要，他慌乱地解锁，忽略未接来电，和前台对完入住信息后，拿着房卡去电梯口。

刚从南方过来的人很难适应这里的气候，带的衣服要么偏薄，要么就太厚，来的人是三男一女，下车走到门口这几步就冻得哀叹连连。

几人站在电梯口用方言聊天，软绵声调抑扬顿挫的。

林跃支起耳朵，只听懂女人说要买暖水袋这一句。

他没心情参与群聊，见裴总生人勿近地站在门口，精神也稍稍放松，赶紧拿手机给陆青乔打电话。

电梯卡在十三楼不动，林跃往旁边挪了两步才拨号，听筒里的女声却告诉他"您拨打的电话已关机，请稍后再拨"。

怎么还关机了？

林跃瞄着电梯，点开微信，拇指飞速打字。

林跃：青乔，你在家还是在仓库？

大概是心急会影响智商，他捧着手机等回复时才猛然想到，她的手机都关机了，怎么可能回他消息？

简直被自己蠢哭。

电梯到达一楼，林跃赶紧过去按电梯键，等几人都进去了才双手递过房卡，恭敬地说："辛苦了，大家早点休息。"

裴叙站在中间，在电梯门关上之前下达最后一项指令："通知各店长，明天早上七点开会，迟到罚款。"

这个噩耗被林跃一一通知，唯独陆青乔不知道，很难想象在这个现代化的都市里，竟然还会有人步行回家。

北方的冬天没有夜生活，店铺商场早早关门，她从工业园一路走到开发区，又走了十五分钟才终于看到出租车。

空荡荡的街道上只有路灯发出惨淡的光。一辆出租车挂着闪着红光的"空车"标牌驶过来，陆青乔激动得狂摆胳膊，屁股挨到车座时差点哭出来。

到家已经十二点半了，她把手机充上电，开机的第一件事就是给林跃打电话骂他。

林跃还没睡，本是想开车过去接她，但出酒店已经十点多了，他估摸着陆青乔又不是小学生，快三十岁的人了，在塔城也生活了五年多，这里公交车、出租车全都有，她不可能在那儿傻等。

"对不住，我这开会静音了。你怎么关机了呢，没带充电器啊？"

陆青乔捶着酸痛的腿，听他这么说，气得声音都变了调："上班时间不让看手机，我带充电器干吗？"

林跃自知理亏，说了一大串对不住。本来仓库的活都是他该干的，陆青乔算是帮他忙，这事是他不对，老老实实地接收她的怒火。

挨完骂，他突然想到裴总的吩咐："骂归骂，我得通知你，明天

032

七点到办公室开会，迟到罚款。"

陆青乔好不容易压住的火又噌噌烧起来。

"老娘不干了！"

不想干是真心话，本来心里就有这个打算，陆青乔干了一下午活，又走了两个多小时，忽觉人生悲苦。

身体很累想睡，大脑皮层却异常活跃。

陆青乔觉得她的人生就是还债，年轻时欠了一堆人情，过了二十五开始还。

就像苏言，陆青乔现在细想当年的不和，自己的责任倒占了大半，虽然苏言把男朋友带回出租屋不对，但自己也实实在在享受过好处——门坏了，苏言男朋友修的，马桶堵了，也是他处理的，还有几次她跑到家远的公司去应聘，也是苏言看她还没回来，拉着男朋友一起出来接她。

她忘恩负义，苏言却没有，燃气泄漏还不顾自身安危把她扛出来。两相对比，是谁的人品在闪闪发光？

现在，她搭公交车上下班，就是为了给苏言帮把手，心甘情愿。

那裴叙呢？

陆青乔用被子把自己裹起来，在黑暗里长叹了口气。

当年黄桂花是本着近朱者赤的心理，目的不纯地租到了他家楼下，只为了让陆青乔沾点学霸的光环，成绩往前挪一挪。

谁知近朱者赤这句话没在她身上应验，近墨者黑却在裴叙身上应验了。

高三的上学期，黄桂花每天早上四点雷打不动地起来榨豆浆，她为了女儿可以坚持一年，豆浆机却不能。

连续工作一个月后，豆浆机宣布罢工。

黄桂花站在厨房犯了愁。

陆青乔见豆浆机坏了，压住内心的雀跃，故作无奈地说："那就别打豆浆了，改带牛奶吧。"

"不行，豆浆得坚持，我等会儿找你四大爷帮忙修上。"

陆青乔急了："可别，豆浆都喝一个月了，我一打嗝都是豆子味，恶心死了。"

黄桂花绷着脸瞪她。

陆青乔一看妈妈的表情，就知道理由不能从自己身上找。

"你净搞一些没有科学依据的事儿，我前几天还学到这个知识点，豆浆里含大豆异黄酮，是雌激素！"

黄桂花低头摆弄电源线，疑惑："雌激素不好吗？"

"对我挺好的，对裴叙不好。"陆青乔开始瞎掰，"我是女的，喝多了可以，裴叙是男的，他需要雄性激素，你天天给人家灌雌激素，没发现他胡子都不爱长了吗？"

裴叙的胡子长不长这件事，黄桂花倒从没注意过。她生的是女儿，不知道男孩的成长期是怎么个流程，听女儿说完，心里一咯噔。

女孩青春期就那点儿事，她自己也是从那时候过来的，有经验。但男孩呢？都啥来着？她隐隐约约知道点儿，但不确定。

听陆青乔说这一堆雌啊雄的，兜头一盆冷水浇下来，黄桂花清醒了。

她对裴叙长不长胡子不在意，关键的是那方面……青春期的男生都很冲动，家长防着早恋跟防狼似的，她这可倒好，上赶着够人家。

她也不管坏在一旁的豆浆机了，拉着陆青乔的手问："楼上那学霸对你好不好？"

陆青乔没想到话题突然转到这儿，有些没反应过来，问："具体是哪种好？"

要说好，他也算挺好的，路上把他磨烦了，会把物理笔记借她抄，但是从来不主动和她说话，上学放学一起挤公交时，也是离她老远。

有时候陆青乔给老人和孕妇让座，裴叙四平八稳地不挪窝，也不肯帮她拿书包，冷血得很。

黄桂花的生意很好，往店里一扎就是一整天，偶尔外包到大活，还要熬夜赶工，有时候陆青乔晚自习都回来了，她还没回。要说她对高三的女儿付出了什么，能拿出来说的，就是早起打豆浆。现在，由豆浆延伸到另外的问题上了，那两个字她不敢说。

"他对你和对别人不一样的那种好。"

陆青乔很干脆地摇头，不能说好，只能说很差。

有一次，两个班在操场遇见，排队的时候很巧，她旁边就是裴叙，她赶紧笑呵呵地和他打招呼。裴叙脸上本没有情绪，回头看到她时，立马把脸拉得老长，好像她欠他几百万似的。

早上给他豆浆时也是，热脸贴着冷屁股似的上赶着，有时候都到校门口了才找到机会塞给他，放学也是她主动追着要，他才把保温杯给她，杯里的豆浆大多数时候都是满的。她天天给他洗保温杯，他的豆浆还多放了一勺糖，对他这么好，他也不领情，简直就是白眼狼。

"那他对你有没有很亲密的行为？"

陆青乔不解："比如？"

黄桂花费力地斟酌措辞："比如……用手摸你脸那种。"

陆青乔还是摇头，摸脸没有，差点打她倒是有一次。

一周前，连着下了三天雨，早上出门，她照例给裴叙塞保温杯，他个子高，腿也长，稍微加速步子就很快，她就在后面跑。

一个大步走，一个小跑追，不一会儿就到了公交站点。

裴叙忽然停住，陆青乔依旧埋头跑，也没看路，连人带书包地撞到他身上。

他人瘦，没有心理准备地栽倒，陆青乔也没收住力，直接压在他身上。

地面潮湿，带着些泥，两人叠罗汉似的，只不过不是偶像剧里常发生的四目相对，而是裴叙趴在地上，背上是书包，陆青乔压在他书包上，正对着他后脑勺。

她手忙脚乱地爬起来，第一时间去拉裴叙。裴叙却挥掉她的手，深呼吸后才慢慢站起来。前面的校服上满满都是泥，眼镜上也糊了一层，直接变成"墨镜"。

陆青乔万分抱歉，念叨着"对不起"，伸手想帮他摘眼镜，可手还没到地方就被他用力挥开。

他扔掉眼镜，顶着满脸泥吼她："你能不能离我远点？"

陆青乔不退反进："衣服都脏了，回家换一身吧。"

裴叙冷着脸，转身往站点走去。

"你脸上都是泥，还是回去洗洗……"

没有回应。

公交站等车的人很多，看到裴叙一身泥污都纷纷侧目。陆青乔想到这都是她造成的，赶紧挡在他身前，伸长脖子喊："看什么看！"

她喊完又转身，递给他保温杯，狗腿地说："摔了一跤，怪渴的，要不要喝豆浆？"

裴叙低头看她，眼里的寒意直击她的头盖骨："陆青乔，你信不信我打你？"

这句话陆青乔信，要是换位思考的话，她也想打人。

那天后，两人的关系从冷淡变成冰点，陆青乔早上也不敢给他塞豆浆了，两大瓶都是她自己硬喝掉的。

眼下豆浆机坏了，她也松了口气："豆浆机坏了，以后就带牛奶，牛奶里有蛋白质和钙，对大脑好。"

黄桂花没问出什么，也就放心了。放心的是陆青乔从来不会说假话，有什么情绪都摆在脸上，她这摇头皱脸的，一看就是相处得不愉快。

罢了，天天起大早全是白搭，撵鸭子上架这种事做多了也烦。

"行，你说带牛奶就带牛奶，省得我早起了。"

3

"青乔，你住哪儿？我去接你。"

早上，林跃打来电话，语气之卑微，言辞之讨好，和平常挺着肚子要威风的形象判若两人。

陆青乔迷迷糊糊，梦还没完全醒，接到电话自然地念叨："我家住哪儿你不知道？"

裴叙住楼上，她住楼下，隔着一层楼板，怎么还打电话问？

"我怎么可能知道？你搬家都没告诉我。"

陆青乔睁眼，看到天花板上挂的绒毛吊灯，一下子清醒了。

塔城的冬天日短夜长，早上六点半还没大亮，窗外灰蒙蒙的，树叶早就借着上场秋雨的风落光了，干枯的枝干没有生机，顿时让人心情不好。加之浑身酸痛，她舍不得离开热乎的被窝，用被子蒙住头，瓮声瓮气地说："昨晚都说我不干了。"

"青乔，我亲妹，你别在这关键时候给我找堵啊，等会儿下班我请你吃五星级。"

林跃似乎在车里，陆青乔时不时听到车鸣笛的声音。

她知道意气用事不现实，半睁开眼看着还没亮的天，说："你在柳杨路口的烤地瓜摊旁边等我。"

她说完看了眼时间："我十五分钟后下楼。"

挂了电话，陆青乔起身去卸妆。她昨晚回来直接瘫在床上了，脸上的妆经过昨天干活流汗，早就掉了大半，剩下的残妆在脸上贴了一宿，早上起来惨不忍睹。

她洗了把脸，来不及化妆，随手把长发团成个丸子，套上大衣就出门了。

苏言大概是听到门响，探身出来，递给她一盒牛奶。

陆青乔的心忽然颤了一下。她吸着鼻子接过牛奶，闷声闷气地说："苏言，你对我真好。"

苏言关门的手顿住，探出一张素颜的脸，眨巴眨巴眼："有多好？"

"和我妈一样好。"

"那你叫一声妈我听听。"

陆青乔感动全无："当我没说。"

那天豆浆机坏了之后，陆青乔的豆浆就换成了牛奶，丑兮兮的保温杯也就此下岗，放在坏的豆浆机旁边。

每天早上，黄桂花都在陆青乔临出门的时候递给她两盒纯牛奶，不厌其烦地叮嘱："一盒你的，一盒给裴叙。"

陆青乔自从上次把裴叙推了个狗啃泥就没敢跟他搭话，再说了，给他也不领情，这牛奶可是最贵的牌子，她有点舍不得。她已经在心里规划好了，牛奶给后桌的卫小欢。卫小欢订了韩流杂志，一个月邮递到家一本，天天带学校跟她显摆。她馋死了，准备用牛奶贿赂卫小欢。

她揣好牛奶，刚出门就碰到裴叙。

陆青乔刻意躲着他走，已经好几天没见面了，这会儿又在门口偶遇。他面色平静，鼻梁上架着一副新换的黑框眼镜。

陆青乔怕冷场，主动打招呼："裴叙，好巧啊。"

裴叙还穿着那身旧校服，从洗得发白变成洗不干净的灰色。那天他硬是顶着一身泥巴去上学，泥巴干了从布料上掉下来，印子却洗不掉了。

不仅如此，他校服裤子的膝盖处也破了两个口。一看就是摔跤留下的。

她移开目光，想到这都拜自己所赐，顿时歉意上涌，从兜里掏出牛奶，一脸赧然地说："裴叙，我家豆浆机罢工了，咱们以后喝牛奶吧。"

陆青乔本以为裴叙会像往常一样拒绝，任她追出二里地也不收，意外的是，他骨节分明的手接过牛奶，一个翻腕揣进兜里。

"好。"

做邻居一个月，这是他第一次心平气和地和她说话。

陆青乔叼着牛奶上车。

林跃因为昨天自己没办好事，也是心虚，不敢多说话触她霉头，两脚油门就开到了商业街路口。

陆青乔正在涂口红，抿了抿唇，抬眼看满街的商铺都没开门，有些奇怪："不是开会吗？"

林跃找到停车位，边打方向盘边说："对啊，新租了个办公室。"

待停好车之后，他才指着对街的大厦说："就这上面，第二十层。"

陆青乔第一反应是裴叙以后也在这里办公，距离她所在的门店只需五分钟路程。

早会七点开，林跃和陆青乔六点五十分到的办公室，本以为时间正好，心情轻松地推开办公室的门，却不想直接被十几双眼睛扫射。

裴叙一身商务装扮，衬衫扎进西裤里，更显腰窄腿长，他胳膊支着办公桌，和下面十几个人一同把视线定在门口。

林跃在前面，突然看到这阵势，说话也有点哆嗦："对不起对不起，我们迟到了。"

裴叙没说话，目光越过他，看向他身后低着头的陆青乔。就算十年过去，她的习惯依然没变，遇到搞不定的事会把头一低装傻，现在还是老样子。

裴叙的表情比刚才冷了几分，似乎对迟到极度厌恶，抬起下巴，向后面的空位扬了一下。

林跃点头哈腰，拽着陆青乔的袖口往末尾的座位走，心想这下完了，这几年的好日子算是过到头了。

陆青乔坐下后，身子往他旁边歪，小声问："你不是说七点开会吗？"

"没错，我确定。"

不过，看样子这会提前开了。

办公室是新租的，室内略显空旷，偌大的空地只摆了三排椅子，前两排已经坐满西装革履的员工，腿上放着笔记本，时不时唰唰记录几笔。

裴叙在开会时就像变了个人，平常若说他是冷硬的冰块，那么开会时就是一团燃烧的火。他思路清晰，口齿流利，情绪层层递进，连林跃都忘记了迟到风波，听得热血澎湃。

除了陆青乔。

她十年前就经历过这种魔鬼训练，身体里早就有了抗体。

自从裴叙收了陆青乔的牛奶后，两人的关系也心照不宣地破冰。周末半天休息，她上楼敲门，硬是把他的校服要过来，送去黄桂花的铺子里，看看有什么办法能补救。

黄桂花正忙着，没工夫搭理她，尤其看到她拿着破得都要穿不了的校服过来，气得扯着嗓子吼："挺大的姑娘，穿衣服都不知道小心……"

陆青乔："这是裴叙的校服，膝盖那里破了个洞。"

黄桂花马上放下手里的活计，转换口风："哎哟，这是摔坏的，人没事吧？"

"人没事。"

"行，放这里吧，晚上我就拿回去了。"

"确定能补好？"

黄桂花不耐烦："我是干啥的你不知道？我的本职工作在咱们这片儿都出名，你呢，作为学生，你的本职工作怎么样？"

见陆青乔皱脸，黄桂花知道她不爱听，可眼看都高三了，满学校也没见她这样懒散的，自己天天起早贪黑地干活，到底图个啥呢？

"你月考多少分？"

陆青乔没敢提这个事，黄桂花还是上午听旁边档口的李婶念叨一句，当时她都不好意思搭话，不用想，百分百考砸了。

陆青乔心虚，知道说分数指定挨骂，赶紧借口回家写作业，溜之大吉。

写作业不难，难的是不会写。

书摊开，本摊开，笔准备好，台灯调成护眼模式，一切准备就绪，她却起身开始收拾房间，拿抹布擦书桌，擦得锃亮反光，又给花浇水，擦地，刷马桶，全都干完之后，天黑了。

天黑了，这才想起作业一笔没动，她急了。

裴叙一个人在家，陆青乔倚在他家门口，怀里抱着一大摞作业，眼泪汪汪地说："裴叙，看在牛奶的面子上，你得救我。"

他作业写完了，本想早点睡觉，她来了，这觉也睡不成。

裴叙家和陆青乔家格局一样，都是两室一厅，只是他们住的位置不一样，陆青乔住南面阳光好的卧室，裴叙则住北卧。

北卧房间不大，窗户却挺大，冬天有些冷，风顺着窗缝往里钻。

陆青乔打量他家的装修，暗想他父母对生活质量真的没要求，家里除了必须有的家具外，多余的东西一件没有，像刚被人洗劫过。

"叔叔阿姨不在？"

裴叙倚在桌角，皱眉翻看她的作业本，淡淡地说："你是来学习的还是来走亲戚的？问他们做什么？"

陆青乔被撑得没话说，老老实实地接过作业本。

裴叙平时不爱说话，但涉及他擅长的领域就像变了个人，他拿起物理书，扶了扶眼镜，开始高强度输出："甲乙两颗人造卫星，甲沿半径为 R 的圆轨道运动，乙沿半长轴 $a(a \geq R)$ 的椭圆轨道运动，所以，甲卫星机械能守恒。"

陆青乔奋笔疾书，在作业本上狂抄，抄完后抬头看他。

裴叙看她眼神呆呆的，压着烦躁问："我刚才说的这句话，对吗？"

陆青乔愣了愣："对……对吧。"可他的表情越来越严肃，像极了物理老师看她不及格试卷时的样子，她忽然心里没底，"对……还是不对啊？我听你的。"

"陆青乔，你自己回家写，我头疼。"

她赶紧拽他的袖口，说："行，那你把作业给我抄。"

"抄我的，你自己的脑子是摆设吗？"

"是摆设，怎么教我也学不进去，还不如你的给我抄，先把明天的作业应付了。"

裴叙脸色很难看，摘下眼镜放到桌角，视线转回物理书上："甲卫星的周期小于乙卫星的周期，这句补上。"

陆青乔早就忘了先前那句，呆愣地"啊"了一声。

裴叙把物理书放下，忽然弯腰看她，绷紧的脸越来越近……

陆青乔的胳膊忽然一阵剧痛，在椅子上惊醒。

眼前是成年裴叙放大的脸，和梦境完美衔接。他的视线在她脸上明目张胆地巡视，过了几秒才意味深长地说："陆店长，睡得很香啊。"

陆青乔暗道糟糕，赶紧站起来说对不起。

林跃见她又被逮到，想到这件事自己也有责任，还怕她过后再提辞职的事，只好硬着头皮插话："裴总，不怪青乔，她昨晚太累了，没怎么睡觉。"

裴叙直起身，双手插进西裤兜里，皱眉看向林跃："是我让她那么累的吗？"

"是我！"林跃斩钉截铁，从没这么义气过。

开完早会，众人精神放松，交头接耳地商量去吃什么早饭。陆青乔和这些新调来的人不熟，只认识另外两个店长和林跃。

不过，刚开完会，林跃就被叫到总经理办公室单聊去了。

二店在开发区，离商业街最远，店长开完会就马不停蹄地走了。三店店长姓于，年龄最大，慢悠悠地收拾东西，回头和后面的陆青乔搭话："小陆，你昨晚加班了？"

陆青乔捂嘴打哈欠，眼角夹着泪，说："可不，收拾一千来平方米的仓库，忙到九点多。"

于店长见会议室没有外人，赶紧凑过去坐在她旁边，悄声说："刚才开会，裴总的意思你听明白了没？"

陆青乔皱眉，仔细回忆刚才的会议内容，发现大脑里一片空白。

"我睡着了，一个字都没听到。"

于店长尴尬地笑，陆青乔第一次开大会就敢在老总眼皮底下睡，她不禁啧啧感叹，心也忒大，跟这样的人也商量不出什么，不如等会儿趁空闲时问问二店的店长。

"没听到就算了，我得走了，要来不及了。"

"好的好的，于姐慢走。"

陆青乔收拾好包，拖着酸痛的腿走出会议室，正好碰到从办公室出来的林跃，他像一条被冰雹砸了半个小时的狗，连眼皮都透着沮丧。

"罚你钱了？"

林跃摇头："唉，刚在高层过了两天舒服日子，一句话就给我下放仓库了。"

"就是我昨晚收拾的那个库房？"

"是啊，距离我家单程一个半小时。"

陆青乔抿嘴，她每天坐半个多小时的公交车都觉得痛苦，更别提林跃以后那么远，一天三个小时都浪费在路上。

"要不我进去说一下，是我开会睡着，罚你干吗？"

陆青乔转身往办公室走，却被林跃拽住："跟你没关系，裴总怎么可能因为这种小事随便安排岗位。"

其实林跃早在被指派盯着仓库那边时，就隐约有了这个猜测。毕竟新调来的领导大多是负责线上业务，员工就这么几个，挑来拣去的，就他工作时间长，还是本地人。仓库那边订货架是他跑前跑后，而且同城招聘理货员也是留的他的电话。

林跃本来是猜测，现在尘埃落定，心里的石头也落了地。

"到点开门了，你快下去吧。"林跃拍了拍她的肩膀，摆出一副以后的人生要各自保重的沉重表情。

陆青乔嫌弃地耸了下肩膀，躲开他的手。

办公室门口，裴叙端着咖啡，目送一前一后下楼的两人，直到电梯闭合，他才压下眉眼，低头啜了口咖啡。

新调任的人事抱着文件夹过来汇报工作进展，见裴叙脸色不对，吞下一堆吐槽这边管理混乱的话。他重新组织语言，低声说："门店员工流动性大，现在在职的都没有档案，只找到工作时间超过两年的。"

裴叙咽下苦涩的液体，转头看他："谁和你交接的？"

"林跃。"人事怕他没印象，解释道，"就是林主管，之前一直是他负责这块，不过压根儿没上心，简历还停留在最初入职，连婚姻状况都没有更新。"

人事说完，把文件夹递过去给他过目。裴叙看了一眼和废纸无异的档案，摇了摇头，表示不用。

等了片刻，见没有下文，人事松了口气，窃喜裴总没有像以前那样分配烦琐的背调任务，精神放松后，说话也变得随意。

"不过，林主管和陆店长好像是一对。"他虽是猜测，但语气相当笃定。

裴叙微微皱眉，深吸一口气："哦？"

仅一个字的反问，却足够让人事震惊。裴总一直是工作机器属性，对别人的隐私从不感兴趣，之前还有过员工在上班时间八卦，被他通报批评的先例。

难道换了水土，个性也变了？

他小心斟酌语句："城南的仓库是陆店长熬夜帮林主管收尾的，早上他们也是一起开车过来的，应该是夫妻，不然不会这么巧。"

八卦说完，没有回应。人事抬头，看到裴叙冷若冰霜的脸，暗道不好，赶紧借口有事，溜之大吉。

裴叙立在原地，手里的咖啡忘了喝。

这些时日他冷眼瞧着陆青乔和林跃的亲密互动，心中对这两个人的关系早有了猜测，只是他不想去确认。好像只要他不去问，就可以继续自欺欺人。当藏在心底的怀疑就这么被人证实，他最先感受到的不是失落，而是一种茫然的疑惑。为什么？这个叫林跃的男人不管从哪个方面看都不算优秀，甚至连普通都够不上，个子矮、肚子大、油腔滑调，人品也不怎么样。

陆青乔到底看中了他什么？

裴叙早就默认陆青乔和他的人生不会再有交集，高考后她连一句话都没留下就连夜离开，他怨她，气她，却找不到她。

找了几年，好不容易寻到关于她的蛛丝马迹，竟然是她婚礼的消息。

他第一时间买了机票，下飞机后坐火车，下火车后又坐出租车，一路劳顿，终于抵达。

婚礼是小地方的风格，大台子，流水席，满场热闹，来往宾客喜笑颜开，只有他盯着空荡荡的红毯。

既然是她的婚礼，怎么会没有她？

旁边的大爷喝多了，舌头直打卷，一个趔趄栽到他身上，前言不搭后语地嘟囔："青乔这孩子真行，有出息，别看学习不好，挡不住她嫁得好，都走出国门了。"

大爷又咧嘴，醉里带酸："你说，学习好有啥用，我家孩子学习好，现在给人打工，我还得月月添补，大城市房租多贵啊，是吧兄弟。"

婚礼像一出闹剧，只有裴叙是清醒的，且痛彻心扉。

闹剧结束，他的希冀也随之消失，但他是个偏执的人，接受陆青乔从他的人生中彻底消失这件事，需要很久很久。本以为他已经做到，却在看到她的时候，前尘往事纷至沓来，那个把她的一切都抵押给他的人，现在变成了别人的妻子。

幸福的生活会刺眼，好在她日子过得不怎么样。

裴叙憋着一股气，倒是想问她，当年一声不吭地离开，有没有后悔过。

4

田甜是总部调过来的唯一女孩，二十三岁，大学毕业就进了公司，主要负责财务，这次借调过来，职位变动，升任总经理助理。

这本是好事，可她在得知是当裴总的助理时吓掉一半魂，剩下的一半因为这几天熬大夜，也差不多熬没了。

这位裴总是知名的工作狂魔，总部的前辈们都说他是机器人，早上一杯冰美式下肚，超长待机二十四小时。

田甜开始也不信邪，觉得自己正值青春，身体的巅峰时期，还怕熬夜这种事？硬撑着跟裴叙熬了几天后，结果困得都站不稳，面容枯槁，生生老了五岁。

别说陆青乔在开会时睡觉，就连她，开会时也是云里雾里，一会儿清醒一会儿做梦。

上午，田甜被安排到门店协助做售后准备。她和任小圆年龄相当，能说到一块去，这边嘴甜地管陆青乔叫姐姐，转头就冲任小圆挤眼："圆子，我们中午一起吃，这边有什么好吃的推荐一下，我请客。"

任小圆本来对从大城市调来的领导有些怵，但这一上午接触下来，发现田甜就是个和自己差不多性格的小女孩，也不自觉地亲近起来。

"要说好吃的，那就是胜记的饺子，云记的排骨饭，鼎阳真的拉面，就看你想吃哪口了。"

田甜托着下巴纠结："都是碳水啊？"

"对啊，大冷天的，不吃碳水会冻死的。"

"那就……"田甜一番思索，"那就吃拉面，行吧？"

任小圆见有人请客，她可不敢挑，小鸡啄米似的说："行啊！"说完扯着嗓子喊在库房里点数的陆青乔，"姐，中午吃拉面，田助理请。"

陆青乔觉得身体废了，她一上午都在库房里摆货，记录存货数量。

据田甜说，商业街店的地址已经录入售后系统，线上退货一并退到门店。

她不懂，这三家店，数商业街店库房最小，才五六平方米，为什么会选择这里？有近的不选，选远的，也不知裴叙安的什么心。

陆青乔倒没觉得是裴叙故意整她，毕竟重逢到现在，他们只说过寥寥几句话，比陌生人还冷淡。虽然她有些不自在，但反观裴叙，似乎并没有很在意和高中同学遇见这件事。

正值午饭时间，鼎阳真拉面馆里人声鼎沸。这拉面馆是本地连锁经营，分店开到快一百家，商业街店规模最大，客流也最大，已经是二十年的老店了。

一楼客满，她们坐在二楼的靠窗位置。

面好了，服务员一并端上桌。面条细白，汤汁清透，上面浮着油星和芝麻，牛肉切成薄片铺成一个圆，旁边点缀着葱花。

田甜搓着筷子，瞥到那一片翠绿，眉心皱起，随即说道："我现在看到葱花就心脏突突的。"

任小圆搭话："你不爱吃？那拨给我。"说完就把碗往前推了推。

"不是。"田甜把碗推回给她，压低声音，"我当助理第一天，给裴总点午饭，没问他忌口，直接正常做的。"

陆青乔搅动面条的手顿住，抬头看田甜。

被人盯着，田甜说得更来劲了："结果，裴总不吃葱花，他看菜上有葱花，直接扣上盖子继续工作，一口没吃。"

任小圆很惊讶，在她的世界里没有什么不能吃的，再说了，葱花这种东西，只要在中国，不管走到哪儿，都逃不开。

虽然不理解，但是裴总不吃就一定有不吃的道理，她忙安慰田甜："他可能被葱花伤害过。"

陆青乔忽然闪了神，还没顺进去的一口热汤直接卡在嗓子眼，待反应过来已经晚了。她抽出一张纸捂住嘴，可咳嗽接踵而至，且有没完没了的趋势。

田甜和任小圆的对话也被打断，一个递纸，一个过来要帮忙拍背。

陆青乔忙摇头，边咳边起身，脸色通红地指着右侧的卫生间："咳……咳咳，你们吃，我没事。"

那天，裴叙的旧校服直接被黄桂花扔掉了，她扯了几尺蓝布和白条，开了台大缝纫机加班两个小时，做出了一套新校服。

裴叙有了新校服，陆青乔的作业也写完了，两个人都很满意。

那天之后，裴叙不再冷冰冰的，坐公交车时，也会帮给别人让座的陆青乔拿书包。牛奶也是交接自然，两人宛如认识了十年的老友，一个递过去，一个接过来。两人的校服一样，兜里的牛奶也一样。

陆青乔知道，她有点得寸进尺了。

偶尔帮忙一次可以理解，但天天都有不会的题，她只能厚着脸皮敲裴叙家的门。

"裴叙，救救我吧，这次是英语。"

裴叙没戴眼镜，五官有一种介于青少年和成人之间的感觉，短发清爽，却不是阳光帅气的气质，眉眼深邃，总叠着一层阴郁。

见他不说话，陆青乔知道这次又得多费不少口舌。

"裴叙，你英语冲刺写完了吧？"虽是问句，但言外之意则是：快给我抄抄！

裴叙没理她，转身去厨房，扎上围裙，揪出一根大葱，动静很大地切起葱花。案板的另一半放着切好的香肠碎，水池边的筐里放着一把空心菜，旁边是鸡蛋，还有半捆挂面。

陆青乔见他要做饭，不禁有些急躁。作业科目太多，她时间紧张，要是等他吃完饭心情好再借她，那她得写到明天早上。

"裴叙，你告诉我在哪儿就行。"

沉默的厨房里，男孩切完葱花，开燃气打火，等锅底的水烧干。

陆青乔哀叹一声："裴叙，你不能见死不救。"

锅底水干，他倒油。

她急了，声音有点大："裴叙，你也太冷血了吧！"

他终于有了反应，板着脸，像古代私塾里的老学究似的语气："英语课是上午第三节，你可以下课就写完，而不是沉迷韩流杂志，晚自习的第一节也可以写，而不是聊明星八卦。如果是我的话，我绝不会把自己放在卑微求人的境地。"

陆青乔第一次听裴叙说这么长的句子，呆立在原地。

裴叙冷冷地从她旁边走过，用菜刀盛着葱花，锅里油热了，刚好下锅。

"刺啦"一声，厨房里瞬间弥漫着葱油香。

陆青乔咬着下唇，一想到以后闻到葱油的香味都会想起裴叙教训她，气得眼皮直跳。

她跨两步站在裴叙旁边，盯着在锅里搅动的木勺，面无表情地说："地狱十八层，层层皆刑罚，第九层是油锅地狱，受刑者会被剥去衣服扔进油锅里慢炸。这葱仿佛就是上一世的大恶之人所化，你亲手把它们剁得稀巴烂，扔到油锅里，炸到金黄，炸出香味。"

葱花炸久了，颜色有些泛黑，味道掺着焦香。

裴叙关燃气，皱眉看她："你是不是有毛病？"

陆青乔才不理他，继续念道："你吃的每口葱花，都是作奸犯科大恶人的魂魄，吃得多了，你也变坏了，变得不通人情，还不借我英语期中冲刺……"

她余光瞟到裴叙狠狠咬牙，越说气越弱。

危险时，身体先做出反应，她转身就跑。出了门，跑了八级楼梯，见裴叙没追来，她才敢扯着嗓子放狠话："小气死了，不借拉倒！"

早会陆青乔睡过去了，会议内容由田甜向她口头转述，她越听心越沉。

"你是说，我从明天开始早上七点半上班，先到办公室打卡，晚上八点半下班，再去办公室打卡？"

田甜点头。

陆青乔在心里计算，她如果早上七点半到的话，六点就得起床，下班晚上八点半，九点多才到家，睡觉七个小时，完全属于自己的时间只剩不到两个小时。

她心里窝火，压着烦躁说："这样的话，我每天除去上下班通勤，要工作十三个小时。"

田甜语气艰涩："特殊时期，暂时是这样。"

陆青乔表情一滞，突然问道："我要辞职的话，是和哪位领导提？"

"啊……辞职啊？"田甜挠着后颈，目光游离，"我个人觉得，直接和裴总提，结果会快一点儿。"

陆青乔当然没提，因为找不到裴叙。

早会之后，大家吃完饭，全部出动去了城郊的仓库。

货架陆续入库，工厂的货今晚到一批，明天上午还会到一批。好在招到了两个有经验的理货员，裴叙把销售主管派到那儿驻守，争取三天之内让所有人熟练他定下的运营模式。

"仓库这边统计好入库数量，三个店的提货都转移到这儿，线上退货单拎出来统计，就和……"他忽然顿住，又马上公事公办，"和商业街的陆店长交接。"

销售主管是个三十岁左右的男人，他连连点头，随手掏出手机，小心地问："那陆店长的联系方式是？"

裴叙站在仓库门口，目光转移到里面忙碌的人群中，说："找林主管要。"

销售主管有些迷茫："林主管是哪个？"

裴叙意味深长地收回视线，悠悠说道："个子矮，肚子大，头秃，长得很丑的那位。"

销售主管心领神会："好的裴总，我知道是谁了。"

晚上八点半下班，这意味着陆青乔比以前的到家时间要晚一个半小时。她九点半到家，卸妆洗漱收拾完就十点多了，个人生活都没有了，比高三还苦。

白天陆青乔又累又困，腿还酸痛，就算老顾客来了，笑容也挤得勉强。

任小圆也对新调整的上班时间很不满，她送完一拨顾客，直奔收银台，一脸丧气地盯着陆青乔看。

"别烦我，有仇找裴总报去。"

陆青乔对裴叙的态度一百八十度大转弯，几天前还有些歉疚，焦虑怎么补偿她当年的错误，现在想着他拟定的工作条款，歉疚瞬间消失，不止消失，她还生出一股怨气。

以前没觉得他这么黑心肠，怎么才十年，就摇身变成资本家的伥鬼了？

她怨气冲天，任小圆不敢惹，咽下一堆吐槽的话，直接说重点："现在改成八点营业，我可以，但静姐不行，她送完小孩还要回家做饭，时间根本来不及。"

比如今天下午，匡静就提前走了，因为幼儿园老师给她打电话，说她家小孩肚子不舒服，一直哭着找妈妈。

这周她是晚班，现在店里就剩陆青乔和任小圆，要是一起来两拨顾客就有些手忙脚乱。但是，小孩子不舒服才不管大人忙闲，陆青乔能理解。

"她要是早退或者迟到，我就帮她顶上。"

任小圆一脸担忧："姐，你会不会累死啊？"

"人哪那么容易死？"

陆青乔没说打算辞职的事，这个店的员工都是她一手带出来的，知道她要辞职怕是要散架。加班期间大家都很焦虑，她也不好在这个时间横生枝节。而且，辞职的话，也不是那么容易的，提了也不可能马上就走，还得干一个月两个月的，至少等招到合适的人才能离开，但年底了，这种概率很渺茫。

电脑屏幕泛着刺眼的白光，陆青乔无法专注，镜框下的眼睛一阵阵失焦。

匡静不在，意味着她也要九点下班，眼看八点半了，她想到田甜说的明天开始去办公室打卡，不禁疑惑。

为什么她得去打卡啊？

都是店长，二店和三店离这里很远，那两位店长不可能上下班都要赶过来打卡，自然也不会因为要打卡这件事提前上班。

难道这个去打卡的程序是为她一个人准备的？

陆青乔心乱，脑子也乱，下班后心事重重地回家，刚上到二楼半就看到探出头的苏言。

"没去超市？"

陆青乔没反应过来："去超市干吗？"

"我给你发了购物清单。"

手机在包里，一整天都没时间看，陆青乔手忙脚乱地按亮，发现苏言上午就发了消息，还打了两个电话，她都没看到。

苏言见她懊恼，赶紧说："没事儿，不急用。"

陆青乔想都没想就往楼下走，说："我十五分钟后回来。"

"都说不急了。"苏言在扶手旁边冲着楼梯下面喊，回答她的是重重的关门声。

三天足以改变一个人。陆青乔维持了五年的工作节奏被打乱，早上去办公室打卡，下午还要替班、收件、入库、盘点、拟定第二天的工作排班。

不止她忙，所有人都忙。

她连续去办公室打卡三天，一次都没遇见裴叙。

从那天早会之后，他像在塔城凭空消失，要不是命令依旧从田甜的嘴里传达出来，陆青乔还以为他死了。

大促悄无声息地过去了，这两年的线上促销时间拉得很长，从十月末开始，差不多二十天，进行到最后几天时，已经后继乏力。

实体店虽然开展同样的活动，但和线上的忙碌不一样。

陆青乔只觉得这周客流多了些，但也没多到离谱，大多还是老顾客回购。她努力稳定心态，有条不紊地处理繁杂的琐事。

购物节过去的第二天，陆青乔依旧忙碌。退货要记录，换货由门店代发，她头大地在库房对货。

田甜哼着歌上楼，人还没到声音先到："陆店长，这段时间大家都很辛苦，照惯例得聚个餐。"

陆青乔不想聚餐，她累极了，只想去洗浴中心做个全套护理，再回家睡个好觉。

"我不去了，你们玩得开心点儿。"

田甜瞪眼，更多的是不解："这是公司的传统，每次加大班之后都要聚餐，而且这是在塔城的第一次，你不想趁这个机会放松一下？"

放松？

陆青乔自那次燃气泄漏后，就极度爱惜自己的身体，她觉得回家睡一觉才是放松，和半生不熟的同事聚餐则是被迫社交，只会让她累上加累。

"我真不去了，家里事儿多。"

田甜紧追不舍："别拒绝啊，耽误不了多少时间的。"

陆青乔扶着酸痛的腰，眼神疲惫地说："我有个刚满十三个月的女儿……"见田甜惊讶，她想都没想就脱口而出，"上个月才刚断奶，黏我黏得厉害。"

作为大区总经理，裴叙这几天更忙，一直在仓库和机场货运两头跑，睡觉也不管在哪儿，有时在车里，有时去咖啡厅眯一会儿。

待线上大促结束后，堆积的疲惫瞬间涌来。

经过这几天的磨合，城郊的仓库已经进入正轨，他又盯了一天，才开车回市区。

一晃一周过去，一起过来的三个男员工在林跃的帮助下租了一套三室一厅，田甜则和任小圆同住。

裴叙突然觉得身边空荡荡的，对酒店也产生了生理性厌恶。

办公室里有一张沙发椅，室内供暖很好，不盖被子也不会冷，裴叙把大衣挂在椅背上，忍不住打了个哈欠。

大概是年龄大了的缘故，睡眠时间也逐渐增多。他算是短睡眠体质，高中时平均每天只睡四个小时也没觉得有什么不适。

高三以前，他以为大家都一样，直到遇到陆青乔。

两人高一高二虽然同班，他也只是知道她的名字。她坐在后排，和他隔了五张桌子，他上课时注意力高度集中，很少回头向后看。

大多时候，她的名字都是老师喊出来的，并且带着愤怒的情绪。

"陆青乔，想睡觉回家睡去，别在这儿碍眼！瞌睡的同学去门口站着清醒清醒。"

或者是——

"后排的同学睡觉别打呼，已经影响认真听课的同学了。"

他如果转头，百分之百会看到"常睡将军"陆青乔趴在桌上，额前压着翻开的课本，脸埋在臂弯里，双眼紧闭，一动不动。

后来，两人熟了，陆青乔知道裴叙的爸妈每天都很晚回来，更是无所畏惧地敲他家的门，每天都有新理由，每天都有不会的题。

裴叙这才知道她为什么会在上课时间睡觉。

她的不会，是真不会。

最开始陆青乔还装一装，故作认真地附和，有时还会接上两句，得到他肯定后又沾沾自喜。

期中考试之后，她在班里的成绩下滑了五名，校内排名跌到一千开外，被黄桂花拿着鞋拔子追着打。

从那以后，她彻底放弃了伪装，把真实的自己暴露在他面前。

他偶尔会给她讲题，她眼睛直直地看着他，但是无神，嘴巴也配合地微微张开。

待他讲完一个知识点，又列出同类问题时，她的眼神像忽然蒙了一层纱，半晌才发出一个迷茫的音节："啊？"

裴叙抿唇，深呼吸。

自从和她一起写作业后，他的情绪总会失去控制。

他握紧拳头，严厉地说："啊什么啊？回答我刚才的问题。"

陆青乔："……"

半天也没说出有用的话，她开始顾左右而言他："你闻，谁家炸黄花鱼了，这么香呢。"

不然就是——

"裴叙，快十点了，要是全弄完再睡觉的话，我只能睡五个小时，五个小时不行，我睡不够。但如果现在睡的话，我能睡七个小时，睡好脑子才清醒，早上起来我就把这些题一鼓作气全做好。"

裴叙倚在桌角，抱着肩膀，嘴角噙笑："你算数这不挺快的？"

"别骂我。"

"你每次算自己睡眠时间都很快，我相信你也能完成我出的这道题。"

她不搭腔，依然坚持一贯作风："裴叙，要不把你的借我抄一下吧？"

"你就别管我了，我可笨了，把你写好的借我抄一下就行。"

陆青乔在他面前已经没什么好掩饰的了，她的大脑对知识排异，这是她的命，连最不信命的黄桂花都把鞋拔子一扔，骂她"果然烂泥扶不上墙，就算去北京念书，让全国第一的老师来教都白费功夫"。

5

大促过后，紧绷的神经终于放松。裴叙一夜无梦，早上起来精神抖擞，第一件事就是吩咐田甜帮他找附近的健身房。

这半个月高强度工作，再加上没有合理饮食，肌肉大幅缩水。

裴叙是对自己很严格的人，上学时名列前茅，工作后依然如此。他享受打磨自己的过程，自虐中带着快感。

健身是在加拿大时养成的习惯，那时条件允许，他大多在户外，登山、攀岩、滑板，下班后的空余时间几乎都被户外运动占据。回国后就没那么自由了，时间都被工作填满，加之这两年频繁被派到各地区部署，所以都是在当地办短期健身卡。

商业街这边以吃喝玩乐为主，最近的健身房在三公里外，是家知名连锁店。

田甜把 iPad 上的地图和评分放大，双手递过去："裴总，这家健身房评分不错，设施也很全，还有游泳馆，年卡两千。"

裴叙颔首，语气随意："不要年卡，就两个月，到过年之前。"

田甜拿起 iPad，手指滑动屏幕找价目表，小声说："月卡五百，两个月一千，这样不太划算呢。"

裴叙抬头看她，表情有些不耐烦："我只在塔城待两个月。"

"好的，裴总。"田甜直冒冷汗。

最近在门店随意惯了，差点忘了这位裴总的个性，他是营销总监，对于属下纠结这种低端的促销方式很排斥。

田甜手忙脚乱地联系客服办卡，那边裴叙已经套上西装准备开早会，她猛地想起聚餐的事。

"裴总，聚餐暂定下周一，在川都府火锅店。"田甜怕他听到火锅这两个字皱眉，赶紧补充，"地点已经问过所有人意见，都举双手赞成。"

"这里没有本地特色吗？"

田甜小声说："有，但是，天气不是冷嘛……"

马上就是十二月，在北方是正经冬天，虽然还没落雪，但天这么冷，冷的时候适合吃什么？当然是火锅。

裴叙不置可否，端起咖啡抿了一口，目光落到窗外。

高层视野开阔，能清楚地看到远处山峦起伏，朝霞层叠下，一轮红日从地平线缓慢升起，橙色的光芒穿透楼宇，铺洒在刚苏醒的城市。

他只觉得阳光刺眼，随手拉下百叶窗，室内重归灰暗。

田甜气闷，不死心地偷瞄着窗缝外的壮阔日出。

"所有员工都参加吗？"

裴叙倚在桌边，领带微松，手里拿着冰美式，漫不经心地用吸管搅拌里面的冰块，安静的室内只听到清脆的碰撞声。

闻言，田甜迅速回过神，回答："基本都参加，只有陆店长说不一定。"

事实是陆青乔已经明确拒绝她了，但她转达时不敢直说，最近当传声筒已经受到很多伤害了，伤害之余也掌握了一些职场说话之道。

搅冰声停止，田甜下意识地抬头，果然看到裴总绷紧的脸。

"你是说陆青乔？"

"是她。"

裴叙慢慢把咖啡放在桌上，声音比刚才冷了几分："告诉她，第一次聚餐必须参加。"

田甜叫苦不迭，那种在中间受夹板气的痛苦感觉又来了，一边是处得很好的姐姐，一边是直系领导。她面露难色，小声说："陆店长家里有事走不开，但她说尽量。"

"哦？"

一听这个字，田甜就知道还得费很多口舌，她坦然吐出实情："陆店长的女儿很小，刚断奶不久……"

气氛突然凝滞，裴叙面无表情地看着她。

田甜内心抓狂，越说越没底气，心想：这怎么了嘛，这个理由还不够充分吗？孩子小离不开妈妈，这是人之常情啊！裴总未免也太冷血了。

"转告陆店长，聚餐必须参加，不来罚五百。"

他悠悠说完，直起身，修长的手指掸了下衬衫上的褶皱，语气依旧随意："库房那边的林跃参加吗？"

田甜点头："他参加。"

裴叙挑眉："他下周值班，为什么要参加？"

虽然大促结束，陆青乔并没有变得轻松，匡静家里脱不开身，天天迟到早退，陆青乔的工作量就会加大，这样不行。

中午，陆青乔打印了一张招聘店员的通知，下面写了薪资和联系电话，思索再三，又留了自己的号码。

新一期的冬季促销开启，她重新打价签，将折后价格输入系统，还要统计出库数量，忙到没时间吃饭。

任小圆拿着一件新款冬装过来，这件刚被顾客退了，得重新录入系统。

她托着下巴，幽幽地说："姐，打个赌，你今天九点之前下不了班。"

"唔……"陆青乔正沉浸在工作中，鼻梁上架着黑框眼镜，目不转睛地盯着电脑屏幕，手指熟练地在键盘上噼里啪啦地敲击。

今天匡静下的早班，说是要去幼儿园接小孩。店里现在只剩她们两个，晚上七点多那会儿一股脑拥进来十多个顾客，差点忙飞。

任小圆虽然性格大咧咧，但和匡静一个班就得多分担工作量，几次还好，时间久了她也受不了，主要是身体吃不消。年纪轻轻的，她也得有自己的生活，都半个月没去酒吧了，可见工作有多累。

见今天陆青乔贴了招聘启事，她也终于松了口气："姐，说实话，你这样大包大揽的，静姐也不一定会感谢你。"

人不都那样吗，习惯成自然，一次两次的宽容或许会感恩，但长时间这样，别人就觉得是应该的。今天要早退，匡静都没觉得不好意思，直接说要去接小孩，可理直气壮了。

陆青乔终于输入完一批，晃了几下酸痛的脖子，摘下眼镜放在旁边，抬手看了一眼时间，八点五十分，加班是确定了。

她知道任小圆没心眼，说话直，也坦诚道："我知道，但是，我觉得人活一世，不要做当下爽快以后回忆会后悔的事。"

陆青乔年轻时太以自我为中心，不懂得体谅别人，对苏言是，对裴叙更是。很多年后，她以成年人的视角回望过去，惊觉自己才是做错事的那个。

任小圆不懂："人就是应该活在当下啊，以后什么样还不知道呢。"

陆青乔："可我确定的是，我家人也会老，会生病，我也会有小孩，我也会有这种不得已的时刻，只希望那时候的我回忆现在能问心无愧。"

任小圆："姐，你会不会想得太远？"

陆青乔笑了笑："等你长大就知道啦。"

盯了一天电脑，眼睛酸涩难受，她抬头滴了点眼药水，催任小圆赶紧下班，她看样子还要忙一会儿，最少半小时才能结束。

任小圆拖拖拉拉去换衣服，陆青乔把注意力转移到电脑上，待她穿着大衣长靴出来时，陆青乔忽然想到一件事。

"小圆，我告诉田甜我有个十三个月大的女儿，你也记住啊。"

任小圆无语，脚尖转移，走到收银台这边："你啥时候生的？"

"我累啊，不想参加聚会那些，就说我是个辛苦的妈妈，大家都会理解。"陆青乔再三叮嘱，"千万别给我说漏嘴，听到没？"

任小圆虽被她的神操作惊呆了，但还是伸出两根手指发誓不会说漏嘴。

冬日的夜晚，人们畏寒，就算最繁华的商业街，到九点多时也没什么人逛街，一辆黑色宝马缓缓停在路边。

　　虽然还不是大雪覆盖的白色世界，空气里夹杂的冷意也吹得人不舒适。裴叙坐在车里，罕见地点燃一支烟。

　　他不会抽烟，这烟还是他初到这里时林跃递来的，他不知道自己为什么会把烟点燃，就像不会游泳的人落水，手摸到什么都会紧紧抓住。

　　青烟缭绕，呛鼻的味道须臾间充斥车厢，他盯着烟头虚弱的微光，青白色的烟灰落到昂贵的西裤上，却没有落定，顺着裤线滑到灯光照不到的角落。

　　他眼神空洞地盯着烟一点一点燃尽，直到青烟变白，灼人的热贴近手指，他才把烟头拧灭。

　　几米外的素禾门店，卷帘门还未拉下，透过落地窗能看到室内摆放整齐的衣架，还有收银台一角的金色珊瑚摆件，加湿器还在工作中，喷出淡淡的白雾。

　　他的目光定在突然闪现的背影上。

　　陆青乔穿着灰色西服，一头黑发被利落地束到脑后，经过一天的忙碌，有几缕碎发垂下来，贴在白皙的后颈。她有些急躁，歪着头，晃了几下鼠标。页面貌似没有听话，她又弯腰，仔细看键盘上的字母，像在读一本晦涩难懂的书。

　　裴叙眼神闪了闪，随手又拿出一支烟，点燃，目光追随着她的背影。

　　陆青乔觉得好闹心，货号全都录好之后，电脑竟然卡住了。她狂按保存键几十次了，摸不准这是录进去了还是没录进去，弄了好久页面还是一动不动。

　　忙活了一晚上，到最后一刻功亏一篑，她气得把鼠标摔到一边泄愤。

　　鼠标借力滚了两个圈，不可控地跌落。陆青乔暗道不好，手忙脚乱地补救，却没接住，鼠标摔在地上，连接蓝牙的红光闪了几下，灭了。

　　完了完了完了……

　　她蹲在地上摆弄没有反应的鼠标，摇了几下，又搁在耳边晃了晃，倒是没听到什么零件摔坏的声音，那灯怎么会不亮了呢？

　　她纳闷，慢慢站起来。

　　男人穿着黑色大衣，双手插兜，站在收银台前，瘦高的身躯挡住了棚顶射灯的光线。

陆青乔在阴影下疑惑抬头，直接愣住。

是裴叙。

已经好多天没看到他了，他瘦了些，脸上透着些沧桑，也不知是不是因为弥漫在两人之间的烟味给她的错觉。

总之，她心跳漏了一拍。

好在本能反应还在，陆青乔双手叠放在小腹前，恭恭敬敬地说："裴总好。"

裴叙颔首，目光落在她手里拿着的鼠标上。

"怎么还没下班？"

陆青乔低着头，余光快速扫了眼依旧卡顿的电脑屏幕，小声说："录货号，但是电脑卡了，不知道录没录进去。"

她话音还没落，裴叙却突然靠近压下上半身。

陆青乔吓得后退一步，却发现他只是探身检查电脑。

有点尴尬……

她又悄悄地往前挪了一步，小声解释："我录好了，但保存那个按键没有反应，按了很久都……"

她还没说完，裴叙不知道按了哪个按键，页面忽然跳转，屏幕中间显示一个巨大的绿色钩钩，下面是两个方正圆黑体的"完成"。

陆青乔忍不住"哇"了一声，不自在地挠了下脖子，讪笑着说："你按的哪个键啊？"

裴叙直起身，淡淡地看着她，说话却很冲："我告诉你你也记不住。"

陆青乔下意识地反驳："你还没告诉我，怎么知道我记不住？"

空气突然安静。

他挑眉，嘴角噙着一丝意味深长的笑："我告诉你的还少吗？"

那年她十八岁，脑子最好用的年纪，他在上学路上、放学路上、回家之后的卧室里，不厌其烦地把所有他掌握的知识点、考点倾囊相授，没有一丝保留。她呢，大脑的反弹知识系统运转良好，一个字都没记住。

陆青乔被撑得哑口无言，和别人还能装一装，但面对裴叙就别妄想，他是见证过她刷了几本大题，数学依然考了个位数的人。

陆青乔只能老实回答："告诉的不少。"

男人没说话，摆出一副领导视察的样子在店里走了一圈，待陆青乔收拾好收银台再抬头时，眼前已经空无一人。

她关好电脑，火速检查所有电源，换完衣服，推开店门，看到末班车闪着灯扬长而去。

只差一点点。

失落感排山倒海，她惆怅地呼出白雾，脚步沉重地往前走。

路边停着辆黑色宝马，车里开着灯，她没戴眼镜，只看到一片模糊的光亮。她也没多想，直接从旁边走过，招手拦车。

震耳的鸣笛声在耳边炸响。

陆青乔吓了一跳，她捂着耳朵，眯眼向车走近几步，透过半开的车窗往里看，结果和裴叙的视线对上。

他面无表情，语气不容置疑："上车。"

"啊……不用麻烦，我打车就行。"她磕磕巴巴拒绝，但裴叙摆出的姿态明显不会接受。

好吧，她缓缓吐了口气，拉开后座的门，上车，端正坐好。

裴叙却并没有启动车子的意思，他重重地倚靠着座椅，歪头。陆青乔清晰地看到他紧绷的侧脸，好像在生气。

"陆青乔，我是你的司机吗？"

"不是的，裴总。"

"坐副驾驶。"

啊……原来是这个意思！陆青乔转身下车，开副驾驶门，上车，系好安全带，端正坐好。

车子启动时，她往车门处挪了挪。

两人已经隔得很远，但她还努力和他拉开距离……裴叙抿唇，此人未免也太刻意地和他避嫌了，这就是已婚人士的行事风格吗？

陆青乔用余光偷看裴叙，车内忽然变冷的气氛不是她的错觉，十九岁的裴叙她很了解，二十九岁的裴叙对她来说则是陌生人。就像十八岁的她追韩星上头嗷嗷叫，现在那段热血的青春记忆早就落灰结网，压在琐碎的生活底下，这大概就是时间的力量。

车内温度舒适，隐隐能闻到淡淡的香味，她为缓解尴尬找事做——认真呼吸，细细品嗅，还是没分辨出到底是哪个品牌的味道。

前方红灯，裴叙稳稳踩下刹车。

他目视前方，指尖在方向盘上悠闲点击，随口问道："你什么时候来塔城工作的？"

"五年前。"

"为什么来这里？"

"呃……我是在塔城上的大学。"

裴叙转头看她，眼神复杂："我以为你会去滨海上学。"

高三的下半学期，陆青乔在裴叙的帮助下报志愿，第一志愿就是滨海师范，当时她的分数略有提高，高考只要稳定发挥就没有悬念。

她也确实够上分数线了。

陆青乔笑了笑："没去，高考结束后我们全家回了松江。"说完她又补充，"对了，我和你说过吧，松江是我老家，我爸妈都在那里长大。"

裴叙沉默，连绿灯亮了都没注意。

"绿灯！"她提醒。

他踩下油门，开过斑马线。

车内温度升高，安静得只能听到两人的呼吸声。

陆青乔巨怕冷场，可两人的共同话题全是雷点，她只好硬着头皮问："你呢？在哪儿上的大学？"

"X大。"

"哦，挺……挺好的。"

好什么好啊？陆青乔知道裴叙当时的成绩完全可以拼那两所顶尖名校，X大虽然是"985"，但以他的成绩去这所学校，只会让老师家长齐声长叹。

她也叹气，学渣消磨自己的时间也就算了，还拉着学霸一起跳火坑，真是……

她底气不足："以前的事，对不起啊。"

在她愧疚翻涌时，裴叙把车拐进胡同。胡同里没有路灯，让人感觉像从灯火通明的现代社会穿越到荒无人烟的原始村落。

他停车，修长的手指搭在方向盘上，微微探身，半张脸没入阴影里。

"具体呢？"

具体？

陆青乔仿佛瞬间回到了十年前，他拿着物理书考她知识点，步步紧逼，她绞尽脑汁，翻遍大脑都找不出一句有用的话。

可此刻，答案她熟知。

"影响你学习，害你没考好。"

裴叙挑眉："除了这个呢？"

陆青乔："没了。"

思来想去，也就这一件事对不起他。陆青乔以成年人的视角回看那段重要的日子，她确实害他成绩滑坡，但除了这个，其他的事可挑不出她的错。给他带牛奶这事虽然小，但坚持八个月也不容易。他现在个子比以前高，身材比例也很好，很难说没有牛奶的功劳。

越想越笃定，她急了："我当年对你多好啊！"

裴叙别过头，慢悠悠地靠在椅背上，说："分数出来后，我约你出来，你怎么没来？"

他突然转移话题，陆青乔不得不回忆高考结束后的事，她思虑几秒才说："你爸妈那会儿，不是天天吵架嘛……"

裴叙冷哼："你管他们做什么？"

那对平时连面都懒得露的夫妻，在高考结束后才开始按时回家，一个去打听考了前几名能拿多少奖金，一个在家煲汤煮饭。

早在裴叙小时候两人就没有感情了，天天在家阴阳怪气，轻则互骂两个小时，重则摔东西互殴。在裴叙被吓哭的时候，他俩又都跑来以他为要挟，谁也不肯主动开口提离婚。分数出来后，两人默契地同时变脸，指桑骂槐地骂孩子遗传到对方的蠢笨脑子。

父母在客厅吵时，裴叙就去南边的卧室，开窗，探出上半身，冲楼下的窗户喊陆青乔的名字。

很快，窗户边探出一颗脑袋，她左看右看，最后才向上看。

女孩齐刘海，齐腰的墨色长发被风吹拂，她看到他，巴掌大的脸上漾出浅笑，细长的狐狸眼眯成一条缝。

她说："裴叙！你叫我？"

他点头："今晚九点，去地新广场，在第三个喷泉那儿，我等你。"

不等她答应，他就关窗，穿过吵架正上头的夫妻，回卧室把门反锁……

裴叙情绪有些失控，他已经很克制不去想以前的事，过去这些年也自认很理性，却在遇到陆青乔的那一刻，无法控制地翻起十年前的旧账。

他知道那个年纪的孩子虽然看着是大人的样子，实际上是没有话语权的，长辈轻飘飘的一句否定，就能轻松阻止任何在他们看来不合规矩的事。

所以，他不敢提过分的要求，连见面都定在九点，不早不晚的时间，以同学的身份。

十年没见，他最想知道的，依然是这个问题的答案。

她为什么没去？

陆青乔低着头，整张脸隐入暗夜里，声音很轻："我爸那天确诊肝癌晚期，我妈情绪崩溃要连夜回老家，我也没办法啊。"

她说她也没办法。

裴叙握紧拳头，沉积多年的怨气倏然消散。

半晌，他向她伸出手，想像以前那样摸她的头。他修长的手臂刚越过座椅分界线，却急转弯，手指向搁在旁边的烟盒探去。

他抽出一支，点燃，橙色的火光闪动，照亮晦暗不明的侧脸。

十年了，也晚了。

1

天刚蒙蒙亮，陆青乔挎着包出门。对门的苏言探出一张没睡醒的脸，递给她一盒牛奶，嘟囔："要不你别干了，这不把人当驴使嘛。"

昨晚快十二点了才回来，都大半个月没好好一起吃饭刷剧了，累死累活的图什么，万一猝死了怎么办？

陆青乔把牛奶揣兜里，伸长脖子："今天就提辞职，老娘不干了！"

苏言瞪大眼睛："说真的呢？"

"真的啊。"

事实是，陆青乔也受不了和裴叙低头不见抬头见的日子。

久别重逢是挺好，但他们的重逢还夹杂着说不清道不明的怨，从他昨晚的态度来看，这怨一时半会儿调解不开，不如她挥剑断臂，彻底断了往来。

她把羽绒服的拉链拉到下巴，又把帽子扣上，只露出一张脸，像个要上战场的士兵，眼神坚毅："真的！上班那么久，一问工资五千五，我要跳槽去隔壁的七匹狼卖男装。"

苏言立马又递给她一盒牛奶，说："支持，早点回来，今天'开螺'。"

陆青乔揣着两盒牛奶，雄赳赳气昂昂地下楼。

她到办公室的时间有点早，只有田甜坐在门口的助理桌边，正翻着白眼画眼线。

余光瞟到陆青乔来了，田甜笑着打招呼："青乔姐，今天这么早哦。"

田甜说话是软软糯糯的声调，有点江南水乡的味道。陆青乔特别喜欢听，见没有别人，便拉来一把椅子坐在她旁边，从兜里掏出一盒牛奶："给你喝。"

田甜刚涂完底妆，嘴唇煞白，见这牛奶，连忙摇头，说："谢谢啦，我不喝，我乳糖不耐受。"

"啊！好。"陆青乔又把牛奶揣进兜里，手覆在上面，企图用手温加热。

田甜涂完口红，冷不丁想到那天裴总吩咐的事，试探地说："青乔姐，聚餐定在下周一……"

"我去不了。"

田甜面露难色："裴总说必须参加。"

陆青乔想到前两天林跃因为这件事在微信上和她大吐苦水，心想裴叙的"必须"到底是在必须谁啊？林跃那么想去不让去，她不想去非逼着去。

"田甜，还记得我之前跟你说过辞职的事吧？"

"记得，你家里脱不开身，我个人是很理解的。"

"那……我现在提离职，你能帮我转达吗？"

田甜一副很难办的样子，把化妆包塞进抽屉，心事重重地说："管人事的回总部了，得下周才回来。"

"你转达给裴总。"

"裴总现在不管这个，再说他只在这儿两个月，全都稳定之后就走了。"

"那我只能等人事……"哎？不对，陆青乔慢半拍地接收到一个重要信息，"你说裴总只在这儿两个月？"

田甜点头："没错啊，他是营销总监，总部那边离不开他，这边完事之后就回去了。"

陆青乔眼神一亮："你是说，他过年之后就离开了？"

"是啊，我帮他办的健身卡都是到除夕之前。"

如果是这样的话，陆青乔的辞职就没有理由了。熬过这两个月万事大吉，她也没必要跳槽到别的店里重新熟悉业务。

"田甜，我说的辞职，你就当没听到，行吗？"

"呃……行，行啊。"田甜又想到聚餐的事，"那下周一？"

陆青乔马上说："我去！"

室内温暖如春，空气里弥漫着浓浓的螺蛳粉味。之前追的电视剧已经播到大结局，窗帘上挂着闪烁的星星灯，隔壁的小宝宝已经睡熟。

真是幸福的夜晚。

久违了，八点到家的日子。

陆青乔被辣得嘴唇红彤彤的，喝了口冰镇啤酒缓解，气泡灌进辣麻的口腔，冷热对冲，不仅没有缓解，反而刺激得她连连打嗝。

对面坐着的苏言注意力从电视上转到她这边，伸手拍她的后背："急什么啊，慢慢吃呗。"

"嗝……没急。"陆青乔一边咳，一边说。

苏言一下一下拍着她的后背，问："你提辞职了？"

陆青乔摇头："没有，活动结束后也能正常下班了，再说……"她叹气，"现在招人难，我店里的招聘信息在网站常年挂着，无人问津。"

那天贴在店门上的招聘启事，一个来问的都没有，人才市场非常惨淡。

苏言："那你就打算在这店里养老了？"

说着，她突然想到昨晚掀开窗帘看到的那一幕，揶揄道："昨晚是那个林主管送你回来的？人还不错嘛。"

陆青乔皱眉："他有女朋友，马上就要结婚了。"

"有女朋友了还大半夜送你回家，不怕吵架啊？"

"不是林主管送我的。"陆青乔抽了张纸擦嘴角，目光落在电视剧上，企图结束这个话题，但苏言正在兴头上。

"不是林主管送你，那是谁啊？"苏言往前凑了凑，一脸八卦，"你先前说总部下派了好几个领导过来，有没有年轻帅哥？"

陆青乔觉得，那几个人要是只看外表的话，还是数裴叙最出色，不过她都很少接触。她在门店接触最多的是田甜，听田甜提过一嘴，貌似都有主了。

"都不是单身。"

"那昨晚送你回来的那个呢？"

陆青乔摇头，忽然怔住。苏言怎么会理所当然地认为裴叙是单身呢？那样的男人，事业优秀，脑袋好用，外表扎眼，奔三的年纪，怎么会没有女朋友？

她舔舔嘴唇，惊觉自己也是奔三的年纪了，真是……让人无语凝噎。

"应该也有女朋友了。"陆青乔语气不是那么肯定，又猜测，"也可能结婚了。"

苏言低头吃了一口粉，全咽下去了才说："以后还是尽量避免孤男寡女的，要是万一碰上有家室的，后果不堪设想。"

当年苏言刚结婚就怀孕了，怀孕后孕期反应大，吃什么吐什么，只能辞职在家养胎。

漫长的十个月对她来说是煎熬，但对她前夫来说却是天堂。

他的工作是医疗器械销售，一来二去的，和一个小护士对上眼了，那个护士也有家室，两人苟且了大半年，最后在苏言坐月子时捅破了。

捅破这件事的是小护士的丈夫，那人一米八五的个子，寸头，身材黑壮，直接杀到苏言家，拎着她前夫的领子照着脸抡拳头。

小护士也赶来了，在后面跪着哭求丈夫不要打架。苏言的婆婆也哭着拉架，见那男人恨不得往死里打她儿子，大声号着去拉抱着孩子的苏言，让苏言也出去帮忙拦着。

苏言怔怔地看着卧室外的荒唐闹剧，面无表情地说："麻烦把门关上，我要喂奶。"

鸡飞狗跳，连日吵闹，前夫的伤养了两个月才好。

在小星星百天时，两人终于离了婚。

快一年过去，苏言看着是坚强的单身母亲形象，实际上有很多次都崩溃到大哭。

时至今日，生活才勉强稳定，这多亏有陆青乔的陪伴和帮助。苏言把她当妹妹，愿意以一个过来人的经验耳提面命地劝告她："婚姻里的人最是势利。"

比如她，在身体那么脆弱的时期得知前夫出轨，也是第一时间保留证据，分割财产，房子和孩子全都归她之后，悲伤才后知后觉地赶到。

比如她前夫，出轨的聊天记录里都是山盟海誓、甜言蜜语，事情败露后不也指着小护士大骂狐狸精，哭诉自己是被勾引的？多可笑。

陆青乔看苏言一副长辈的模样念叨，突然想起了妈妈黄桂花。

高考结束后，黄桂花再也没有唠叨过她，学习、生活、恋爱，一概不管。

爸爸去世后，黄桂花便一个人生活，开了家麻将馆，整天乐呵呵地和街坊搓麻将。陆青乔知道黄桂花不是想开了，而是认命了，承认了婚前那个老太婆算命算得真够准。

时隔多年，再次听到这种唠叨，陆青乔有点感动。

这是怎么回事？

她挪过去，下巴搁在苏言肩膀上，说："你未免想太多了，请停止这种无端猜测。"

"我这是未雨绸缪。"

"哇，好久没听到这么复杂的成语了。"

苏言翻了个白眼，抖肩赶她走，麻利地收拾小桌子，碎碎念："电视剧演完了，你早点睡吧，这阵子也够累的。"

"好。"

睿达健身馆。

裴叙从更衣室出来，身上的衬衫和西装换成了黑色速干健身服，他伸展胳膊，左右拉伸后背，熟悉整个器械区域后，走向杠铃区。

手套刚戴上，肩膀就被人重重拍了下，他下意识回头，前胸又被一只有力的拳头袭击。

周远川穿着跨栏背心，肱二头肌硕大有型。他脸上都是汗，本来是试探的眼神，却在触到裴叙的目光时，瞬间蹦出惊喜。

"嘿！Bro！"

裴叙眉头微皱，看到男人的脸后，倏然舒展："周远川？"

"真是你啊！兄弟！"

两人抱在一起，裴叙又被一只大手狂拍后背。

热切过后，两人同时开口："你怎么在这儿？"

周远川胳膊搭在杠铃架子上，无奈扶额："哥们家就在这儿，塔城，我的老窝。你呢，不是在加拿大吗？怎么跑这里来了？"

裴叙笑了笑，这件事可说来话长。他抬腕看了眼时间，提议："要不，出去喝点？"

周远川当然赞成："那还用说，来我家了，我得请客。"

地方是周远川选的，一家偏僻的音乐酒吧。他知道裴叙喜静，便开着他那辆黑色越野车拐了三条街过来。

两人落座后，周远川熟门熟路地去橱柜里拿酒。

"这是我小姨开的店，随便点。"

店里只有几桌客人，都在低声絮语，环境装修很复古，明显是情侣约会的地方。灯只开了几盏，昏昏黄黄的，都看不清对桌的脸。

木质的唱片机在唱着英文歌，裴叙闲适地靠在椅背上，手指转着酒杯，歪头听了一会儿，笑着说："*Take Me To Church* ①？"

周远川端起酒杯，仰头一饮而尽。

"就你在认真听歌。我小姨开店也是随便，人家音乐酒吧都是请歌手，她可倒好，把家里的陈年唱片机拿来了，这就叫音乐酒吧了……"

没等他吐槽完，一个女人就从后面过来，熟练地拧他的耳朵。

裴叙抬头，只见一个四十多岁的女人，烫着满头的卷，嘴角叼着一支烟，边说话边落烟灰，烟灰像下雪似的落在周远川头上。

"你小子懂什么音乐，还来我的地盘大放厥词，你白天穿着白大褂人模狗样的，一到晚上就现原形了是吧？"

"唉唉唉……我亲姨，快松开。"

周远川捂着耳朵求饶，龇牙咧嘴地搓了几下。他刚想嘴硬几句，转头就看到女人手里的托盘上面摆着刚烤好的肉串，赶紧双手接过来，点头哈腰地感谢小姨亲自下厨。

待女人走后，他又毫不留情地点评："见识了吧，音乐酒吧没歌手不说，还给烤大腰子，纯纯的四不像。"

裴叙倒觉得非常好，虽然每个元素都跳脱正常认知，却给他一种莫名其妙的归属感。

他喝了半杯酒，满意地点头："酒不错。"

"你觉得不错就好。"周远川撸了两块烤肉递给他，热络过后，心情还是激荡，举瓶倒酒，压低声音，"哥们，我真以为这辈子都见不着你了。"

三年前，两人在加拿大的哈密尔顿认识，因为租在一栋公寓，两人成了邻居，都是中国人在他乡，关系慢慢亲近，周远川的健身习惯也是因为裴叙而养成的。

也真是缘分，怎么就能在老家这么不可能遇到的地方遇到裴叙呢？

周远川感慨万千地问："你来这里是干什么的？外派来的？出差？还是旅游？"

裴叙颔首，笑着说："我回国了，在一家服装公司任职，现在……算出差。"

注：① *Take Me To Church*：《带我去你的天堂》。

周远川嘴张得老大："你可真顶啊！"

他万千感慨都写在了脸上，憋了半天，最后端起酒杯："行，一切都是最好的安排，都在酒里了。"

酒杯碰撞，声音清脆。

酒过三巡，两人都有些醉意了。

周远川掏出一盒烟，先递给裴叙一支，裴叙笑着摇头。

"对，忘了你不抽烟。"他便不客气，点燃烟，深吸两口，闭眼，发出一声享受的喟叹，"我在医院上班，倒班倒得抽烟、喝酒全会了。"

裴叙拿酒瓶给周远川倒了满杯。

裴叙早在加拿大时就预估到了自己的决定，一点都不惊讶，因为人不可能忽视内心，去假装潇洒地开启新生活。

也许每个人都像一列小火车，早有命定的轨道要走，如果是脱轨、掉转方向，违逆命运的苦果只能自己尝。

他忽然想到陆青乔。

如果失联的十年是脱轨，迷失方向，那现在的重遇是回归正轨，还是万劫不复？

他预估不到。

周远川在他眼前打了个清脆的响指："问你呢，你现在住哪儿？"

"酒店。"

"住酒店干吗啊？去我家。"周远川酒也不喝了，起身就要带他回家。

裴叙虽有些醉意，但还没到神志不清的地步，双手按住周远川的肩膀，压着他坐下："酒店挺好。"

"得了啊，你跟我也说瞎话是吧？"

当年两人认识的契机就是裴叙极度厌恶酒店，因为身份问题没处理好，租公寓受阻，最后还是周远川帮的忙。

裴叙对他乡遇故知这件事有些陌生，掌握不好礼貌和热络的分寸。

见裴叙不说话，周远川直接大包大揽，喝过酒的嘴更是絮叨个不停："我有套公寓，一室一厅，钥匙给你，随便住。"

裴叙没接，周远川直接塞他兜里，还用力捶了下他的肩膀："别客气，我最怕你跟我客气。当年我扒窗户往下跳时是你拼命把我拉上去的，不是你的话，我早没了，就当我还你恩情，求你了。"

周远川虽醉，口齿却依然清晰，一双醉眼灼灼地盯着裴叙的脸。

裴叙叹气，从兜里拿出钥匙，套在食指上端详。黑色钢制，单把，旁边挂着的冰雪吉祥物正冲他张开双臂，似是欢迎。

他无奈地笑了笑，咽下要拒绝的话。

2

冬天吃火锅最合适不过，陆青乔很久没吃火锅了，但是和这么多半生不熟的人一起吃，有些放不开。

她在离她最近的蔬菜拼盘里夹了一根香菜，卷了两圈放进锅里，盯着咕噜咕噜翻腾的红油锅发呆。

包房是川都府最大的包厢，三个店的员工，加上办公室和库房那边的，满满地坐了两大桌。

除了林跃，都到了。

室内热气翻腾，浓重的红油辣香充斥鼻腔，这样的气氛让人迅速拉近关系，她这边才刚开始吃，另一桌已经在划拳了。

手机在兜里振动，她放下筷子，在桌下点开。

林跃：今晚好冷，主要是心冷。

青乔：我这儿热，咱俩换。

林跃：谢谢了，我怕裴总撕了我。

青乔：他没来。

林跃：说实话，我觉得这位裴总有意针对我，我这半个月深刻反思，一定是他刚到这里时我办事不到位。

青乔：人家来工作的，又不是上你家做客，跟你办事有什么关系？

林跃：你不懂职场。我现在这么惨你也有责任。

陆青乔懒得理他，按灭手机塞回包里。

旁边的田甜以为她家里有事，凑过来问："青乔姐，怎么了？"

陆青乔笑着摇头，但笑里有一丝勉强。

忙碌加班大半个月，虽是公司聚餐，但年轻男女居多，不到二十分钟，客气有礼的氛围就变成了联谊活动。

任小圆捧着扎啤杯晃晃悠悠地从另一桌赶来，屁股一挤坐在陆青乔旁边。她眼里带着醉意，手指在半空中晃晃悠悠，终于点在另一桌最角落处："青乔姐，你看到那个穿高领毛衣的帅哥没？"

陆青乔顺着她手指的方向看过去，帅哥坐在靠里面的位置，身材不错，皮肤白皙，下颌线紧实流畅，阳光运动款，符合任小圆的择偶标准，就是……

"他吃火锅还戴鸭舌帽，不热吗？"

任小圆撇嘴，在陆青乔胳膊上拧了一把，说："那叫时尚好不好？"

陆店长哪点都好，就这点她受不了，年纪轻轻的就过分在意冷热，和她奶奶的关注点一样。

旁边的田甜扔下咬到一半的鸭血，加入点评："不行，姐妹，他有女朋友了。"

任小圆酒醒了大半："有女朋友了？"

"没错，我确定。"

两人隔着陆青乔对话，一个不甘，一个笃定。陆青乔默默放下筷子，连人带椅往后挪了挪。

一见钟情最是脆弱，任小圆只难过了几秒就马上魂归原位，利落地开了瓶啤酒递给田甜："幸好姐妹告诉我，我得以悬崖勒马，这瓶敬你。"

田甜也入戏，接过啤酒抱拳道："你我相识一场，同睡过一张床，自然不会眼睁睁看你误入歧途。"

陆青乔又往后挪了挪，腾出的空间刚好够两个微醺的人划拳。年轻人的游戏，陆青乔突然觉得自己碍事，起身去洗手间。

包房的门隔绝了喧嚣，走廊很安静，她刚站定，就看到裴叙从电梯走出来。

陆青乔完全是条件反射，待她反应过来，才发现自己贴在消防栓旁边的暗格里。

门应声关上，走廊重回寂静。

她惊魂未定地走出来，一边奇怪自己为什么要躲，一边后悔为什么要卡在这个时候出来。如果她在屋里，就会淹没在人群里，就不会惹人注目，就不会惹他注目。

陆青乔慢吞吞地去洗手间，蹲到腿麻才无可奈何地出来，洗手、烘干，整理头发，最后补个口红。

镜子里的人早已失去青春的朝气，脸上只剩下超负荷工作的疲惫，在她以往的自我认知里，她并不是社恐人群，甚至相反。

高中时，学校的运动会、晚会，只要是与学习无关的各种活动，保准有她的身影。运动会参加三个项目，长跑、跳远加铅球，晚会能轧四个节目——从一个合唱下来，下一秒就扒下衣服去跳舞，跳完舞再说个快板，最后还能精神抖擞地扯着嗓子唱闭幕曲。

裴叙和她相反，他成绩那么好，老师也默许他不用参与这些活动。

现在看来，他们俩倒反过来了。

十年前的她，想象不到裴叙这种闷罐子的人会热衷于开会，就算这种员工聚餐活动，也能特地赶来参加。

陆青乔手握着门把，犹豫要不要开。

室内早已安静，安静到只能听到一个人在说话。裴叙现在一定是那种打工人厌恶的老板形象，强制聚餐，然后在聚餐上把话题拉回到工作上。

她深吸一口气，推开门，门嘎吱一声，打断了男人的说话声，几十双眼睛齐刷刷地落在她身上。

陆青乔寒毛直竖，小声说不好意思，逃似的回到座位。

因她回来打断了"开会"，众人本就微醺，虽惮于裴叙的身份，但在这种气氛烘托下，倒也比平时大胆。

人事小李笑眯眯地倒满一杯酒，双手送到裴叙桌前。

"裴总，您最辛苦，我敬您。"说罢，他仰头喝光，将酒杯倒扣在桌上。

裴叙挑眉，心知肚明他的意思，倒也没点破，端起酒杯喝光，同样倒扣在桌上。

"好！好！"

陆青乔被那的人声吓了一跳，也跟着叫了声"好"。

裴叙闻声转头，澄明的目光落在她脸上。

陆青乔立刻收声，低头，假装不存在。

那杯酒过后，气氛从"会议室"转为"团建活动"，可明显的是，因为有裴叙在，最初的氛围已经荡然无存，员工虽笑语攀谈，却像被一根透明绳子束缚在原地，连出去上个洗手间都客气地请示裴叙。

这算什么聚餐啊？

田甜叼着筷子，暗想这样可不行，聚餐只是第一站，等会儿还要去 KTV、夜场酒吧，她不敢想象裴总和他们一起蹦迪的场面。

她越过陆青乔，向任小圆发起通话请求："圆子，裴总喝几杯了？"

任小圆斜过身，手挡着唇："好像三杯了。"

"确定？"

"确定！"

陆青乔往后挪了挪，捂嘴打了个哈欠。

田甜像提前洞悉了她的心理似的，拉着她的手探身喊道："裴总，那个……您喝多了，满场就青乔姐没喝酒，正好她要提前走，要不你们一起？"

陆青乔打哈欠的嘴还没收回去，一脸愕然。

田甜问："你有驾照吧？"

任小圆马上替陆青乔回答："青乔姐有驾照。"

裴叙酒量很差，总部那边过来的人都知道这件事，人事小李刚才劝酒时，田甜立马明白了他的意图，三杯酒下肚，工作狂裴总保证偃旗息鼓。

小李说："对，裴总开车来的，我刚还在想怎么办呢，那麻烦青乔姐了。"说完，他转头冲田甜眨了眨眼。

裴叙不动，转头看陆青乔，虽有醉意，说话依旧条理清晰："陆店长想回家？"

其实，陆青乔没想回，聚餐对她来说虽然吵一些，但也没那么难熬。

可眼下……这不是被架起来了嘛。

室内燥热，二十几双眼睛同时看着她，带着希冀、紧张，以及实在不想和领导在一起聚餐的恳求，她只好充满歉意地说："是，我想回家。"

"为什么？"

田甜奇怪裴总这种态度，急忙帮她解释："陆店长的女儿还小，一直找妈妈。"

任小圆也从深沉醉意中想起陆青乔千叮万嘱她的话，也帮腔："对，才断奶，刚还打电话过来，都哭啦。"

陆青乔面不改色，实际上已经想找个地缝钻进去了。

室外天寒地冻，小雪节气刚过，雪没落下，气温倒是逼近严寒。陆青乔冻得鼻尖通红，呵出白雾，循着记忆找那辆黑色宝马。

裴叙倚着她，步子有些晃。

　　陆青乔赶紧扶稳，手刚穿过他胳膊，手里就接到一串钥匙。钥匙有些热，和他完全相反的热。

　　她压下按钮，车在十步以外闪灯。

　　身侧的重量越来越大，陆青乔很吃力："裴总，你能自己走吗？"

　　裴叙幽幽地说道："不能。"

　　陆青乔气闷，他是故意的。

　　费力地把他拖上车，系好安全带，陆青乔气喘吁吁地绕车一圈，临上车前还不忘检查车底。驾照考了好久才拿到证，安全知识烂熟于心。

　　她上车，关门，手触到方向盘，立刻被心虚淹没。

　　车里味道大，混杂着酒气、火锅味，还有不知名的花香味搅和在一起。车子还没启动，她就紧张地心跳加速，有些赶鸭子上架的心虚。

　　"裴总，车我敢开，你……你敢坐吗？"

　　男人沉默，醉酒后的他敛去了冷淡和严肃，双目紧闭，细密的睫毛投下一片淡淡的阴影，模样和十年前的少年重叠。

　　高三下学期，冲刺阶段，他熬大夜，也是这样随便倚着什么就能睡着，有时是椅背，有时是她。

　　那时候的他们都抱着一个相同的概念——人这一生只有高三是最辛苦的，熬过去就前途坦荡，万事顺意。

　　十年过去，他们看起来都没有变轻松。

　　不过差距还是在的，当年并肩而行，她喊他裴叙，光明正大地一声一声叫他名字，现在毕恭毕敬地喊裴总。

　　她小声问："裴总，你住哪儿？"

　　车内安静，裴叙鼻息均匀，半张脸隐在暗夜里。虽近在咫尺，却总觉得隔了一层薄雾，像上世纪的老电影里的男主角，呼吸着同一片空气，人却是虚幻的海市蜃楼。

　　陆青乔慢慢靠近，喘息相闻，他倏地睁开眼。

　　四目相对，冷意窜到脚底，陆青乔尴尬地缩回去，轻咳一声，胡乱地转了半圈方向盘。

　　打量的视线依旧停在耳侧，有些灼热。

　　她重复："裴总，你家在哪儿？"

　　没有回答。

北方的酒烈，小小一杯不起眼，一路热着下肚，到胃里舒舒服服，不觉得怎么样，待十几分钟后再看，天旋地转，记忆滚进流水线，碎成连不上的胶片。

裴叙盯着陆青乔耳后的那颗红痣，白皙的耳郭，几根碎发垂落，耳垂上戴着浅白珍珠耳饰，不大不小，衬得她皮肤细致如雪。

高三的寒假默认补课，仅有的两天假期也被超量的作业填满，裴叙刚写到一半，门就被敲响。他知道是陆青乔，不紧不慢地去开门。

陆青乔穿着粉色大衣，头发扎成马尾，刘海儿和耳边的碎发全都被发卡别住，整张脸干干净净。

她微微侧头，炫耀地把耳朵亮出来："发现我有什么变化没？"

他的目光落在她通红的耳垂上，那正中心镶嵌着一颗小小的银色圆珠——她打耳洞了。

他故作不知，摇头。

陆青乔撇嘴，不过很快原谅了他这直男个性，说："我打耳洞了，第一个来告诉你。"

"嗯，知道了。"他嗓音平淡，顺手关门。

她赶紧抓住门边，冰凉的手指覆在他手上。她浑然不觉，他的注意力却集中在那一块冰凉上，耳边的念叨忽远忽近。

"裴叙，等我耳洞好了，咱们一起逛夜市呗。"

"哦……"

他出神地想，她穿这么多，手怎么还这么凉？

"我同桌总和我显摆首饰盒，说她有几十对耳坠，现在我也有耳洞了，我要买一百对，狠狠碾压她！"

裴叙心不在焉地问："你作业写完了吗？"

"干吗提这个啊？"陆青乔收回手，脸上一下子没了神采。

他也收回手，掌心燥热，指尖却被她沾染了一片冰凉，心里空落落的，嘴里说的还是她不爱听的："才两天假，你那堆破烂别赶在最后一天晚上过来吵我。"

她听出端倪，试探地问："那现在？"

"你做梦呢。"

"裴叙，求你。"

裴叙醉得厉害，顺着记忆的断点念出声："求我也没用。"

刚发动汽车的陆青乔一脸问号："你说什么？"

陆青乔以为他在说住址，探身过去，手指轻轻点了下他的肩膀，试探地问道："裴总？"

男人没有反应，连睫毛都没动一下。

她又伸出一根手指，两根一起，加了力道，说："喂，你至少告诉我你在哪儿住啊！"

女孩的声音在耳边炸响，场景变换，夜市灯火如昼，狭窄的街道两边排满了小摊小贩，吆喝声杂乱不止。

陆青乔一手拿着一颗珍珠耳坠，举到他眼前，对他摆出大大的笑脸："裴叙，珍珠的好看吗？"

他摇头，不怕死地补了句："像我奶奶戴的。"

陆青乔也不生气，对着摊上的小镜子戴好，捋平耳边的碎发，大颗的珍珠明晃晃地露出来，配着她狭长的笑眼，莫名蛊惑。

他心跳如雷，挪不开眼。

"裴叙，叫奶奶。"

她更不怕死，打了耳洞，戴上珍珠，像披了层铠甲，还以为自己刀枪不入了。见他不说话，她更觉得自己占了上风："叫啊，你不是说珍珠是奶奶戴的吗？"

太吵了，他用食指顶住她的脑门，和自己拉开距离，奈何下面的嘴巴堵不住，依旧喋喋不休。

"裴叙，你说话不算话。珍珠多好看，多有气质，你不懂还在那儿瞎说。"她边说边挥拳，可胳膊短，拳拳打到空气里，连他的衣角都挨不到，"我人生第一次买耳饰，你却泼冷水，会是我一辈子的心理阴影，你快给我道歉！"

吵，很吵，非常吵。

裴叙头很痛，堆积如山的练习题和奇怪的活动方案在脑袋里打架，理不清，弄不懂。

忽然坠入黑暗。

女孩也随他一起，虽看不到她人，她的拳头却打在他肩头。

"裴叙！你再不说你住哪儿，我就把你扔车里睡了啊！"

怎么她一直说个不停？

裴叙太阳穴突突跳，额角蹦出青筋，终于睁开眼。

眼前是她，没错了，梳起来的头发，珍珠耳坠，连作案的手都还搁在他肩上，她不怕死地越来越近，嘴唇微动，还想说话。

裴叙扬手搂住她的后颈，只觉得女孩身体一僵，他扬起下巴，溢满醉意的唇含住两片温热。

陆青乔终于安静，连呼吸都止住了。

3

曙色苍茫，天边的红霞只是一闪，须臾之间，漫天青白。太阳离得远，刚巧撞进层叠的云里，凛冽的空气更冷了几分。

办公室暖意融融。

田甜不知第几次向门外探出头，从怀疑到确定，裴总昨晚果然喝多了。

莫名其妙地，她使劲瞪了眼人事的小李。小李正端着咖啡经过，被这一记眼刀打个措手不及，咖啡溅出几滴。

小李拈着纸巾，利落地擦干净地面，随手投进垃圾桶，并做了个自认为帅气的入篮成功姿势。

"怎么着田助，对我有意见啊？"

田甜手支着侧脸，看了眼四周，确定没人后才问："你昨晚给裴总敬的白酒？"

小李不明所以："是啊。"

"你知不知道那瓶酒多少度的？"

小李眨眨眼，不是很确定："35度？"

田甜就知道是这样。她知道裴总酒量差，啤酒能硬撑到两瓶，白酒三两倒，昨晚那小酒杯，一杯一两，喝了三杯，按理来说刚好。

她也没在意，还觉得裴总提前离席是最完美的安排，他们一帮人走了三个场，玩到凌晨一点才回去。

裴总平时都会提前到，可现在迟到半个小时了还没来。这在以前是完全不可能发生的事情，就算今天地球要爆炸，电闪雷鸣，下钉子雨，裴总也会七点半到。

她从包里掏出昨晚聚餐的票据，面无表情地递给小李。

小李接过扫了一眼，忍不住感叹："真牛啊，咱们吃了三千多

076

块钱。"

"不是让你看那个。"田甜拽回单据，手指固定在最下方的酒水一栏，一字一句地说，"白酒，56度，一瓶。"

小李愣住："没点这么高度的啊，服务员拿错了吧？"

这也不是重点，重点是田甜现在怀疑那瓶56度的白酒刚好是给裴总倒的。喝了三杯，人不会有事吧？

她想到昨晚送裴总回家的陆青乔，赶紧打电话过去。

陆青乔还穿着昨晚那套大衣，正在包子铺里等包子。她在车里窝了一夜，面色发黄，眼下浮肿，腰像断了似的痛。

没办法，裴叙是昏死状态，她拖不动。她也想一走了之，又实在承担不起独留他在车里的责任，这里的冬天是会冻死人的，她只能委屈自己。

包子还没出锅，她进来之前去超市买了两盒牛奶，求老板放在笼屉里稍微加热，待包子出锅，牛奶温度也刚刚好。

陆青乔拎着包子和牛奶，刚付完钱，田甜的电话就打进来。

"青乔姐，你昨晚把裴总送到了吗？"

陆青乔边往外走边说："送到了。"

"裴总酒量很差，昨晚喝太多了，现在还没来，手机还关机，我有点害怕。"

陆青乔不解："你怕什么？"

"裴总不会死吧？"

陆青乔愣了愣。

车就在路口，从车窗能看到男人的侧脸，似是感觉到打量的目光，他忽然把头转向她。

这人不是好好的嘛！

陆青乔无奈地说："你这是什么脑回路？"

田甜焦虑得像热锅上的蚂蚁，说："你不知道，裴总是工作狂魔，就算中枪了，也会抠出子弹按时上班。"

"他没事儿，放心。"

陆青乔挂了电话，拉开车门，抬眼就和裴叙对上视线。

包子和牛奶都是热的，她特意要求用打包盒装着的，一路走来，细密的小水珠布满盒身。

陆青乔刻意回避他的打量，递给他一盒牛奶："趁热喝。"

裴叙没接，似是还在宿醉，脸上没了那股凌厉，倒现出一丝颓废，唇下冒出青色胡茬，眼底也布满血丝。

暖风开了一夜，车里干燥，味道混杂，裴叙皱眉，随手把车门打开。冷风灌入，直吹陆青乔面门，她也瞬间清醒了，想到最重要的事。

"裴总，我还有十五分钟。"陆青乔欲言又止，后半句闷在她心里，一点都不客气：别磨蹭了，快点吃，吃完我还要上班。

裴叙一半的魂还在一片混沌里，头还痛着，沉沉的，胃像被一只手掐住，非常难受。

他嗓子有些沙哑："几点了？"

"八点十五。"

店门钥匙在陆青乔这里，她有些急，匆忙把餐盒打开，拿出一个包子囫囵个塞嘴里，嘴巴塞满时，刚好裴叙转头看她。

男人的视线落在她鼓起的脸颊上，陆青乔突然觉得自己像一只偷吃东西的松鼠被当场抓包，但骑虎难下，她慢慢嚼动。

裴叙移开目光，淡淡地说："你开车。"

陆青乔说话含混不清："去哪儿？"

裴叙："上班。"

陆青乔赶紧把另一盒没打开的包子递给他，连带着那盒温热的牛奶："裴总，你吃点吧，我叮嘱过了，包子里没放葱花。"

裴叙看着她，问："你怎么知道我不吃葱花？"

他也不知道这股莫名其妙的希冀是从哪里来的，她竟然连这种小事都记得，而且……看样子，昨晚竟然在这里陪了他一夜？

他的记忆只到上车就戛然而止，剩下的都是碎片，夜色旖旎，她的喘息很近，珍珠耳饰闪着白光……

不知是梦还是现实。

裴叙看向陆青乔的侧脸。

陆青乔的注意力都在车上，摆出考科三的姿势，头向前探，严阵以待，手握紧方向盘，一双眼睛不够用，左看右看，还是不知道怎么把停在车位的车开出来。

裴叙叹气，理智归位："我开吧。"

陆青乔终于得到赦令，干脆利落地和他互换位置。

车停在店门口时刚好八点半。

任小圆站在门口，手上戴着露指手套，噼里啪啦地敲手机，随意瞟一眼前方，猛地定住。

陆青乔下车，小跑着，手伸进包里捞钥匙。

任小圆拽她衣袖，八卦地问："姐，你坐的是裴总的车？"

"哦，是。"陆青乔找到钥匙，开了店门。

任小圆扒着这个话题不放："你怎么会坐他的车呢？"

陆青乔坦坦荡荡，脸上看不出一丝别的情绪："顺路。"

"他也住城东啊？"

陆青乔不想撒谎，也不想为了昨晚在车里遭一宿罪的事浪费口舌，她抬腕看了眼时间，意思不言而喻。

任小圆抿抿嘴，马上滚去洗拖把。

聚餐之后，大家放松的心还没收回来，就接到大促准备通知。

匡静因为家里实在脱不开身，正式提出离职。好在有个应聘店员的，也不管她没有工作经验，陆青乔直接拍板让她上岗。

新人还没等带出来，匡静就离岗了，陆青乔没办法，一边兼顾琐事一边带新人熟悉业务。

这也苦了任小圆，新来的女孩从零学起，她刚搭了两天，就受不了了。

中午吃饭时，她忍不住吐槽："青乔姐，我现在加班要处理线上退换货，还得带新人，累死了。"

田甜在店里帮忙看着，"特赦"她俩出来正经吃一顿，陆青乔怕她忙不过来，吃饭速度很快。

任小圆不那么想，偷得浮生半日闲，能拖一分是一分，她夹了块排骨，细细地啃。

陆青乔喝了口柠檬水，跟她算细账："加班有奖金，一个月五百，处理线上都是我在忙，你带新人也不白干，所有的提成都是你的。"

任小圆吸了下骨髓，哼哼："那倒是。"

她也想明白了，这种工作就是出多少力，挣多少钱，明明白白的账面，底层劳动者，一点懒都偷不得，真让人泄气。

下午，店里客流少，田甜在收银台用电脑看上个月的销售报表，陆青乔在旁边开入库票据。

　　任小圆扔下新人，"飘"过来闲聊："我有一个宏伟计划。"

　　两人都忙着手里的活，没人理她，她自顾自地说："我决定了，我去勾引裴总，等我当上裴夫人，立刻把加班和活动取消。"

　　陆青乔心里涌出异样的感觉，忽然想到那晚带着醉意的吻。在她看来，酒后的言语和行为全都不作数，反正醒后也记不得。

　　裴叙不记得了，陆青乔却忘不掉。

　　车厢密闭狭窄，男人就算喝醉了力气依然不减，他的手臂从她后颈一路环到腰，恨不得把她箍进身体里，报复般吻她的唇，用力碾磨。她挣脱不开，只能屈服，借一点他渡过来的氧气勉强维持呼吸。

　　她没喝酒，不和酒鬼一般见识。

　　陆青乔虽这样安慰自己，奈何车里的亲吻画面在脑海里反复放大细节播放。他醒酒一身轻松，她却像一匹负重的骆驼，背上又压了一根新稻草。

　　耳朵有些热，陆青乔心虚地低头。

　　任小圆也不在乎没人搭腔这件事，继续滔滔不绝："我年轻，长得漂亮，性格也不错。"她绕到吧台侧门，不顾这里塞了三个人的狭窄，伸出一条黑丝长腿，自卖自夸，"单说我这腿，哪个男人看了不迷糊？"

　　田甜实在受不了她一直打扰，斜眼瞥她："等裴总回来你去勾引吧。"田甜"啪啪"敲几下键盘，续上后半句，"被他女朋友撞见了把你腿打断。"

　　陆青乔和任小圆同时抬头。

　　田甜不紧不慢地保存文件，端起旁边凉掉的奶茶优雅地吸了一大口。

　　任小圆震惊地瞪大眼睛："裴总有女朋友了？"

　　这也是陆青乔想问的，他……他有女朋友怎么还亲她？万一被看到了，被打断腿的不就是她？

　　田甜被两人看得心里发毛，纳闷这有什么好惊讶的？

　　裴总都二十九了，工作能力强，长相不能说帅到天际，但也符合大多数人的审美，常年健身，肩宽腰窄，穿着一身贵气高定，十个人得有九个回头看的程度，有女朋友很正常。

任小圆收回黑丝长腿，屁股一歪坐在吧台角，啧啧称奇："我还以为他会孤独终老呢，想着我可以勉为其难过那种男人不回家、钱照常打卡里的日子。"

田甜大翻白眼："怎么可能啊，这两天不是回总部开会了嘛，正好见女朋友。"

任小圆追问："你见过他女朋友？"

陆青乔也递去好奇的视线。

"我没见过。"田甜把喝光的空瓶扔进垃圾桶，"听别人说的，裴总个人生活很低调，应该是私下恩爱那种。"

私下恩爱……

陆青乔起了一身鸡皮疙瘩。

这下好了，现在她这匹可怜的骆驼身上又压上一捆稻草，本来没当回事的吻，现在以道德污点被重新命名。

她决定忘记这件事。

4

陆青乔经过大半个月的磨炼，售后业务也渐渐顺手。

昼短夜长，还不到五点，窗外落日西沉，城市就渐渐被暗色笼罩。

她趁不忙开了个小会，交代下班时间延后到七点，新一期线上线下折扣活动同步开始，督促大家打起精神，作为激励，销售提成也抬了一个点。

进入十二月，又是年底，活动连成串，双十二、圣诞节、元旦，进腊月后，反季促销也得跟上，得加班到过年才能结束。

散会后，她马不停蹄地去库房对货、整理、盘点库存，时间没有概念，直到手机振动，她才从连成片的货号里惊醒，晕头转向地按亮屏幕。

苏言：青乔，你今晚几点回来？

青乔：九点多吧，买啥？

苏言：纸尿裤，大包的。

青乔：收到！

按灭手机，陆青乔缓了一会儿。库房整理差不多了，她敲着麻掉的腿，扶着墙站起来。

二楼寂静，她慢慢走到楼梯口，奇怪，一楼也安静。主灯不知什

081

么时候关上了，只留了一圈射灯，灯下站着任小圆，脸被灯光照得苍白。

陆青乔下楼，刚想问怎么了，就看到从试衣区出来的裴叙。他表情严肃，鹰隼般的眼环视整个一楼区域，身后跟着一个面生的男人，样子四十岁左右，手里拿着一个本子，时不时记上几笔。

"这面墙的尺寸量一下，把海报放在这里。"裴叙指着东侧墙壁，目光又落到上面的射灯，"这几个灯也换成亮度稍低一些的，要浅黄暖光。"

后面的男人唰唰几笔记下。

陆青乔知道这是要改布局，门店每三个月一小动，半年大动，一是配合促销，二是给顾客新鲜感。以前这些都是林跃管，改动也是潦草地挪挪架子，整体框架没大变过。这次，看样子是要大动。

她走过去，淡定地叫了声"裴总"。

裴叙点头，公事公办的眼神落在她脸上，只停留一秒，就转头继续和旁边的男人交流改造计划。

陆青乔缓缓吐气，看样子他也忘了。

十分钟后，两人离开，店里只剩她和任小圆。

陆青乔纳闷为什么这么半天没来顾客，突然想起来看时间："九点二十了？"

任小圆叹气："可不嘛，我本来都收拾好东西要走了，就磨蹭了十几秒，让裴总给我堵屋里了。"

陆青乔关好电脑，边脱西服边说："怎么没上去叫我？"

"嘿嘿，不敢。"任小圆拿着两人的便装去试衣间。

陆青乔检查好电源才过去，脱下衬衫、西裤，换上加厚长筒棉袜。

两人隔着帘子对话。

任小圆："我为我那天的大放厥词道歉。"

陆青乔："什么？"

"就是……我说勾引裴总那件事。"

"哦？"

任小圆换完了，掀开布帘，靠在门口感叹："你都没看到，那裴总的脸跟罗刹似的，吓得我大气都不敢喘。"

陆青乔想着裴叙的脸，和高中时相比确实少了肉感，多了些成年人特有的凌厉，面无表情的时候又过分严肃，但也不至于像罗刹啊。

082

她把工装叠好，掀帘子出来，毫不客气："你也太胆小了。"

"你不胆小，你上啊？"

"我又没大放厥词。"

任小圆被打击到，把工装塞进柜子里，两人一起出门。

今年的天气不正常，进入十二月了还没下雪，温度倒是断崖式下跌，晚上零下十几度，出门瞬间被冻透。

任小圆住得近，跑几分钟就能进公寓。

这个气温陆青乔不敢等末班车，准备去路边拦出租，刚走两步，就看到路边停着的黑色宝马。

她戴了隐形眼镜，可以清晰地看到驾驶位上男人的侧脸。

须臾之间，她想到那一堆乱麻似的事，条件反射拿包挡脸，企图逃离危险区域。

刚走两步，就听到汽车鸣笛。

宝马车窗半开，裴叙正看着她，见她在那儿假装看不到，又连续按了几下喇叭，声音带着急促的烦躁。

陆青乔没办法，老老实实把包挎好，装作刚发现他，摆出营业式笑脸："裴总，还没走啊？"

男人挑下巴："上车。"

"啊……"陆青乔左右为难，"不了，裴总，我打车。"

他面无表情地看着她。

陆青乔只好上车，规规矩矩地扣好安全带，端正坐好。

裴叙却没有开车的意思。

陆青乔小声提醒："裴总，要不我还是打车……"

男人单手扶着方向盘，几天不见，他又回到了身居高位的姿态，就算下班，他也不觉得是在占用员工私人时间，理所当然得要命。

陆青乔有些心烦，本来下班就晚，想到苏言的嘱托，这纸尿裤怕是买不成了。

车里没开灯，没开音乐，安静到耳鸣。裴叙面容闲适，食指搭在方向盘上，一下一下有节奏地敲着。

不知为何，他忽然轻笑，陆青乔转头看他，刚好他也看了过来。

裴叙目光灼灼："那晚我喝醉了，什么都不记得。"他的神情坦然，语气平静，是失误之后的正常托词。

陆青乔赶紧点头，配合道："是，喝醉了不记得很正常。"

裴叙循循善诱："我不记得了，你记得吗？"

陆青乔心中警铃大作，谨记雷池的禁忌："我也不记得了，呵呵……"尴尬地干笑两声。

"你没喝酒，不记得？"

"我记性不好，你是知道的。"她面不改色。

长久的沉默里，两人对视着，目光里含着探究。

陆青乔一脸不解，这都过去的事了，还提起干吗？

裴叙突然笑了，有种得逞的意味。

"看来我们都忘了。"他点开手机，话锋一转，"幸好有行车记录仪。"

陆青乔搞不懂他什么意思，目瞪口呆地看着他点开视频。

车厢昏暗，影影绰绰，只能看清两人的轮廓。男人靠在副驾驶，双眼紧闭，她一直凑过去说话，记忆里正常不过的接触，到这视频里竟暧昧不已。

无语，还是她主动。

直到身体靠近，男人的手突然搂住她的脖颈，嘴唇触碰的那一刻，陆青乔别开眼，脚趾在长靴里抠紧。

裴叙淡淡地说："我们接吻了。"

陆青乔挠着后颈，不敢和他对视："是。"

不过，转念一想，她是有理的那方，酒后失态的又不是她，没什么不可理直气壮的，索性大大方方。

她探身过去，手指轻触屏幕，拉回视频，定在最初靠近的那一帧，像补课老师似的讲解："这段，我确实是主动靠近，因为我连续问了你三遍家住哪里你都不说，我才用手推你的。"

她怕他不信，还双指放大细节。视频画面虽然模糊，但也能隐约看到她的手，疏离有礼，不掺杂任何情感地碰他肩膀。

裴叙静静地听着。

陆青乔继续播放，又快速暂停："再看这儿，你突然搂我脖子，我还没反应过来，你就亲上了。"她像个理性的律师，在法庭上条理清晰地呈上证据，综上所述，她才是被害者。

裴叙抱着胳膊，面无表情："你没有推开我。"

"我推不动！"

他抓住重点："看来你记得。"

陆青乔噎住，不懂他为何刨根问底。亲一下而已，都快三十岁的人了，当然不会像小孩子那样因为一个吻就怎么着，酒后无意的行为，她不会放在心上。再说，他更应该假装不知道，本身有女朋友，这车里有记录仪，还是联网的，留着这种视频，指不定什么时候就坏事了。

她替他着急："你快把视频删了，让人看到不好。"

她话音刚落，裴叙本就沉下去的脸变得更严肃："你怕被看到？"

陆青乔嘴硬："我怕什么啊？"

裴叙冷笑："我也不怕。"

两人僵持着。

陆青乔也不知道自己怎么就鬼使神差地上了裴叙的车，也不知道为什么要跟他讨论这种无语的话题，还讨论进了死胡同。很明显是他揪着不放，都当上总经理的人了，还要拿这种事要挟她吗？

陆青乔也不是当年的那个她了，她挺直了背，一副无所谓的样子："成年人，亲一下而已，没什么大不了。"

在以前，这样近距离的接触也并不是没有，虽然年月久远，但青涩片段摆在回忆的扉页，想起来也不难。

南方的冬天虽没有北方这样严寒，但毕竟是冬天，黏腻的湿冷也不容小觑。陆青乔揣着暖水袋，端坐在书桌前，看着是在写作业，实则在列圣诞游玩计划。

难得的一家三口团聚，黄桂花和陆勇在客厅看电视，旁边放着一盘瓜子，边嗑边小声闲聊。

黄桂花混迹市场多年，眼观六路耳听八方，这附近谁家有几口人，家里出了什么事都一清二楚。

楼上脚步声不停，她想到这一家的事，幽幽叹了口气。

陆勇和她过了这么多年，知道这一叹是八卦信号，赶紧递台阶："好端端叹什么气啊？"

黄桂花嗑着瓜子，转头看了眼女儿紧闭的房门，这才眉目舒展，小声说："楼上这家……啧啧，日子过得没意思。"

陆勇天天开车，进货送货，大半天都在车里憋着，两耳不闻窗外事，连楼上住着谁都不知道，她没头没脑的一句话，也勾起了他的兴趣："谁啊？你认识？"

"不熟，但知道。"黄桂花抓了把瓜子，抬头看了眼电路不稳的吊灯，"两口子从刚结婚就带着不好好过日子的架势，生了孩子第一时间去做亲子鉴定。"

她突然激动："那孩子学习可好了，我要是有这种好大儿，管他是谁的呢，管我叫妈就行。"

陆青乔对"学习好"这三个字非常敏感，她合上本子，抱着热水袋，轻手轻脚地走到门口，耳朵贴在门缝边。

门外的夫妻浑然不觉，正说到兴头上。

"男的在外面有女人，大摇大摆逛市场，女的也不遑多让，都摆在明面上，两个人烂到一块了，还假惺惺为了孩子不离婚，面子里子都想要。"

陆勇趁机把中药推到一边，像商讨国际局势似的分析旁人的家事："是想等孩子高考后再离吧？"

黄桂花"呸"一声，吐出瓜子皮。楼上脚步声渐急，吊灯轻晃，她冷哼道："就这样，还不如早点离了痛快，看给孩子创造的是什么学习环境。"她支起身子，滔滔不绝，"咱搬过来快四个月了，这楼上都吵多少回了，倒是知道趁孩子不在家时吵，但摔这摔那的，孩子回家一看，能不知道吗？"

陆勇也跟着叹气："真是苦了孩子。"

"谁说不是呢。现在是没吵，但你听这走路声，像扛着大刀来寻仇似的，不用想都知道这两人又杠上了，真恶劣。"

卧室门口，陆青乔咬着下唇，手不自觉地抓紧热水袋。

和裴叙认识这么久，她也隐隐从他语气里知道他和父母关系不好，但没想到这么不好。在她看来，冷暴力是最具杀伤力的刀，裴叙从小就冷刀悬头，怪不得性格那么阴郁。

她推开门，说八卦的两人立马收声，盯着她，异口同声："写完了？"

陆青乔摇头，神态自若地编了个出门的理由："我下楼买支中性笔。"

陆勇纳闷："昨天不是刚买过吗？"

黄桂花瞪他一眼："高三了，她一天写的字比你这辈子都多，当

086

然费笔。"说罢堆起笑脸，"去买吧，钱够吗？"

陆青乔披上大衣，回道："够。"

楼道阴冷，小窗外，一轮圆月挂在天空，冷白，阴森，她踩着楼梯，往上走。

耳边安静，安静到耳鸣。陆青乔忽然纠结，该以什么理由敲他的门？都说青春期的男孩热血上涌，她这女孩怎么也不冷静？

走到一半，她渐渐清醒，这样贸然上去找他，奇奇怪怪的，貌似不太好。

可具体哪里不好她也说不出，心里涌起的冲动刚才还沸腾着，不顾一切想见到他，现在呢，不知道哪步没走对，胆怯竟占了上风。

她停住，感觉脑子不够用了。

楼上房门突然打开，声音震亮了楼道灯，陆青乔抬头，看到急急出门的裴叙，他脸色有些苍白。

门还没关上，明亮的室内忽然传出男人的怒吼："你上哪儿去？"

陆青乔惶恐地盯着裴叙，脸唰地白了。

裴叙抿唇，一字一句说："下楼买中性笔。"

门"砰"的一声关上了。

他面无表情地踩着台阶，一步一步往下走。

陆青乔心跳加速，盯着渐渐靠近的人，不敢移开视线。

声控灯熄了，四周重归昏暗，借着微弱的月光，他走到她面前。

"你怎么在这儿？"他声音很轻，带着一丝无力的试探，黑夜保护着他的脆弱。

陆青乔闻到他身上熟悉的洗衣液味道，狂跳的心渐渐平缓。她稳了稳心神，超级小声说："我……我出来散散步。"

话音刚落，他忽然拉住她的手，带着她飞快无声地下楼。一路黑暗，没有关系，每天都走的楼梯，台阶早已刻在了心里。

一楼有地下室，灯从来没亮过。裴叙拉着她往下，穿过狭窄的木门，绕过停在走廊的自行车，再往里，没路了。

空气安静，视野混沌，陆青乔跟在他后面，什么都看不到。

裴叙倏地停下，她没有心理准备，结结实实地撞到他的后背。

鼻尖和后颈亲密接触，巨大的酸痛上涌，陆青乔忍不住呼痛，眼泪也毫无预兆地掉下两滴。

黑暗环境下，听觉和触觉全都放大。她听到裴叙的呼吸声由远及近，带着担心的焦急，却因为不知道她在哪儿，戏剧般再次撞上。

痛点新增，陆青乔大脑一片空白，忘了喊疼。

裴叙知道她伤上加伤，手伸过来磕磕绊绊地摸索，从肩膀，到下巴，再到鼻尖，急声问："是撞到这儿了？疼吗？"

距离太近，陆青乔慌忙后退，摆手说："没事，没事。"

许是距离拉开太明显，气氛有了变尴尬的趋势，她又故作随意地转移话题："要去买笔吗？"

裴叙收回手，恢复了平时的冷淡："不去。你回家吧，我在这里待一会儿。"

陆青乔后背抵着墙，眼睛逐渐适应了黑暗后，勉强可以看到少年的轮廓，就算模糊，也能感受到从他身体里散发出的低落气息。

只犹豫一秒，她就决定了："我陪你。"

车内气氛僵持，裴叙渐渐靠近。

一样的冬夜，时间横跨十年，他再也不是那个莽撞发抖的少年。

陆青乔凭一股气撑着，不敢露怯。

他眼神深邃，穿过路灯透进的光，和她四目相对，明明是施压的姿态，语气却如春风般温柔："你觉得，和我接吻对你来说不算什么？"

陆青乔不认怂："是。"

一个字，斩钉截铁。

裴叙笑了，目光渐渐下移，掠过她的鼻梁、脸颊，最后落在她的唇上。明目张胆，仔细勾画她的唇形。

陆青乔起了一身鸡皮疙瘩，不明白事情怎么会变成这样。惊慌时，她的身体先做出反应——手摸到车门把手，身体为撤离做准备。

猝不及防，裴叙探身过来。

陆青乔收回开门的手，像躲钓竿的鱼，紧紧捂住嘴。

嘴其实是安全的，他压根儿没想亲，而是歪头探进她颈窝，湿润的唇贴到皮肤，忽然用力，像饿了千年的吸血鬼，忘记怎么吸血，刚触到皮肤就用力吸吮。

陆青乔惨叫："疼疼疼！"

男人的力道没有收减，她被男人压在三角区，手脚都被他强制按住，像只被捕获的猎物，叫声从惊慌转为哀鸣。

陆青乔被激出眼泪。

裴叙终于松口，潮热的鼻息扑在她耳下，不理会她的手推脚踢，下巴顺势靠在她颈窝，把她紧紧束缚在怀里。

陆青乔挣脱不开，气到抓狂："裴叙，你属狗的啊？"

男人力道不松，懒懒的鼻音带着酥麻的震动传到耳底："既然接吻不算什么，那亲脖子更不算什么了。"

得逞后，他放开了她。

路灯的残影照在他清隽的脸上，让他看上去不再是高高在上的冷峻，倒像手持经卷的圣僧，只因瞥到她脖颈的一片嫣红，便兀自跌下神坛。

他清楚，他从来都不是理性的人，抑或他是个理性的人，只有和她在一起时才会变成这样。

陆青乔被他抱得缺氧，突然被松开，脑袋开始充血，头昏昏沉沉的。她没忘记抚摸脖子，检查有没有被他咬出血。

见手掌干净，脖子上也没有热流下滑，她松了口气的同时，眼泪也掉了下来："裴叙，你是不是有病！"

她吼着，手去开车门，扳了几下没扳动——他把车门锁了。

车子启动，男人握着方向盘，优哉游哉地转了半圈，驶进商业街的车流中。

"我要下车。"

他心情似乎很好，没有回答她，还顺手开了音乐。

低沉的老歌透过广播孔扩散出来，屏幕上音符跳动，流光在车里连成没有规律的线，和陆青乔心里的乱麻搅在一起，缠得越来越紧。脖子上的痛感已经转为燥热，她借着前面的镜子，赫然发现脖子侧面被他咬出深红的草莓印。

忍不了，他是野狗。

"开门，我要下车！"

前方绿灯只剩最后两秒，旁边的车都在减速，裴叙却一脚油门踩过去，车子平稳驶向通往城东的主街。

他说："我送你回家。"

陆青乔别过头，看着车窗外关闭大半的门店，心情烦郁："不用麻烦。"

裴叙却觉得今天是他近期心情最好的一天。

深夜的广播节目大多是音乐，声音甜软的女主播语速缓慢，背景音是和冬季相称的暖炉烛火，他舒服地靠着椅背，听女主播念投稿来信。

"虽然我们已经分开八年，但我仍然记得你的样子、你说过的话、你的习惯，还有我们养的猫。我昨天在商场遇到你，你身边已经站着别人。成熟之后我很少回忆往事，因为每次都会想起你而冲动犯的错有很多，我最后悔的就是离开你……"

车里两人沉默，各怀心事。

女主播念完来信轻轻叹了口气，感慨地说："相爱的人会错过，回忆各自保留心底，就算时隔多年再见你，也会默念一句'我好想你'。"

钢琴声随着女主播的声音推送，下一首歌开始播放，是苏打绿的《我好想你》。

> ……生命，随年月流去
> 随白发老去
> 随着你离去
> 快乐渺无音信
> 随往事淡去
> 随梦境睡去
> 随麻痹的心逐渐远去
> 我好想你……

歌词总会在恰当的时机替人道出心底的话，车里空间密闭，裴叙孤独地品味这失而复得，却满是遗憾的思绪。

他想，男人、孩子，不过是在时间上占了先机。

现在，他掌握时间。

车子减速，冬日深夜，长街一眼望不到头。

幸福只维持短暂的一首歌的时间，陆青乔突然惊呼，手忙脚乱地拍打玻璃窗，转头求他："裴叙，让我下车吧，这一路好不容易看到没关门的母婴店，我得去买点东西。"

音乐随着刺耳的刹车声戛然而止。

第四章
/
胶囊药

1

"怎么才回来？"苏言接过纸尿裤，见陆青乔神色怏怏的，也趿拉着拖鞋出来。

这么晚才回来，她以为陆青乔是加班累的，操心地问："要不你明天请个假，就说发烧了？"

陆青乔开门，一边脱鞋，一边无可奈何地说："不行啊，货还没点完，就算请假也休息不着。"

楼道的灯年头久了，灯泡上覆了一层灰，窗户合页也松了，来一点风就被吹开，寒风灌进来，昏黄的光影一晃一晃。

陆青乔随手打开室内的灯，转头的一瞬，脖子上的红印大剌剌地露了出来。

苏言瞥到，倒吸一口凉气，连忙跟着进来，关门，目光灼灼地试探："青乔，加班到几点啊？"

"九点半吧。"

"现在十一点了。"苏言慢声细语，一步一步跟在她后面。

陆青乔把包卸下，大衣脱掉，毛衣是浅色羊绒的，软软地贴着皮肤，头发束在脑后，坠下来的碎发挡不住鲜艳的瘀红。

苏言打开手机，按下快门。

陆青乔愣住，后知后觉地想到脖子上的痕迹。

苏言笑着瘫倒在沙发上，一脸促狭地放大屏幕，仔细端详："老实交代，你跟谁出去鬼混了？"

"什么啊……"陆青乔捂着脖子，逃也似的拿睡衣去洗手间，关门，开灯，脖子上的草莓印比她想象的还大。

救命，裴叙那条狗！

门外的人向她发起一串问话，声音渐大："你有男朋友了？什么时候认识的？进展到哪步了？睡眠体验怎么样？"

陆青乔把头发放下，抓蓬松，堪堪遮住脖子的痕迹，叹气，开门。

苏言蹦起来，冲她头上扬了一把妙脆角："呜呼！恭喜开张！两年了，铁树终于开花了！"

相比苏言的激动，陆青乔显得过分冷静，她捡起挂在头发上的妙脆角，塞进嘴里，干巴巴地嚼着，说："没有。"

"那你脖子这……上火抓的啊？"苏言可不信，人家上火都抓正中间。

陆青乔不知道怎么说。

两个成年人在车里复盘酒后失态接吻，对于是谁全责的问题没有达成共识，一方愤而报复，追加脖子吻痕一枚？

十八岁小孩也干不出来这种事吧？

陆青乔不说，苏言倒也不着急，但拦不住她猜测分析："你这颗'草莓'，角度在左侧方……"她把智商全都用上了，眉心叠出三道褶，"不会在车里吧？"

陆青乔表情微动，被苏言全部捕捉："啊？真在车里？！你俩……挺野啊！"

陆青乔听不下去了，苦着脸说："打住，没有的事。"

"不想说？"

"不是不想说，压根儿就没事。"

苏言开始打感情牌："好感动哦，这种时候都不忘帮我买纸尿裤，看来在你心里，我和小星星还是很重要的。"

陆青乔："……"

她对别人可以撒谎、抗拒、捍卫自己的隐私，但和苏言不行。苏言曾毫无保留地把自己的一切告诉她，包括夫妻生活细节、前夫出轨被抓现场，甚至前夫和情人的聊天记录截图。对比之下，她这样遮遮掩掩的态度，就是在两人的友情之镜上敲了一榔头。

陆青乔坐在地毯上，对上苏言探究的视线："我……先前不是跟你说过，见着高中同学了嘛。"

"是。"苏言后知后觉，"是他？"

"先说明，我们没在一起。"

苏言瞬间懂了："炮友。"

陆青乔感觉头好痛，在车里就没说清楚的事，现在到家了，这么晚，还得撑着眼皮被审问，梳理这堆捋不清的烂账。

"也不是。"

"那……你们只是单纯想试试吸脖子会不会红？"

说出来是挺扯的，也不像奔三的人能做出来的事。但是，大千世界，无奇不有，什么事都可能发生。万一那位高中同学童心未泯，或是有这种特殊癖好呢？这么一想，还怪刺激的。

事情走向越来越离谱，陆青乔觉得难逃一死了，索性和盘托出。

十分钟后。

"你是说……他喝醉了，亲了你，然后调视频给你看，你说无所谓，他又亲了你脖子？"

陆青乔点头，默默喝了口刚从冰箱拿出来的冰啤酒。

苏言盘腿坐在沙发一角，皱眉分析，忽然打了个响指，语气凿凿："他在勾引你。"

陆青乔差点呛到："不可能！"

"这不明摆着吗？"

陆青乔掀开最后一层隐秘："他有女朋友了。"

话音刚落，气氛陡然转下，室内暖意融融，冷意却从苏言周身释放，八卦的表情立刻转为严肃。

缓了几秒，她郑重地说："你最好离他远点儿。"

陆青乔猛点头，就算苏言不说，她也会离得远远的。

一楼的轻装修开始，为了不影响营业，施工时间定在早上开门前和晚上关门后。陆青乔仗着家里有刚断奶的孩子这个谎言，躲过了这波早到晚退，把钥匙交给了田甜。

不过她也没轻松多少，早上到的时候，工人走了，但一地狼藉还在。

为了让出空间装修，衣服连着架子都挪到了试衣间后面，上面覆着一层防尘布。

任小圆捻起防尘布一角，和新来的双双一起揭掉，但再怎么小心，灰尘还是到处飞扬。

临下班前，任小圆拉着脸搬衣架，恨恨地看着已经揭掉陈旧壁纸的斑驳墙面，听说这块区域要放最新代言人的海报。

她酸溜溜地抱怨："明星赚钱真容易，就穿着衣服照个相，上千万就到手。"

双双干了一周多，业务熟练了，也放开拘谨，附和道："就是啊，不用点头哈腰，人家的钱都是站着挣的。"

陆青乔刚好经过，听到这后半句，顺便插了句嘴："难道你是躺着挣的啊？"这会儿店里没有顾客，她说话也没什么顾忌。

这句话不知怎么就触到了任小圆的笑点，她一笑就泄了力，衣架也抬不动了。她把责任归在陆青乔身上："姐，你干吗突然开黄腔啊？"

陆青乔挺无辜的，她说的时候真没想太多，只是顺着字面意思给出反问罢了。

双双比任小圆大三岁，有男朋友，对这样的玩笑压根儿不放在眼里，还游刃有余地接过话茬："我也想躺着挣，这活可不好找。"

陆青乔开玩笑："慢慢找，找着了也带我一个，我百无禁忌。"

任小圆笑到缺氧，缓了好长一口气才直起腰，呼吸还没顺好，笑容就戛然而止。她的视线越过陆青乔的肩膀看向门口，紧张地说："裴总好。"

陆青乔和双双是背对门口的，任小圆一直是弯腰狂笑状态，说话说到兴头上，压根儿没注意门响，也不知道裴叙进来多久了，重要的是，不知道他听了多少。

陆青乔在心里双手合十，但愿他没听到吐槽代言人那几句。

任小圆和双双继续搬架子，逃离事故现场。

裴叙站在门口，目光落到陆青乔脸上，视线下移，看到她堆到下巴的高领毛衣。

他没什么情绪，淡淡移开目光，转头和刚进来的装修师傅交流进度。

正值深冬，又是销售旺季，当然不能大推大凿地装修，只把试衣间改了，布帘换成实墙，门内带镜子，既增加私密性，还避免尴尬。服饰区的墙面撕掉上一季的广告，老旧的衣架淘汰，在节省出来的空间里摆一张简易茶几和软凳，茶几上放着糖果和茶饮。

这是总部要求的，各大门店的改造风格几乎一样。

任小圆和双双下班了，陆青乔检查电脑，确认没有遗漏才关机，因为装修师傅在，电源就不用检查了。

她把手机装进包里，准备下班，心里却莫名不安，总觉得背后灼烧，有种慌慌的感觉。

女人的第六感向来很准，她手刚握到门把，裴叙就叫了她的名字："陆青乔。"

她堆起笑，转头，颔首："裴总。"

工人已经进入工作状态，图纸搁在里间，裴叙掸了下落在大衣上的浮灰，确定完今晚的工程进度，也下班了。

陆青乔站在门口，素面朝天，拎着包，双手交叠，一副听命的好员工模样。

距离高考考完已经十年，裴叙觉得没有一天是轻松的，像推巨石上山顶的西西弗斯，石头反复在他身上滚过，他的骨骼、血肉、皮囊经过一次又一次的浴血、痛苦、重建、愈合，现在是连他自己都陌生的模样。

当他像高三那年听从身体的驱动，下坠到厌恶的谷底时，毫不意外，陆青乔在那里。

时间似乎没有在她身上留下痕迹，没有成年人的老练、世故、无趣，那双眼还是澄明的，看不到生活的沉重。

他转念一想，如果她的生活并没有沉重呢？

她过着大多数人期望的平淡生活，恋爱，结婚，生小孩，有个不太轻松但是稳定的工作，同事和睦，家庭幸福。她是妈妈，是妻子……是妻子？

裴叙抿唇，眼底渗出冷意。

当年是她承诺在先，也是她无视承诺，跑到这种地方过自己的小日子。这十年，她有没有一次，哪怕是一瞬，想过他呢？

寒风呼啸，路灯电压不稳，明暗交替的光照在她的侧脸。

陆青乔叫苦不迭。她不停地在鞋里活动脚指头，奈何还是躲不开门缝钻进来的风，风刚好吹到她的膝关节。这么一小会儿，已经感觉到不舒服了。

裴叙缓缓靠近，陆青乔抬头，迎上他的视线。

他脸上带着奇怪的笑意："怎么不叫我名字了？"

陆青乔余光瞥到后面干活的工人，往后退了一步，说："这是在店里，工作时，你永远是裴总。"

她一脸诚恳。

男人长臂一挥，推开门。冷风灌进来的同时，陆青乔也觉得后背被一只大手推着，就这么跟跄地出了门。

室外天寒地冻，他衣扣没系，风吹鼓了他的大衣，里面的薄衬衫露了出来，他面不改色。

陆青乔替他打了个喷嚏。

"现在出店了。"他说。

她秒懂，并想快速结束这种对峙场面，于是叫他："裴叙。"

裴叙认真打量，她还是那张紧巴巴的瓜子脸，皮肤白净透明，眼睛比以前大了，能清楚地看到躲避抗拒的眼神。

她还是变了很多。

奇怪，他明明不是个念旧的人，此刻却被执念附体。

他轻声说："再叫一次。"

火在身体里乱窜，陆青乔咬着后槽牙："裴叙，你是不是有毛病？"

裴叙确实有毛病。

从地下室出来后，他一夜没睡，早上提前半小时起床，天刚擦亮，就坐上最早的公交车去上学。

理智的伪装被陆青乔亲手打破，从小到大，没人愿意站在他身边，也没人看到他的无助，他小心地保护他的脆弱。他再也不能像之前那样和陆青乔说话，催她写作业，或是闷声听她碎碎念。

心脏仿佛被什么托住，飘浮在半空，想到她的脸时，便会穿过一丝电流，心便在悬空处翻了个跟头。很奇异的感觉，他心神不宁。

老师在讲台上，表情严肃，嘴唇翕动，说出的话像流动的音阶，悦耳，复杂，听不懂。

两节课下来，他云里雾里。

冬季，高三取消课间操，教室里的学生埋头看书，只看到成堆的书林里偶尔冒出一个脑瓜顶。

胳膊被撞了下，裴叙很快转头，黑框眼镜下的眼睛第一次出现迷茫的情绪。

同桌递给他一盒牛奶："十六班的女生让我给你的。"

裴叙接过牛奶，手指用力握住温热的盒身。牛奶洒了，同桌被溅了一身，骂他："你有病啊？"

画面一转，突然变成陆青乔的脸，触感真实，白皙紧致。

他轻轻地抚摸，时间在她脸上迅速流逝，从穿着校服的懵懂少女变成皱着眉对他所作所为不满的陆青乔。

裴叙突然惊醒，猛地从床上坐起来。

窗外是漫长的冬夜，星星被薄云遮住，光亮暗淡，公寓死寂。夜灯不知什么时候灭了，加湿器里的水耗尽，红色提示灯一闪一闪。在漆黑的夜里显得很诡异。

他扬手，想擦额角的汗，却感觉有些不对。

梦里的画面逐渐淡去，现实中的手掌却没摆脱牛奶的黏腻。他愣了几秒，另一只手缓缓伸进被子里某处。

果然！

他心情躁郁。

浴室亮着灯，热气氤氲，裴叙站在花洒下，双眼紧闭，任热水流过身体。

2

早晨，裴叙第一个到的办公室，给田甜打电话，让她通知管理人员开早会。

陆青乔接到电话时还没睡醒，昨晚失眠，算起来就睡了四个小时，她看着窗外灰色的天，大骂裴叙不是人。

因是紧急通知，员工从各区赶到需要时间，陆青乔到的时候，办公室里才不到五个人。

田甜冲她飞眼，拍了拍旁边的座位。

陆青乔赶紧过去："什么情况啊？"

田甜也想问什么情况，她这一大早上打了十几通电话，连饭都没吃，像奔命似的赶到，结果没看见裴总，给他打电话，他说八点再开会。

她气到没有脾气。

不过作为总经理助理，她是不会把负面情绪外露的。她捂着陆青乔冰凉的手，笑着说："应该是总部下文件了，关于年末活动的事。"

陆青乔睡眠不足，来的路上被冷风吹头，现在脑仁疼。她把遭的罪全都算在裴叙身上，闹心地说："活动不是已经开始了吗？"

田甜奇怪："你没看品牌官博吗？"

官博？陆青乔很少上微博，压根儿不知道这些。

各区员工陆续赶到，会议室充斥着糊成一片的嗡嗡声。田甜靠近，在陆青乔耳边压低声音："安雅是品牌新代言人，昨天很晚才官宣，今早开会，应该是关于她。"

陆青乔恍然，不过没好意思问安雅是谁。

趁还没开会的间隙，她去洗手间搜索。

百科的人物介绍很详细，二十五岁的女演员，作品只有几部，因为上半年演了一部仙侠剧大反派出圈，凭借浓艳外形和魔鬼身材夺得"生图杀手"称号。

陆青乔点开剧照，赫然发现居然就是她前年追的那部都市剧的女二号。然后她又发现，怪不得不认识，原来改名了。

安雅本名叫楚逾，出道时也用的这个名字，但是和圈内一个很有话题度的女主播撞名了，那会儿她不温不火，也懒得改。倒霉的是，后来那女主播卷入一个刑事案件里，判了三年，大批吃瓜网友跑错地方，在她的评论区臭骂，两天骂了快五十万条，她这才一气之下改了名。

陆青乔回会议室时，裴叙已经到了。他罕见地穿着黑色衬衫，手腕撑在桌上，笔记本电脑显示着 PPT 页面。他熟练地拖动鼠标，注意力都在上面。

会议还没开始，田甜向陆青乔招手。

陆青乔贴着墙边往里走，没等到地方，就瞥到一个熟悉的侧脸。她狐疑地看了那人好几眼，坐下后才震惊得倒吸一口气。

那个清瘦的男人不会是林跃吧？

林跃坐在前面，隐晦地拿手机示意了一下。

陆青乔秒懂。

林跃：家人，好久不见。

青乔：天，我都没认出来，你怎么瘦成这样？

林跃：累的，累成狗。

青乔：也有好的一面，看着不那么丑了。

林跃：哥颜值这块自始至终都挺高。

青乔：你开心就好。

会议室很安静，田甜的腿一下一下地碰着陆青乔。陆青乔的注意力都在手机上，没在意，直到聊天页面弹出两个字。

林跃：抬头。

陆青乔扬起头，裴叙就站在她椅子扶手旁边，双手抱着肩，灼灼地盯着她。

她赶紧把手机塞进包里，装作无事发生。

裴叙伸手，食指在触到她的脸时微微勾起。陆青乔不明就里，急忙向后缩，背撞到椅子上，眼镜却掉了下来。

细边黑框眼镜在他食指上挂着，不知谁"哇"了一声，十几双眼睛突然齐射过来，陆青乔仿佛被激光扫射，恨不得遁到地心。

裴叙低头，把眼镜架在鼻梁上。他眉眼本就深邃，面部没有多余脂肪，严肃时有些不近人情的冷硬。陆青乔的眼镜轻薄，款式秀气，戴在他脸上刚好中和了他的冷，还透出一股斯文的味道。

他的目光落在看热闹的林跃身上，见林跃飞快避开视线，嘴角溢出一丝冷笑，不紧不慢地说："陆店长，眼镜可以借我戴一会儿吗？"

陆青乔心想：你不都已经戴在脸上了吗？

吐槽归吐槽，她当然不敢这么说。

"可以，裴总不用客气。"

早会确实和田甜说的一样，着重强调了昨天官宣的代言人和这几天的冲刺销售计划。双十二线上活动已经开始，明晚安雅会借着热度参加品牌直播，主推纤云系列，下播后发微博带销售链接，开通粉丝专享购买通道。

裴叙推了下眼镜，看向林跃，说："粉丝专享连的是塔城发货仓，林主管做好准备。"

至于随单赠品……

他的目光转向置身事外的陆青乔："胸针礼盒，陆店长准备。"

线上忙碌带动线下，自从开通了售后线，店里每天都有来退换货的顾客，大多是尺码不准的。

好在装修已经结束，店里焕然一新，来退换的顾客只要进店，陆青乔都会不遗余力地促进二次销售。

下午统计销售时，她发现从十一月中旬到现在这一个月的时间里，店里的销售额超过了整个夏季的总和。

再加上提成抬了一个点，她各项都统计好后，美滋滋地敲计算器。

任小圆听到计算器的音调里都带着快乐，赶紧溜了过来："青乔姐，多少？"

陆青乔冲她比了个打枪的手势。

"八千？"

"嗯哼，答对！"

任小圆被喜悦冲昏了头脑，趴在收银台边计划着这月工资怎么花："等忙完这阵就去酒吧，附近那个夜色撩人招了十来个男模跳舞，嚯，那身材……嘶！"

她眉飞色舞的，还不小心流出口水，陆青乔嫌弃地递给她一张纸，她也有点不好意思了。

她昨天刷同城短视频看到的，年轻男模涵盖各路风格，有肌肉的都裸着上半身，秀气的就穿制服。昨天刷的那个 cosplay 总裁，白衬衫解开一半，胳膊缠皮带在那儿扭，害她一直尖叫，半宿没睡。

陆青乔冷漠地转移话题："等会儿把随单赠送的胸针和签名照包好。缎带还没送到？"

任小圆瞬间萎掉，像一匹被套在磨盘上的驴："两千个胸针，我们手动装进礼盒，再附上签名照一张，最后用缎带系上，还得系成蝴蝶结形状？"

陆青乔点头，手在下面打字，催林跃快点把缎带送来。

任小圆有气无力的："你看我像不像蝴蝶结？"

额外的工作来得没有道理可言，装修刚弄好，死角和细节还没收拾彻底，下个活就马不停蹄地赶来，还要卖货、加班、搞卫生，是想累死谁？

任小圆不是懒，她知道赚钱不容易，但也得给个喘气的空间吧？

就是从十一月开始，工作量激增，于是她想到了那位罗刹。

"裴总是人形榨汁机吧？"榨干员工的精力给自己换业绩，任小圆非常抗拒弄那堆胸针礼盒，赖在收银台不肯走，"我觉得这位女明星也不一定能卖出两千单，要是咱们辛辛苦苦装好了，她那边只卖出二百件，那可就尴尬了。"

"领导让怎么弄就怎么弄，哪那么多废话？"

陆青乔把西服脱下来，趁白班还没下班，去楼上装礼盒，林跃回复说把缎带给了同城闪送，大概半小时后就到。

白班就快下班，夜班就两个人顶着，其实任小圆用不着费那么多口舌，因为这活明摆着就是给陆青乔干的。

胸针是星月图案，银白弯月包裹着淡黄色流星，金属制品，做工精细，有一定的重量。

陆青乔把胸针放进红色盒子的左侧固定，右侧则放着安雅的签名照，照片是安雅穿着素禾纤云系列主打款的奶油色连帽冬衣，在雪中温温柔柔地笑着。

这个款式适合二十到三十岁的年轻人，纤云系列是总部最新企划的一条青春线，门店暂时没有，主要在线上销售。

陆青乔仔细看照片里的女孩，很美，就是纯粹的美，皮肤紧致，浓颜淡妆，怪不得说她是红毯霸主，美得太有攻击性了。

不过攻击不到陆青乔。她把签名照放进盒子里，盖上盖子，再用缎带系上十字，最后在中心位置打了个漂亮的蝴蝶结，放在旁边已经摞起的盒子山上。

任小圆上楼，看到壮观的礼盒，震惊了："这么多？"

"还不到四百呢。"

任小圆踌躇着问："要不我和你一起？"

陆青乔打了个哈欠，抬手看了眼时间，九点整："不用，你和双双下班吧，我也马上快了。"

礼盒得和订单一起发，还有两天才发货，时间还算充裕。

她下楼，去收银台拿手机，边检查电源边给林跃打电话，很快接通。

"妹儿，什么情况？"

陆青乔弯腰整理收银台下面的票据，随口说："能有什么情况啊？问你什么时候有时间。"

"呵呵，没时间。"听筒里声音空旷，他似乎还在库房。

"没下班？"她看了眼时间，都九点二十了。

"说起来你可能不信，我已经在库房住一周了。"

陆青乔对此无能为力，她也是那条加班之绳上的蚂蚱，连诉苦的心情都没有，直接问："随单礼盒是你来取吗？"

林跃停顿好几秒才想起来这个事："不是后天才发货吗？急什么。"

"是，但我这儿没地方放，那么大一堆。"

"那我明天看看。"

陆青乔不喜欢这种模棱两可的回答，猛地起身："你最好快点儿，实在不行就今晚。"反正都熬大夜了，她可不想明天操心那堆礼盒往哪儿放。

她蹲得久了，冷不丁站起来头有些晕，待眼前清明后，她忽然怔住。

裴叙站在收银台前，不知道什么时候进来的。

她想起任小圆对他的评价。

悄无声息地突然出现，还冷着脸，真挺像罗刹的。

店里没别人，陆青乔便懒得作秀，又催了林跃两遍让他快点来才挂断电话。

裴叙还是那一身打扮，里面是衬衫，外面是长大衣，他刚来的时候，她就纳闷这身衣服的抗寒程度，这都十二月了，他怎么还是这身衣服？

管他呢，谁冷谁知道吧。

她把电脑关了，裴叙目光追随着她的手，没说话。

陆青乔见裴叙不说话，莫名其妙地看着他。他脸色有些苍白，眼里带着血丝，平时雷厉风行的模样现在一点都看不出来了。他明明肩膀还端着，后背也笔直，就是这气场，没来由地弱了很多。

陆青乔仔细看他，忽然伸手覆住他的额头，指尖触到不正常的热。

"你发烧了？"陆青乔马上从收银台里出来。

裴叙视线跟着她，直到她扶住他的胳膊，他才支撑不住，半个身子压在她身上。

陆青乔强撑着重量吐槽："我就不明白了，你在这儿耍帅干什么？零下十几度，你就穿这点衣服，你不发烧谁发烧？活该！"

在北方耍帅没有好下场。

陆青乔把裴叙按在软凳上，凳子有些窄，他坐上去显得很局促，一双长腿伸进茶几下，凳子和茶几都摇摇欲坠。

其实裴叙早上开完会就知道自己发烧了，想了一下，大概是昨晚睡觉出了汗去洗澡的缘故。

他不是容易生病的体质，但这次病情来势汹汹。

中午没吃饭，下午就觉得手脚冰凉，头痛欲裂，就算这样，他也面不改色地开了线上视频会议，去了趟城郊的仓库，下班前还拟定了代言人直播流程。

没人知道他发烧了，只有陆青乔一眼看出。

说来也奇怪，撑得很好的身体，在听到她说"你发烧了"时，突然泄了力气。同时，难受的反应放大无数倍，头晕无力，看东西也有重影，眼前有两个陆青乔。

陆青乔收起平时的谨小慎微，甚至敢用手拍他的脸："醒醒，先把药吃了。"

纸杯的边沿贴在他的唇下，吸入的空气潮湿温热，他半眯着眼，眼神失焦，却努力想要看清她的脸。

陆青乔最怕身边的人生病，手也有些抖。

她捏开他的嘴，往里塞了一颗药，趁他的嘴没闭合时把水杯卡在那里，慢慢往里倒。

温水冲进口腔，在溢出之前停住，她按住他的头，让他低下。

口腔里轻飘飘的药片浮到嗓子眼，他皱眉咽下。

陆青乔松开手，解释道："胶囊药，得低头吃。"

裴叙的心脏奇异地跳快了几下。

那年冬天的圣诞节，是按照陆青乔列的计划进行的。他们只有半天假，跑去夜市逛了一圈，买了些七零八碎的小东西，然后去滑旱冰。

陆青乔对学习之外的事都感兴趣，这是她第一次滑旱冰，穿上鞋的时候劈了好几个大叉，好在及时扶住围栏才站稳。裴叙很少运动，旱冰更是死穴。陆青乔能张着胳膊滑半圈了，他还在围栏那里打滑，根本站不起来。

陆青乔很是得意，翻身农奴把歌唱，一改学渣的戾气，对裴叙实施三百六十度的嘲讽："哎呀，竟然还有我们大学霸搞不定的东西哦。

"怎么还不行啊，这不就像走路一样简单？"

她得意地从他面前经过，一圈，两圈，三圈。

裴叙终于能站稳了。他观察场上滑得好的人的动作和重心点，琢磨起步姿势和转弯技巧，很快，他也能慢慢往前滑了。

陆青乔在另一边被一个能倒滑的男生邀请，两人牵着手从裴叙旁边经过。

裴叙冷冷地看着那两人牵在一起的手，发狠了似的追赶。

他们一直滑到冰场下班，出了一身汗。回家的路上还没败兴，陆青乔在旁边叽叽喳喳地说那个男生滑得有多好，还会花样，简直酷毙了。

裴叙敞着上衣，任风吹透冷汗，牙越咬越紧。

当晚他就发起了高烧。

第二天早上，陆青乔在门口等了他很久没见人，只好自己去上学。课间去一班找他，听说他发烧请假了，她连晚自习都没上就跑回了家。

她拿着买的药，敲响他家的门。

裴叙面色潮红地开门，也不说话，仿佛两人的关系又回到了最开始的时候。

"老师说你发烧了。"

说着，她挤进屋，发现裴叙爸妈都不在家。

裴叙扶着墙回卧室，盖好被子，背对着门。

陆青乔以为他因为发烧所以情绪低落不爱说话，赶紧从袋里拿出体温计，想也没想地掀开他的衣服，把体温计放在他腋下。

四目相对，一上一下。

陆青乔似乎不知道什么叫害臊，半个身子压在他身上，手也贴上他的额头，另一只手不忘摸自己的，对照温度。

"你脑袋好热啊。"

裴叙浑身无力，像一只待宰的羔羊，他却知道自己在享受，享受她翘课跑回来，认真对待他发烧的紧张样子。

硬撑这件事会习惯，也会累。

体温计被她拽出来，她用看物理书的表情检查刻度，瞳孔逐渐放大，不敢置信地凑过去，把刻度摆在他眼前："这是三十九度？"

裴叙看了一眼，点头。

"天哪，怎么办？"陆青乔站起来转了几圈，像一只被抽到停不下来的陀螺，最后终于想到路上买的药。

她从袋里翻出退烧药，挤出一颗，又急慌慌去倒水。

裴叙看她着急的样子，突然觉得这样烧一辈子也不是不可以。

陆青乔一手拿药，一手端水，身子一歪倚在床边，语气像哄小孩："稍微坐起来一下。"

见裴叙费了好大的力气才支起胳膊，陆青乔无奈，把水放在床头。她身上穿着校服，怕拉链刮到他，直接脱了，里面是碎花短毛衣，伸胳膊的时候布料拉扯，露出一截细腰来。裴叙被她扶着坐起来，背后靠着软枕。

"吃药。"她递药过来。

他张嘴，含住药，她端着水杯送到他唇边。

他喝了一口，习惯性地仰头。

他还没反应过来，后脑就被一只手压住，他被迫低头，女孩的声音在头顶传来："哎哎，不对！

"胶囊的药，低头吃。"

药效没那么快，陆青乔去洗手间折了条湿毛巾过来，像电视剧里那样，平整地放在他额头上。

"感觉好点没？"她已经问三遍了。

裴叙的回答还是那两个字："没好。"

这可怎么办啊？

窗外渐渐黑了，这个时间应该吃晚饭了，陆青乔很焦虑，小声说："裴叙，你饿不饿？"

他摇头，伸手把额头上的毛巾拿掉。

"那你爸妈什么时候回来？"

"不回来了。"

"啊？不回来？"她比刚才还着急，"为什么不回来？你都发烧了啊，好严重。"

是啊，好严重啊。

裴叙不知为什么心情很好，贪婪地看着陆青乔急得要哭的脸，哑着嗓子说："这不是有你在嘛！"

她无语："我有什么用？还是这么热，退烧药也没买错啊，难道你病得太严重，药石无医了？"

他眼神闪了闪，说："不要乱用成语。"

"都什么时候了你还在意这个。"

她又陀螺附体，反复站起来坐下，一会儿拿着体温计过来了，一会儿又拧来一条毛巾盖在他脑门上。

天黑透了，卧室没开灯，两人渐渐看不清彼此的轮廓。陆青乔靠近，手心贴在裴叙额头试温度，好像退下来点了，但不确定。

她心里一喜，想都没想就把自己的额头贴过去。小时候发烧，家里从来没买过体温计，都是黄桂花用自己脑门试的温度。

她手扶着他的脖颈，专心致志地当人形试温计。

裴叙屏住呼吸，额头触到一片凉，很快被他的热吞没。

陆青乔唉声叹气，她只会模仿动作，没有估算温度的能力。

好像和吃药之前一样啊。

她倏地起身，焦灼地翻袋子里的药盒，碎碎念："会不会过期了没效果？或者吃的量不够，要不试试液体的这个？"

她话音未落，手腕就被潮热包裹，裴叙的声音透着一丝无奈："才半个小时，别担心，一会儿就退了。"

陆青乔顺势坐下，觉得他在硬撑着："万一不退呢？"

裴叙倚在床头，用力握住她的手："感觉到了吗？我的手。"

陆青乔愣了一下，低头，两只手十指相扣，他的力气还不小。陆青乔眨眨眼，试着活动了一下手指，发现挣脱不开。

她思维发散："呃……我突然想到紫薇受刑，就是用木板夹手指，原来是这种感觉啊，好疼。"

裴叙："……"

他收了大半力气，把话题拉回来："我的手是热的还是凉的？"

陆青乔仔细感受："热的，还有点儿潮。"

"嗯，这说明药有效果。"

两只手依然紧扣，在寂静的暗色里，陆青乔只能看到裴叙模糊的轮廓，忍不住向前挪了挪，问："如果是凉的呢？"

裴叙低声回道："凉的，说明体温会继续升高。"

陆青乔松了口气，她感觉到他的手比刚才更热，或许半个小时前吃进去的药刚走到战场，准备和病毒来场激烈的厮杀。

放心了，精神也松懈，她自然地收回手："那就好，你慢慢退烧，我先走了。"

她还没起身，手再次被裴叙拉住，比刚才力气更大。

裴叙呼吸加重，似乎把她拉回来用了全部力气。冲动过后，他大脑一片空白，没想到留下她的理由。

他突然变得脆弱，像个重病患者，问："去哪儿？"

陆青乔不明所以，老老实实地说："下楼买点吃的啊。我每次生病，我妈都会弄点粥或者包子之类的，吃了好得快。"

裴叙握紧她的手，用实际行动表明态度。

"不吃？"陆青乔忍不住急躁，"这样病是不会好的。"

裴叙突然笑了，说："什么都不要，只要你陪着我就好。"

3

陆青乔去街对面的药房买了体温计，回来时裴叙比刚才的状态还差，高大的身躯蜷缩在窄椅上，摇摇欲坠。

经济发展飞速，各类产品也更新换代，连体温计都从水银细棍发展到触额屏幕版。她买的最新款，刚好拿回去把苏言用旧的电子版换掉。

男人双眼紧闭，眉心皱着，椅子太窄，他躺得很不舒服。

刚吃退烧药，不会这么快降温，陆青乔想帮他物理降温，佢找了一圈都没有合适的东西，店里都是抹布，脏得很。

她去洗了手，帮他测温度，数字显示出来的那一刻，有些无语。

陆青乔弯腰，推了下他的肩膀："裴叙，才三十七度五，起来吧。"

裴叙没动，似乎睡着了。

眼看快十点了，他要是赖在这里不动，她也没法走。想到近期的贫瘠睡眠都是拜他所赐，陆青乔开始头痛："裴叙？"

她靠近他的脸，平时雷厉风行的男人在生病时毫无攻击力，但也不好说，因为她猛地想到醉酒那晚……

人不能在一条沟里翻两次船，裴叙虽然发着烧，但很难保证他清醒之后不会倒打一耙，脖子上的痕迹刚好淡到看不出来，她不想再被咬一口。

陆青乔后退一大步，目测是安全距离后，才伸脖子喊道："裴叙，醒醒！"

没醒。

"好吧，那我先下班了。"

男人倏地睁眼。

陆青乔气闷，又后退一步，说："三十七度五，低烧，没事的。"

之前小星星生病时，她恶补了一些发烧知识，这个温度不用吃药，多喝水，睡一觉就好了，没有大碍。

说完，她就去换衣服。天气预报这几天有雪，她穿了厚羽绒服，裤子也多加了保暖层，脚上踩着黑色加绒短靴。

出试衣间时，她瞥了眼茶几那边，裴叙果然还是刚才的姿势，一动没动。

陆青乔纠结，慢慢走过去："裴叙？"

裴叙倚在软凳上，头歪到一边，侧脸沉静。奇怪，只是低烧而已，怎么看起来这么严重？

陆青乔把手放在他额头上，另一只手放在自己额头上。

烧已经退了，也出了汗，掌心沾了潮湿，她没在意。

"你还难受吗？要不我送你去医院吧？"

裴叙没睁眼，低哼："不用去医院。"

"那也不能在店里啊。"这里的椅子连腿都伸不开，去车里坐着都比在这儿舒服。

她拉住他的胳膊，说："那回家。"

裴叙皱眉，头晕转成头痛，痛游走全身，出汗了，不舒服，又开始冷起来。

这时听到她说回家。

已经有很久很久没听到"回家"这两个字了，高考结束后，他爸妈干脆利落地离了婚，各自和情人组建家庭，老死不相往来。他是高考失败者，感情破裂的见证人，反正已经成年，两个中年人毫无压力地和他切断最后一丝联系。

他去异乡念大学，学费和生活费都是自己赚的。上学时住宿舍，工作后住宿不稳定，每天都从不同的酒店醒来。他厌恶酒店，躺在泛着消毒水味道的床上时，想得最多的是陆青乔。

十九岁的他比二十九岁要成熟，想得远，那时就列出未来十年计划，每一条计划里都有陆青乔。

他要和她在一个城市念大学，毕业后工作也不要离得太远，在附近租一个小房子，如果工作不允许，那就租在离她公司近的地方，他路程远没关系。

房子要朝阳的，最好有大阳台，他住够了没有阳光的卧室。他会在路上买菜，买她爱吃的零食，在公司楼下等她下班，然后一起回家。

他会肆无忌惮地亲她，抱她，不会莽撞地弄疼她。就算她不告而别，他也残留着最后一丝幻想，独自按照计划努力。

后来，终于找到她，却是去参加她的婚礼。

心从那时起便死了。

可是，怎么了？怎么遇到她还是不行呢？

裴叙被扶着站起来，浑身无力，站不直，半个身子压在陆青乔身上。陆青乔的肩膀很窄，骨头硌得他生疼，他嫌这疼不够，恨不得整个人压下去。

"救命！要倒了。"

陆青乔叫苦不迭，感觉自己扛着一根实心面条，看着那么硬的人，身子怎么这么弱，都要把她压死了。

他烧已经退了，怎么还站不起来？

陆青乔咬着牙送裴叙到车里，系好安全带后，自己坐上驾驶位，说："裴叙，我送你去医院吧。"

"不用。"他的脸色比刚才好了些。

"我开车，你住哪儿？"她边发动车子边问。

车里有些冷，他呵出浅浅的白雾，低声叫她："青乔。"

自重逢后，他还是第一次这样称呼她。十年前，这是他的专属称呼，现在呢，这里每个人都可以叫她青乔。

她没觉得哪里不对："怎么了？"

裴叙把座椅调低了些，懒懒地靠着，说："没怎么，就这么待着。"

陆青乔："……"

她低头看了眼时间，快十点半了，天！他到底在折腾什么？天寒地冻的，两个人在车里大眼瞪小眼，搞什么行为艺术？

"你要是没事的话，我就先走了。"

她拉住把手要下车，肩膀忽然一痛。裴叙左手抓着她的包带，稍微用力，她刚抬起的屁股又重重落回座位。

陆青乔有时候真的会相信一些运气玄学，自从裴叙来塔城之后，她觉睡不好，上班也累个半死，生物钟早就乱了，现在深更半夜，下班时间，还在被他压榨。

"我要回家。"她瞪他。

"着急了？"裴叙靠着椅背，慢条斯理地说，"还是在等谁接你？"

看这样子他是好了，说话不仅恢复了阴阳怪气，甚至还夹了点儿嘲讽。

陆青乔头重脚轻，困得要昏过去了，也没心情在这个时间和他闲聊，说："是，已经很晚了。"

他目光灼灼："接你的人不会来。"

奇怪的笃定语气。

他抬腕，银色的表盘在衣袖下露出来，他很仔细地看，读出表盘上的数字："十点半。"

陆青乔皱眉看他的侧脸，说话前言不搭后语，让人听不懂，没听说低烧也能把人烧糊涂的。

"是啊，十点半了，你不困？"他再不放她回家睡觉，等会儿牛头马面就来接她去地府了。

"我们以前在一起的时候，这个时间还早。"

对高三生来说，十点半当然早，这个时间刚下晚自习到家，作业还没写。每到这个时间，陆青乔就会抱着一摞作业去找他。

她在期末前的模拟考考出了全班倒数第三的"好成绩"，自然是挨了一顿臭骂，她压力很大，情绪也崩溃，厌学整整一周。

不过一周后她情绪调整好了，而是黄桂花不知从哪里听到她班主任的女儿结婚，日夜赶工做了两床喜被。棉花是新摘下来的新疆棉，布是纯棉红布，上面用细线绣着龙凤呈祥，和铺子里的六个大姐手工缝纫，五天才完工。

做好后，黄桂花和陆勇一起登门庆贺。

刚巧新婚之前，班主任家里客人多，这两床喜被一看就是精细手工活，加上黄桂花嘴皮子利索，会说好听话，把在场的人全都狠夸了个遍，给班主任好一顿长脸。

班主任这一高兴，在课堂上就格外"关照"陆青乔，作业都和别人留的不一样，她的格外多。

裴叙把大哭的陆青乔让进屋。

"完了，我不活了，我要跳楼。"她抹了把眼泪，扔下书本就往窗户那边走。

裴叙急忙从后面拉住她，把她扔到床上用被子裹住。

关灯，关门，他低头看她。

陆青乔的眼泪顺着鼻梁滑下，连成一条线，滴答滴答濡湿被角。

裴叙用手轻抚她脊背，凭空有了无限耐心一般，低声哄道："别哭了，我帮你写。"

她抽抽搭搭地问："真的？你怎么突然对我这么好？"

裴叙轻轻擦掉她的泪，他眼底幽暗，仔细临摹她的脸，心里有个声音在说："我会一辈子对你好。"

车里温度渐渐升高，暖风很干，吹得陆青乔脸颊一阵阵燥热。裴叙探身，认真打量她脸上翻腾的两抹红："还记得呢？"

"不记得了。"反驳过快等于默认，陆青乔说完就后悔了，抬眼看到他一脸得逞。

她气急："裴叙，你到底想干吗？"

他微笑："叙旧。"

陆青乔不想叙旧，年少时荷尔蒙旺盛期的约定和小孩子拉钩一样没有意义，而且已经过去这么多年，他们也有各自的生活。两条曾经相交过的铁轨在各奔东西后重遇，应该有成年人的矜持和理智，不应该重复翻旧账。

裴叙独自沉浸于过往的青春岁月，一开口就直奔重点："那年，我说过的话你还记得吗？"

陆青乔回避他的诘问，转头看向窗外："不记得了。"

4

上午十点，店里的最新代言人广告牌终于制作完成，厢式货车停在店门口。陆青乔本想出去帮把手，余光瞥到跟在后面的黑色宝马时，紧急刹车。

任小圆直接撞到她的背上："我去，幸好我鼻子是原装的。"

任小圆捂着下半张脸，鼻子发酸，眼圈也红了。她本想再控诉几句，抬眼就看到工人往下卸的广告牌。背景是暗红底色，女明星安雅一头黑发配红唇，身上穿着冬季主打轻羽绒，眼神倨傲地看着她，是有点超模的味道。

门店不走青春线，主打款式偏成熟，安雅浓颜，适合华丽厚重的颜色，穿主打线要比纤云系列更适合。

任小圆忘了鼻子痛，感叹道："有这张脸穿啥不好看？我要是长这样，洗澡都不关门。"

陆青乔没搭话，因为她看到裴叙下车了。

他的注意力都在工人身上，不知想起什么，忽然往店门方向看，吓得陆青乔飞跳到衣架旁边躲避。

见任小圆一脸狐疑，陆青乔食指竖在唇前——噤声！

门外，两个工人已经卸下广告牌，裴叙站在车尾指挥方向。

陆青乔不想面对裴叙，便找了个理由："这会儿不忙，我上楼装礼盒。"

任小圆看看外面，又看看她，不太赞成地说："可裴总要进来了，你得在吧？"

"呵，还有那么多活要干呢。"

陆青乔一步三个台阶，逃命般上楼，刚踩到二楼的地板，一楼的门就开了，然后她听到裴叙的声音。

"陆店长不在？"

昨晚车内闲谈，话题走向越来越不对劲，陆青乔不得已使出最终招——回家看孩子。

裴叙笑了："你小孩十一点了还不睡？"

她面不改色："她最近日夜颠倒。"

裴叙直视她的眼睛，长久的沉默后，转头看向车窗外的霓虹。北方城市的冬夜，路灯孤独地矗立，就算是塔城最繁华的商业街，这个时间也空无一人。他被抛到这寒夜里，被巨大的孤寂淹没，很冷，呼吸变得费力，他像溺水的人，拼命想抓住什么。

他心动，念起，比她更无赖："青乔，今晚你陪我。"

空气里是不正常的燥热，这话说得太直白，陆青乔脸有些红，她内心嘶吼：你不是有女朋友吗？不是私下恩爱吗？上次回去不也在一起了吗？你现在说什么鬼话，当初不苟言笑的正经学霸怎么也沦落成劈腿渣男了？

心里的声音撼天动地，面上却不显，陆青乔咬牙："你知不知道你在说什么？"

裴叙意外地坦诚："我知道。"

陆青乔手指蜷缩，难受地捏扁一个礼盒，他怎么做到面无表情地说出那种话的？

她急于忘记脑子里反复播放的场景，手上的工作速度加快。她展

112

开礼盒，放进胸针固定，放入签名照，盖上，扯一段胶带粘好，放在"盒子山"上。

动作熟练地重复，心绪却不由自主地对大脑发射的指令熟视无睹，耳边反复回荡他说的话。

——"今晚你陪我。"

心乱了，手也乱了。

胸针露出一截锋利，直直扎进手指，没等她反应过来，殷红的血就凝成珠，顺着指缝快速滑下。

她愣愣地看着蜿蜒的血痕。

眼前一黑，阴影笼罩下来，穿着西装的男人不知什么时候上的楼。他大步走来，弯腰，抓住她的手，把流血的手指放进嘴里，一气呵成。

他这一系列动作过于丝滑，陆青乔愣在原地，指尖被裹紧，酥酥麻麻的。刹那间，过往一切在脑子里炸成烟花，然后是久久的空白。

她的身体还记得这种感觉。

裴叙的生日在三月，陆青乔知道他父母应该不会给他过，偷偷看过他的身份证后，提前一周准备惊喜。

蛋糕是甜品店定制的，六寸双层，上面铺满巧克力碎，正中间的宇航员举着旗帜，旗帜上是她亲手写的"生日快乐"。

宝贵的课间和晚自习，陆青乔都用来思考到底怎么才能让裴叙觉得惊喜，最好感动到流泪，以后的作业都心甘情愿给她抄。

方案写了好几个，又一个个驳回。

他不喜欢热闹，也没有朋友，思来想去，她决定一个人给他过。

生日当天，她翘了半节晚自习，拎着蛋糕蹲守在楼道口，像侦察兵一样等寿星归来。

裴叙比预想的时间晚了半小时，他神色匆匆，像有什么急事。

陆青乔离老远就看到他了，她如临大敌，迅速把蛋糕拿出来，插上蜡烛，点燃，放在地下室的拐角处。

脚步声就在耳边，有人进来了，她轻咳一声，喊了他的名字。

裴叙猛地停下，循着声音看向地下室，试探着喊道："青乔？"

话音刚落，黑暗深处闪现一道光，他没戴眼镜，朦胧中，看到女孩的虚影和五颜六色的跳动火焰。

"祝你生日快乐，祝你生日快乐……"

陆青乔边唱边维持平衡，蛋糕是双层的，蜡烛也燃掉一半，还要顾着脚下不能跌倒，一心多用，超出她能力范围。

好在终于安全到达。

她抬头，如愿看到一张震惊的脸。

蜡烛就要燃尽了，陆青乔眼睛亮晶晶的，大声说："裴叙，生日快乐，快吹蜡烛，许愿！"

裴叙怔怔地看着她，探身，吹灭蜡烛。他没有许愿，因为愿望已经实现了。

四周重归黑暗，陆青乔以为裴叙闭着眼，恶趣味地挖了点奶油想给他脸颊抹几道，手指刚凑过去，却落在意想不到的地方。

指尖被裹紧，酥酥麻麻的。

罪魁祸首却面不改色，抿掉唇边残留的奶油，一字一句地说："不可以浪费。"

陆青乔慌忙抽回手指，心神不定。

裴叙脸色有些苍白，大概发烧还没好，嘴唇是和脸色不匹配的红。

她心跳到嗓子眼，清醒过来后的第一件事是看屋角的监控。红外线灯如常，两人所在的地方正是监控最中心区域。

完了。

如果现在有人在办公室，刚巧在监控画面前，百分之百看到了裴叙刚才干的事。

陆青乔脸色由红变白，气出哭腔："你干吗！监控都拍到了。"

裴叙置若罔闻，甚至扬起下巴直视监控，像是为了让某个在监控前的人看清他的脸。

他说："你怕了？"

陆青乔气得牙痒痒，现在是上班时间，他一个老总跑到门店吸员工手指头，这不是怕不怕的问题，而是他脑子正不正常的问题。

她狐疑，手背触到他额头，果然在发烧。

收银台里有常备药，她下楼去取，顺便拿了一个创可贴缠在手指上，随口叮嘱任小圆暂时不要上楼。

任小圆翻了个白眼，用夸张的口型说："罗刹在上面呢，我死都不上去好吗。"

裴叙半躺在沙发上，一条腿搭在圆几上，半闭着眼，听到脚步声，忽然止不住地咳起来。

陆青乔急忙过去，问："昨晚回去吃药了吗？"

"没有。"

她手顿住，问："怎么没吃？"

裴叙声音很低："没回去，在车里睡的。"

"送我到家后，你没回？"

他点头。

陆青乔有种不好的预感："你车停哪儿了？"

他闭眼，嘴角翕动："你家楼下。"

陆青乔深呼吸，重复动作，情绪并没有得到缓解。

她把药扔进垃圾桶："你回去，别赖在这里。"

这话说得倒是恶狠狠的，可转念一想，这也不是她的地盘，一个辛苦打工人竟然敢恶声恶气赶老总走，她也是气昏了头。不过，打工人的工作范围也没有照顾生病的上司这一项，她扔下他去装胸针礼盒。

店里的事多且杂，和过往的学生岁月搅和在一起，乱糟糟地涌进脑袋，陆青乔连做最简单的体力活都力不从心。

裴叙很少生病。

他高中时很瘦，看起来是弱不禁风的竹竿子，身体却不错，圣诞节那次的高烧是意外，来势汹汹，足足烧了两天才退，退烧后，咳嗽接踵而至。他咳到要断气，怕传染她，主动和她保持距离，上学路上相隔三米远，口罩也戴了起来。

陆青乔身体很好，就算和他接触也依然活蹦乱跳。黄桂花也知道裴叙发了烧，知道他爸妈不靠谱，就嘱咐陆青乔多照顾他，她也起大早给他炖冰糖雪梨。

陆青乔把裴叙带回家。

认识将近一学期，这是裴叙第一次去陆青乔家，他规规矩矩地把口罩提到眼下。

自来熟的黄桂花热情地拉着他去饭桌边坐，一把扯掉他的口罩，说："戴这玩意儿干吗？等会儿还要吃早饭呢，摘了摘了。"

他吓了一跳，低着头，握拳贴在唇边，忍不住地闷咳。

陆青乔洗完脸，趿拉着拖鞋过来，伸脖子看砂锅里翻滚的梨块，嗅了嗅，问："放冰糖了吗？"

"放了。"

"咋没看到枸杞？"

黄桂花拿勺子在锅里搅了搅，搅出几粒红色，陆青乔才放了心。

发烧之后会咳嗽是正常病程，但朝夕相处，听着他不停地咳，心也一阵阵揪紧，生怕他像电视剧里那样咳出血，一命呜呼了。

咳了几天不见好，黄桂花以老一辈的经验得出结论：抵抗力不好，都是不吃早饭闹的。

反正要做饭，一只羊也是赶，两只羊也是放，再说了，她本就喜欢学习好的孩子，不然也不会披星戴月地起来熬雪梨汤。

早餐是青菜粥和包子，玉米猪肉馅的。

裴叙从不吃早饭，自从认识陆青乔后，早餐便是一盒牛奶，冷不丁要正经地吃，他有些不习惯，胃里堵得发慌。

陆青乔在旁边吃得好香，一口粥一口包子，塞得嘴巴爆满，嘴角都是油。

黄桂花警告她注意吃相，虽然冷声冷气的，却递来纸巾。

陆青乔一手拿包子，一手拿勺子，没空接，嘴巴直接凑过去抹了一下。

黄桂花嫌弃地把纸扔进垃圾桶，吐槽："懒死你算了，真不知道以后哪个倒霉男人娶了你。"

裴叙后背一僵，低头咬了口包子。

陆青乔跟没听到一样。

5

裴叙烧到三十九度，就算这样，他也强撑着捋好晚上的线上直播和销售流程。

田甜担忧地给他递水，余光瞥见他的手在抖："裴总，您还好吗？"

他"嗯"了一声，强迫自己喝完整杯水。

直播八点开始，还有不到一个小时，他点开手机快速滑动热搜，越刷脸色越差。

他把手机递过去，问："热搜怎么还没上？马上联系总部营销的吴经理，问他广告位什么时候显示，还有……"他忽然咳嗽起来，待这波痛痒过去才接着说，"安雅那边一切就绪，我们这边不能有一丝纰漏。"

按理说，年末这个时间官宣并不是很好的时机，一线大品牌都竞争激烈，何况素禾这种有破产危机正艰难寻求转型的公司。风险伴随生机，更何况已经没有退路，绝地求生这种事，对他来说也不是第一次了。

田甜马上接过手机联系总部。

一切就绪，暴风雨前的宁静。

裴叙不知冷热，只觉得一阵阵脱力。

西服兜里有半板退热药，不知陆青乔什么时候塞进去的，他捏着圆角端详，大颗的胶囊，一半透明一半绿。

他记得她终于逮到他知识盲区的得意。

"嘿嘿，你说你是学霸，那你怎么不知道胶囊里大部分都是空气呢？"

公交车里，她依旧热心地把座位让给别人，习惯性地把书包丢给他，抓着吊环，对他疯狂输出："你看啊，空气会浮在水面。"她把嘴巴充气，闭紧，抬头，手指在嘴边示意，"你这样仰头吃药，胶囊贴在嘴唇上，水咽下去了，药可能会挂在牙上。"她又低头，把嘴里的空气咽进去，"如果低头，只需要一半的水，药就下去了。"

他戴着口罩，眼睛都不眨地看着她。

"服不服？"

他眼神淡淡的："服。"

陆青乔嘚瑟得尾巴要翘到天上去，教他："你得说，青乔啊，我真的好崇拜你。"

她不懂什么叫不好意思，车厢里都是人，她说话这会儿，不停地有打量的目光看向她。她浑然不觉，好像胶囊要低头吃这件事是什么宫廷秘闻。

裴叙别过头，故意不理她。

陆青乔气得磨牙，手摸到他的胳膊内侧狠狠掐了一把："裴叙，你说不说？"

她一点没收劲儿，疼得他差点叫出声。胳膊被掐紫了，他站起来拉她的胳膊，她反被按在座椅上。

"裴叙，你不说我今晚不去你家了。"

他在口罩下笑得咧嘴，不在意她的装腔作势："好啊，别来。"

就这么轻飘飘一句话，立马把她打回原形。想到书包里堆成山的作业，她深知自己在这方面永远不可能硬气，赶紧拽他衣袖，可怜巴巴地补救刚才的大放厥词："裴叙，你这单元的作文有没有思路呀？等会儿咱俩一起讨论讨论呗。"

公交车摇摇晃晃，摇得人头晕，裴叙闭眼，再一睁，场景转换，眼前是亮屏的电脑，透明玻璃外人影忙碌，他抬腕看时间，七点整。

他缓了一会儿才清醒，头一抽一抽地疼，烧还没退，脑子里浑浑噩噩，想的都是她。

想着她，她真来了，是被田甜硬拽来的。

"青乔姐，你知道裴总家住哪儿吧？他这发烧呢，麻烦你送他回去休息。"

陆青乔一头雾水地被拉来，刚进门就看到半躺在椅背上的裴叙，桌子上摆着她塞给他的药，还是六颗。

发烧不吃药，她不明白，都成年人了，怎么还和上学时一样，在她面前摆出这副可怜相？

田甜推陆青乔进来后，拿着手机马不停蹄地去忙了，空旷的总经理办公室只剩她……和一个昏睡的男人。

她走过去，弯腰，死死地盯着他的脸。

裴叙最近瘦了些，也憔悴了，像养在南方的水仙突然流放到这苦寒之地，万般仔细照看才能适应，结果他硬挺着不穿棉衣，发烧也是活该。

裴叙耐不住落在脸上的审视视线，倏地睁眼。

他被陆青乔抓包装睡，面色如常，手握空拳咳了两声，不正常的热气扑散开来。陆青乔狠狠瞪他一眼，手覆上他的额头，脸色很不好看："没吃药？"

他没说话，算是默认。

裴叙住在周远川位于珑棠湾的公寓里，离陆青乔租的房子只有十分钟车程。她租的是上个世纪建成的老旧小区，两条街外，就是前年新开发的珑棠湾。

珑棠湾主打精品小户型公寓，适合单身人士和年轻情侣，各项设施齐全，连地下停车场门口都有保安指挥方向。

陆青乔探着头，手握方向盘，顺着保安的指导开进停车场。

裴叙住九楼，他临上车之前吃了退烧药，这一路在车里出了汗，陆青乔怕他被风吹到，把自己的外衣脱下来罩在他头上。

他脸上潮红退去，半睁着眼，看浅色女式羽绒服盖在他头上，扬手挥开，说："不用。"

陆青乔使劲拧他胳膊："闭嘴，扣上。"

裴叙身体虚弱，嘴硬也没什么用，连走路都要她扶着，深一脚浅一脚地进了电梯。

公寓一室一厅，主打灰色调，装修也简单，没有多余的饰品，纯纯直男风。

陆青乔打开门口的鞋架，最上层摆着两双灰色男拖鞋，上下翻遍，没找到女式拖鞋。她想问裴叙，发现他已经进屋了，弓着身子在工作台边开笔记本电脑。

晚上八点，直播活动开始，布景是淡绿色，风格清新素雅，主持人是知名主播，妆容精致，正笑眯眯地对着镜头念开场白。

裴叙坐下，点开会议室加入连麦，远程指挥："直播间灯光太冷，稍微调一下。"他声音有些低，虚弱的语气，配合他此时的衬衫西裤的形象，莫名有些色气。

不知为何，陆青乔突然想到任小圆流着口水，描述酒吧里男模cosplay总裁跳艳舞的场面……

她为自己的邪念感到害臊，觉得此地还是不宜久留，冲着他的背影说："我就先走了啊，你多喝热水。"

电脑前的男人晃动鼠标，闭麦，转头看她，脸色有些苍白："帮我倒杯水。"

陆青乔浑身上下都在抗拒，孤男寡女的，时间也不早了，不知道这一路有没有摄像头，万一被录下来也不好说清楚。她正想找个托词离开，裴叙没给她说话的机会，冲她晃了晃手腕上的表，提醒："八点，距离你下班还有一个小时。"

他说完继续看电脑，留她独自在门口进退两难。

陆青乔发现自己很轻易就被他堵在死胡同，想到一个半月前被扣的五百块钱，除了听他的命令之外没有别的选择。她不禁感慨，打工人就是打工人，要是当初好好学习，也不至于做这种没有话语权的工作。

　　这么一想，陆青乔的愧疚感又来了。

　　高三下半学期，裴叙对她格外严格，回家后大部分时间都在给她讲题、画重点，还帮她量身定做练习题，天天熬到后半夜。

　　年后摸底，他的成绩开始下滑，就算这样，他也没放弃她的功课。

　　这件事如果在五年前和她说，她一定会梗着脖子理直气壮地反驳：你是教我了，可你也喝了我送的牛奶，咱俩互不相欠。

　　现在不这样想了，她被社会捶打五年，累到连鞋都没力气脱的时候，都会在心里痛骂自己：当初有个一对一学霸教你，怎么就脑子短路了，一个题都没记住？但凡多考五十分，也不至于混成现在这样。

　　她光脚进屋，态度已经从抗拒变成任劳任怨。

　　公寓是开放结构，入眼便是全部，连洗手间的门都是透明的，她确定自己没有想去的想法才移开视线。

　　房间右侧是双人床和办公区域，左侧是厨房，冰箱旁边就是饮水机。

　　直播有条不紊地进行着，裴叙戴着蓝牙耳机，全神贯注，待一身白色露肩礼服的安雅被邀请到直播间，在线观看人数破十万，他才缓缓呼出一口气。

　　陆青乔见他放松，忙不迭把刚接好的温水递过去，小声说："温的，刚好能喝。"

　　裴叙伸手接过，低头抿了一口，挑剔道："有点凉。"

　　此时陆青乔心里循环播放着"得寸进尺，蹬鼻子上脸"等不礼貌词汇。

　　她又去加了热水回来，说："这次你试试。"

　　裴叙此时注意力都在直播间，主持人和安雅配合得很好，氛围也很欢快，三天后安雅的新剧开播，今天的直播必然也离不开宣传话题。

　　主持人很亲和，也有梗，游刃有余地把话题引到新剧上。安雅斜坐在旁边的圆椅上，凹凸有致的身材摆成 S 形，时不时点头，很是认真敬业。

　　主持人问："您演这部剧最大的感受是什么？"

　　安雅微笑着拿起话筒回答："这部剧是我第一次担任女主角，对我来说算是演得很顺的一部，因为角色性格很贴合我自己的性格，导演也很有耐心，给了我很大的鼓励……"

女孩的声音很柔，吐字很清晰，一听就知道系统地练过台词，回答问题也很专业，就是说高兴了就有些收不住。

裴叙皱眉，按住耳机说："尽快把话题拉回品牌宣传。"

陆青乔在旁边端着水杯，顺着他的视线看向屏幕。

安雅确实漂亮，头发做成蝴蝶结造型，细挑眼线大红唇，没有表情的时候很飒，笑起来又很温柔。别说裴叙了，连她都看得眼睛发直。

女孩对美女的心情是惊艳里掺杂着感叹，感叹过后又自愧不如，总想抓住手里的东西给自己平复心情，所以她把水喝光了。

裴叙等直播间的话题终于转回"素禾"时才摘下耳机，转头，伸手，结果只看到一只空杯子："水呢？"

陆青乔不以为意："被我喝了。"

"再帮我倒一杯。"

她转身离开，刚走两步又折返回来，问道："还有别的杯子吗？这个我用过了。"

裴叙目光落到瓷白色的杯沿上，语气平淡："没关系，反正我们已经接过吻。"

陆青乔说不出话，他总这样在言语上搞暧昧，反复在雷区蹦迪。她现在不是十八岁了，这种把戏一眼就能看出来，主要是……有女朋友的人了，怎么还这么不知检点啊？

她用力把杯子放在桌上，发出的声响震得蓝牙耳机掉了下来。裴叙伸手接住，关掉，扔进抽屉里。

气氛有些冷，两人的表情却看不出端倪。

陆青乔往后退了一步，语气严肃："裴总，我暂时没有和你再续前缘的打算。"

第五章/
越线关系

1

直播预售和粉丝专享通道同时放开，销售额零点之前超过五千单。林跃把装好的礼盒拉走，又送来两千件没装的。

陆青乔淡定接受，主要是为了躲裴叙。

自那晚捅破窗户纸后，她就有意避开裴叙，虽说十年前他们不分你我地好，但现在可不一样了。他有女朋友，在这里也待不了多久，要是搞出什么桃色丑闻出来，她会被钉在耻辱柱上，饭碗也保不住。

今天周末，这会儿有些小忙，好在田甜下来帮忙收银。陆青乔捶了捶酸麻的腿，下楼安排吃午饭："白班先去吃，尽量快点回。"

田甜倚在收银台边，视线从电脑屏幕移到陆青乔脸上，见她眼下发青，面色疲惫，忍不住问："陆店长，你身体没事吧？"

"有事。"

陆青乔最近睡眠不好，多梦，心事重，大部分原因都在裴叙身上。

田甜一概不知，以为她真累到了，说："要不你和裴总说说，请一天假应该可以。"

"和他说？"

"对！"

陆青乔撇嘴："还是算了吧。"

那天晚上她大放厥词之后就走了，过后回想觉得貌似有些自作多情，就算他在劈腿勾引，对象也不可能是她。周围大把年轻漂亮女孩，有她什么事？而且裴叙并不是拈花惹草轻浮的人，独独对她失态，大抵是……怀旧吧。

怀旧？

陆青乔脸色苦巴巴的，年少时那段不堪回首的往事，也不至于……

午饭后，天色转阴，乌云翻滚着下沉，城市被暗色笼罩。

陆青乔把装好的礼盒打包好，放在楼梯口，随手拍照发给林跃，叫他下班之前来取。

天气预报有雪，风变大了，裹挟着细碎的雪粒在人行道红砖上滑走。

陆青乔端着咖啡，站在落地窗前，享受着短暂的宁静。

任小圆凑到旁边，抿了口咖啡。咖啡是速溶的，味道一般般，她咂着嘴，模仿韩剧的女主人公，夸张地指着外面的轻雪："哦，是初雪呢。"

陆青乔对这种初不初雪的说法不感兴趣，而且对雪的热情早就在上大学时消磨殆尽了，现在只觉得麻烦："下雪好脏，我鞋底也不防滑。"

任小圆不理会她煞风景，兴致勃勃地演独角戏："下雪了，得吃炸鸡喝啤酒才行。"

陆青乔："那是韩国人的吃法，咱们这边是吃铁锅炖。"

北方的冬天寒冷异常，第一场雪飘然而至的那天，是铁锅炖生意最好的时候。大家约上几个好友，围着锅边，一边聊天一边等。大鹅是现杀的，肉是当场炖的，锅边贴着一圈玉米面大饼，肉熟了，饼子也熟了，再配上纯粮小烧，这才是北方人的初雪。

陆青乔忽然来了兴致，直接打电话订餐位。

任小圆喝光咖啡，攥扁杯子，呈抛物线扔进垃圾桶，摇头感慨："太不容易了，有生之年竟然还能等到你请客。"

"说得我多一毛不拔似的。"

陆青乔订好餐位，扒拉手机找林跃的微信。桌子是订好了，人能不能全来还不一定。

青乔：林哥，今晚铁锅炖局，八点半，过时不候。

发送后，她又点开田甜的微信，发送一样的邀约过去。

手机振动，有人秒回。

田甜：收到！我一定准时！

林跃却半天没有回复。她盯着手机等消息的时候，门开了，林跃带着一身寒气进来，他来取礼盒。

任小圆凑过去，惊奇地打量昔日油腻的林主管。

一个半月足以改变一个男人，林跃穿着一身西装，领带松垮垮地

123

吊着，头发长了，肚子没了，人清瘦了，脸上挂着被工作折磨到极限的疲惫，不仅不丑，还带着点日系帅哥的颓废味道。

脱胎换骨，让人刮目相看。

陆青乔把楼梯口的礼盒箱推给他，想着他这一路大概没看手机，直接口头邀约："晚上聚餐，陈记，八点半，有时间没？"

林跃瞥她一眼，一副耿耿于怀的样子："怎么着啊，这次聚餐知道叫上我了？"

陆青乔知道他还记着上次店里聚餐就他没来的那个事，那又不怪她，跟她阴阳怪气的干什么？

"这次我请客。"

任小圆也凑过来插嘴："对，就店里这几个人加田助理。"

林跃面色缓和："是你请客啊？"

"是我，怎么着，请你吃饭还挑啊？"陆青乔把箱子推到他脚边，想到他热衷人情世故的个性，忍不住翻了个白眼，"爱去不去，我还求着你呢。"

林跃倒是想去，但现实不允许。晚上八点半是下班时间，但他的工作量在这儿摆着，货得打包好，好几千单，哪是一时半会儿能干完的？

这一个半月干的活比过去五年都多，累得脱层皮不说，还不落好。他前几天理货时不小心睡着了，好死不死被裴总逮到，当场罚了他五百块。一个月才赚多少钱啊，都是血汗钱，裴总就这么上嘴皮碰下嘴皮地罚了。

林跃心情不好，兴致就不高，连带着准备婚礼都不在状态，被丈母娘敲打了一顿。他压着的邪火没地儿发，看啥都不顺眼，顶着风雪赶到这里，没说几句就惹陆青乔不高兴。这下两头没落好，他火气乱撒，好死不死地砸在同病相怜的陆青乔头上。

她可是最早被罚款的员工。林跃一想到这儿，也觉得不好意思，气就这么顺过来了。

他求任小圆去帮他倒杯水，拽着陆青乔的袖口把她拉到监控死角。

陆青乔不明就里。

"你说，我调回办公室的概率大吗？"

"不大吧……"

陆青乔在门店，不知道办公室那边怎么安排的，反正一个萝卜一个坑，林跃要是调回办公室，那谁过去干他的活呢？办公室的人都是南边调来的，身居要职，林跃这块本地砖，没有什么突出技能，当然最适合库房，但陆青乔不好意思明说。

"年前够呛吧，这么忙，起码得等年后裴总走了才有余地。"

"唉，我也觉得……"林跃忽然愣住，不敢置信地狂喜，"裴总要走？"

"是啊，田助理说的，再过个把月就走了。"

"啧，你怎么不早说啊。"

"你不知道？"

林跃抱着肩膀，一副卸下重担的模样："我天天累得像狗一样，连库房都出不去，能知道啥？"

既然裴总是要走的人，那他就不为罚的五百块找事了，一切都等人走了再说。这一阵阴霾笼罩，听到这个好消息后，天空豁然晴朗了。

雪变大了，从细碎的盐粒变成大片的雪花。

林跃扛着箱子走了，并遗憾地告知晚上不能来聚餐，几千单等着他打包发货，今晚还得加班。

待他的车消失在飘满大雪的街尾，陆青乔才松了口气。

后知后觉地，她意识到大家都在盼着裴叙离开，包括她在内。

一个有事业心的人会得到上司的重用，却得不到下属的喜爱，裴叙来了，大改销售模式，工作变多的同时工资也翻倍，不过没人领这个情。可是，裴叙也是人，大家加班的时候他也在熬夜，他也累，会冷，会发烧，他习惯做铁面老总，把抱怨照单全收。

陆青乔忽然对这几天躲他而心生愧疚。

他初来乍到，在这边人生地不熟的，别人也就算了，和她可是老相识。虽然他偶尔失态，说一些过界的话，其实她也能理解，那种独在异乡的孤独感她经历过，很难独自消化。

临下班前，她去隔壁的七匹狼挑了一件男士羽绒服，纯黑基础款，虽然求店长给了内购价，但还是花了两千块。

陆青乔拎着购物袋出来，寒风刮脸，心在滴血。

陈记菜坊，来吃饭的食客在门口排起长队。

好在陆青乔提前订了位，她拉着任小圆穿过门口等位的人进去，和迎宾小姐说了订餐时预留的电话，一行人被带进二楼的包厢。

久违的放松，陆青乔叫了一箱啤酒，能不能喝完两说，气势得先摆出来。

初雪来得突然，大鹅库存告急，就算陆青乔提前订了包厢，也被遗憾告知现在只有铁锅炖排骨。

排骨也行，是铁锅炖的就行。

任小圆开了两瓶啤酒，依次把酒杯倒满。

厨师穿着一身白，熟练地开火倒油，一盆排骨下锅，撞到热油滋滋响，肉香也被激发出来，肆意扩散，一圈人都被现场翻炒吸引视线。

排骨炒得差不多了，添水放配菜，待水烧热时往锅边贴大饼，厨师会使巧劲，湿玉米面攒成个球，"啪"一声拍到锅沿，不等陆青乔看仔细，饼子就像项链似的贴了一圈。

田甜举杯，满杯的啤酒对撞，溅出来的酒滴在木质的锅盖上，蒸腾的麦芽味混合浓郁的肉香，还没吃气氛就燥起来了。

陆青乔很久没喝酒了，酒量倒退得离谱，两杯酒刚下肚，眼前就开始现重影。

任小圆在旁边给她满上，说："姐，今天咱说好，不醉不归啊！"

室外大雪，室内热闹，大块的排骨在锅里咕噜咕噜，眼看要熟了，陆青乔的手机在包里振动。

她眯眼看，是苏言打来的。

最近忙，已经好几天没和苏言碰面，陆青乔想着大概是苏言要她买东西回去，便也没避开众人，直接接听电话。

听筒里，苏言声音有些急："青乔，下班了吗？"

"下班了，我等会儿给你带吃的回去哦。"

锅盖掀开，排骨大火收汁刚刚好，陆青乔耳朵和肩膀夹着电话，伸手接过任小圆递给她的筷子。

"青乔，小星星发烧了，吃药也不退，怎么办啊？"

心一惊，陆青乔酒醒了一半。

2

陆青乔到家时不到九点，苏言正拿湿毛巾给小星星物理降温。

陆青乔把泛着寒气的羽绒服脱下来，在门口缓热了才敢进屋。她

126

搓着冻得发红的手，小声问："还没退烧？"

苏言拧干毛巾，轻轻放在小星星的额头上："退了一点，现在三十八度五。"

陆青乔皱眉："几点喝的退烧药？"

"八点。"

都快一个小时了烧还没退下来，陆青乔有种不好的预感。可是，这也说不通啊，小星星算是体质弱的那种小孩，稍微着凉上火刺激到就会生病，苏言一直让陆青乔当采购捎东西回来，尽量不出门。算起来，小星星入冬之后就一直在家里，与世隔绝的，这么小心仔细地养着，怎么还莫名其妙地发烧了？

苏言又测了下温度，还是三十八度五。

她脸色蜡黄，头发乱糟糟地扎在脑后，小孩生一次病，对妈妈来说就是度一次劫。

"我觉得是这两天供暖不好的原因。"陆青乔说。

供暖公司每年都是天气还不冷的时候烧得热，一进冬底，气温骤降时，保准掉链子。

去年陆青乔在公寓住的时候，群里的业主还因为供热不达标组团去热站投诉过，现在住的是老小区，管道早就老化，温度还不如公寓。

陆青乔突然想到裴叙，他发烧会不会也是屋里供暖不好冻的？

苏言去拿床头的温度计，表盘显示室内十九度。

发烧的小星星睡得很不安稳，脸颊泛着不正常的潮红，平时活蹦乱跳的小可爱，现在病恹恹地睁不开眼，怎么看怎么可怜。

陆青乔探身过去，把她额头的毛巾拿下来，用手试温度："不是很热，应该等会儿就能退了。"

苏言点头："你回去睡吧，要是有事我去叫你。"

陆青乔看她脸色不好，摇头："你先睡，我现在还不困。"

"你去睡，烧退了就没事，可我一个人折腾。"陆青乔还想坚持一下，结果被苏言连拉带推地赶走，临关门时她还在操心，"你最近够累的了，早点睡。"

互相推了两个来回，陆青乔也只睡了不到三个小时。凌晨一点，陆青乔房门被敲响，她心里有事睡得不稳，这一串敲门声惊得她心脏差点跳出胸腔。

苏言抱着小星星，门还没开就疲惫地喊她："青乔，得去医院，烧没退下来。"

陆青乔披头散发地下床，随手捞过门上挂着的羽绒服套上，直接穿睡裤配长靴，手忙脚乱地出了门。

苏言很着急，已经走到一楼。

她们带着孩子打车去医院，挂急诊，抽血测温，用了退热栓，开静脉注射。

输液室里，护士的针刚触到小星星的手背，小星星就有感应似的惊醒，随即大哭起来。她这一哭带着挣扎，发了些汗，针打上了，烧也有退的迹象。

苏言松了口气。

小星星烧在退，也精神了，一双眼睛滴溜溜地转来转去。注射室里还有另外两个小孩在打针，看着都是上幼儿园的年纪。好在墙上挂着的液晶电视二十四小时播放《小猪佩奇》，小孩都被动画片吸引，所以室内很安静。

午夜，医院人很少，旁边的长椅上躺着睡过去的家长。

小星星注意力被对面的小男孩吸引，她盯着人家手里的奶酪棒，毫不客气地发出类似索要的音节："噢，拿拿！"

苏言轻声哄着她转移注意力，怕她一直吵闹打扰别人休息。

她们走得急，吃的玩的都没拿，陆青乔想了想，转头说："我去大门口买点吃的玩的之类的，这样干坐着太难熬。"

苏言上下扫她一眼，说："你穿这么少，我去吧，你来抱她。"

不等陆青乔说话，怀里就塞进来一个温热肉球。

苏言拿着手机起身，椅子"嘎吱"一声，陆青乔下意识看过去，只见蓝色的椅子上有一抹浅淡的红。

不会吧……

陆青乔赶紧拽住要出去的苏言，歪着脑袋盯她裤子后面，裤子是浅蓝色牛仔裤，屁股后面染上很深一片。

苏言被陆青乔盯得发毛，也拧着身子往后看："好像'大姨妈'来了。"

生完孩子到现在十几个月，苏言一直处于停经状态，没想到赶在这种兵荒马乱的点来了。卫生巾她是囤了不少，可惜一片都没拿。别说卫生巾了，兜里连张卫生纸都没有。

陆青乔给她出主意："问问护士有没有，借一片去。"

苏言咬紧下唇，又坐回椅子上。

她以为自己已经从伤痛中走出来，可听到"护士"这两个字，心里还是不可避免地产生异样情绪。来就诊对她来说是现阶段最大的挑战，去找护士低声下气地借东西根本张不开嘴。

累了一天，绷了一晚的神经撞到这个发泄口，足以让她崩溃。

陆青乔后知后觉地想起苏言的禁区，赶紧把小星星送到她怀里。

医院有些冷，出了输液室要走一段路才到护士值班台，陆青乔把碎花睡裤塞进长靴里，拢紧羽绒服，刚走过一道门就看到值班护士。

"不好意思，请问你有没有卫生巾？"

护士是个戴眼镜的小女生，表情有些迷糊，卡顿好几秒才回答："我没有，门口的超市有卖，你去那里看看。"

门口……有点远，室外零下二十度。

陆青乔裹紧衣服，鼓起勇气出门。推开门的瞬间，身体被寒气笼罩，她用最快的速度冲进超市，从货架上拿了一包卫生巾放在收银台。

"十块是吧？"

超市老板是个老大爷，戴着瓶底那么厚的眼镜，眯着眼睛靠在摇椅上听广播，听到声音掀开眼皮看了眼陆青乔手里拿着的粉色包装，敷衍地点了点头。

付完款，陆青乔抓着衣服跑回门诊。

医院门口，刚停下的黑色宝马车灯闪了闪。

裴叙握着方向盘，无意间捕捉到狂奔进旋转门的背影，眼神定住。

手机振动，周远川的电话打进来："到没呢？车停哪儿了，我把钥匙给你送出去。"

裴叙病还没好就忙起来了，代言人官宣之后，北区的线上销货都从塔城仓库出，接货、和快递公司谈合作、计算每日销售情况，他忙得三天没回家。

今天零点一过，购物节宣布结束，他瞬间被疲惫淹没，本想回去洗个澡好好睡一觉，结果发现钥匙不见了。他仔细想了一下，应该不是不见了，而是被他锁屋里了。

陆青乔那晚和他挑明态度，斩钉截铁地表示和他绝无可能，他知道是自己不对，明明知道她的情况，还不止一次冲向禁区。

可是，他和她的那些过去，又算什么呢？

只有他自己知道，过去那漫长又痛苦的十年，他就是靠着那少得可怜的回忆支撑到现在。

希望在夜里升起，在日出时湮灭，日复一日，痛苦堆叠。

现在，她就在身边，触手可及。

沉寂的火山再次爆发，裴叙确定，不管她现在是什么身份，不管有什么后果，他都不可能放手。

他拿起手机，透过车窗看向灯火通明的医院门诊，低声说："不用，我进去取。"

输液室。

苏言情绪有些低落，陆青乔把卫生巾塞到她手里，又脱下羽绒服围在她腰上，用衣摆盖住她裤子后的斑驳，接过小星星。

小孩的烧完全退了，也精神了。

苏言临走前见陆青乔只穿着睡衣，作势要解开腰上的羽绒服还给她。

陆青乔赶紧按住苏言的手，说："我不冷。你快去吧，洗手间那边人多，你还是挡着点。"

医院空旷，棚顶的白炽灯让本就不暖和的建筑渗出冷意，裴叙一层一层找，极有耐心地搜索刚才瞥到的熟悉背影。

他在三楼电梯口停住。这层是儿科，电梯左边是门诊台，右边是住院部，电梯正对着的是输液室。

这里很安静，气氛沉闷萎靡，寥寥几个人影都在这清冷冬夜昏昏欲睡。

最后一排座椅上坐着一个身穿碎花睡衣的女人。这样的装扮在外面看到很奇怪，但看到她怀里抱着输液的小孩，她穿成这样又变得很合理。

困意上涌，陆青乔强撑着眼皮盯点滴，估摸着等苏言回来，她就能去叫护士拔针了。

女人的第六感总是很准，她突然觉得半边身子发麻，好像有人在盯着她看。她转头，借着昏暗的灯光看到透明的玻璃门外站着一个熟

130

悉的身影，清瘦，颀长，穿着黑色大衣。

目光触到他的那一刹，他推门进来。

皮鞋踩在地上发出清脆的声音，却没有吵醒输液室里熟睡的人，陆青乔没想到在这里也能碰到裴叙，有点没反应过来。

倒是小星星，不知怎么突然兴奋了，豁着小牙，喊出一声模糊不清的"爸爸"。

呃，真尴尬。

陆青乔抱紧怀里化身弹簧的小星星，努力摆出微笑脸，客气地打招呼："裴总，这……这么巧啊。"

裴叙没说话，认真看着她怀里的小孩。

他微微弯腰，手臂有些僵硬，却很坚定地伸过去，启动食指，停在小星星软白的双下巴旁，轻轻一抬。

陆青乔满脑袋问号，他这是在干什么？

裴叙却极认真地做出这些动作，嘴角慢慢向上弯，很用力地摆出亲和叔叔的模样，对认真吃手指的小星星说："你好啊，你叫什么名字？"

陆青乔尴尬地把小星星的手指从嘴里拿出来，告诉裴叙："她现在还不会说话。"

裴叙终于看向陆青乔，说："我听到她叫我爸爸。"

小星星才十五个月，她没见过爸爸，也不知道爸爸是什么意思，就只是发出现阶段最容易发出的音调罢了。

陆青乔腹诽：他怎么还占这种便宜？

她可以忽略他这么巧出现在医院的荒谬感，但忽略不了他胡言乱语。

"她乱叫的，你不用在意。"

裴叙把手插进衣兜，想的却是另一回事。

他强硬地把林跃扣在库房值班，却忽略了育儿是耗心费神的工作，现在因为他自私的决定，照看小孩的重任全都压在陆青乔身上。凌晨，来不及换衣服就跑来医院，是一件痛苦的事，更何况她白天还要上班。

便宜了谁，他不说。

陆青乔觉得两人现在的关系有点尴尬，要是像之前那样装傻还能凑合，可她主动撕开暧昧，和他划清界限，情感方面是干净了，可这工作关系又搞得紧张。

她搜肠刮肚找话题，恨自己怕冷场这个毛病，幸好小星星在中间发出"噗噜噗噜"的声响，显得气氛没有太尴尬。

"裴……"

陆青乔刚发出一个音节，眼前忽然一黑，随即肩膀上笼罩了温热。她诧异地抬头，看到裴叙只穿着衬衫西裤，大衣已经披在了她身上。

"啊，不用。"她抱着小孩，不敢有大动作。

裴叙伸手，提了下因为她动作而下滑的衣领。

"穿着。"他抬手看了眼腕表，语气罕见地温柔，"等会儿我送你回家吧。"

陆青乔还没消化他突如其来的转变，余光就看到苏言从洗手间回来了，赶紧把头摇成拨浪鼓："不不——不了，裴总，不用麻烦，我们先不回去，得留院观察。"

她拒绝得太慌乱，让人忍不住多想。

苏言走到门口，腰上围着的浅色羽绒服裴叙认得，他意识到陆青乔害怕别人误会他们的关系，所以她这么慌乱地和他拉开距离。明明是很正常的反应，可他的心却没来由地一沉。

他深呼吸，吐气。

罢了，来日方长。

他点点头，没再多说什么，转身离开。

苏言怕女儿高烧反复，打完针就去办理了住院。手续办妥后，苏言留陆青乔在医院照看小星星，她则打车回家取住院要用的东西。

她换了裤子，又给陆青乔拿了一套衣服。湿纸巾、水瓶、尿不湿、小软枕全都备齐后，她终于长吁一口气。

陆青乔去洗手间换掉睡衣，回来时还是有些不放心："要不我请假吧，咱俩能换班休息。"

苏言当然不同意，大半夜拉她一起跑医院已经很不好意思了。

听她说店里在改革，新派下来的老总就是她高中同学，结合之前发生的事，再看她现在不停加班累到半死，很有可能是她拒绝他，然后他心理不平衡，借着工作的名义报复她。

那种事业有成，手里有点小权小钱的男人最恶心了，自以为勾勾手指，女人就得上赶着扑他。要不要脸，怎么不照镜子看看自己什么德行？

苏言越想越气，把包一摔："我这里没事儿，你别被人揪住小辫子。"

这话听得陆青乔莫名其妙："你说什么呢？"

"我在说女人工作赚钱最重要，有钱有能力才有底气，靠男人就是死路一条。"

陆青乔一愣一愣的，伸手摸苏言的额头："你也没发烧啊，怎么突然说土味鸡汤？"

苏言晃掉她的手，那个劲还没过去："小星星过几天就好了，你不用担心，趁天还没亮回家睡觉，到点去上班。"

病房里有四张床，床头都挂着名牌，大概是白天来输液，输完液就开车回家的。

苏言没有车，也不想抱着孩子来回折腾。刚才在门口等了好久才打到出租车，寒风刺骨，身上还来了"姨妈"，肚子拧着劲地疼，她眼前一阵阵发黑，差点昏过去。

人在困境时会不自觉地复盘自己的过往，她的人生就是一步错，步步错。早知现在这么艰难，当初就不应该结婚，也不该那么早要孩子，千不该万不该，最不该相信男人那张嘴。

生活平顺的时候还好，一遇到坎坷，她就习惯性地把怨气撒到男人身上。

主要是地点也不对，当初她前夫就是在医院里和护士暧昧上了。这里满眼的白、泛冷的灯、空气中弥漫的消毒水味，瞬间把她拉回那段不堪回首的过往，心情也糟到极点。

见她这样，陆青乔更不放心了："没事，大家都知道我的情况，孩子生病请假很正常。"

苏言奇怪："我的孩子，你请假怎么正常？"

陆青乔理直气壮："因为我四处散播小星星是我生的。"

这会儿小星星在病床上睡着了，烧退了，睡得也很稳。陆青乔到底没拧过苏言，被半拉半推地赶出病房。

苏言个性一直要强，离婚后更不愿露出一点怯，不知是母性被激发还是恨意上脑，总之，现在的她看着很刚硬。

陆青乔只好离开，临走时告诉她晚上再来。

路过输液室时，她进去把裴叙的大衣拿着。她都没敢让苏言看到大衣，生怕苏言想岔了疯狂输出恨男言论。

凌晨四点，医院寂静无声，越往门口走越冷。她看着手臂上挂着的大衣，想到裴叙就穿着单薄衬衫离开的，心情有些奇怪。

他怎么突然对她这么好？和十年前很像。

她刚认识裴叙的时候，单纯觉得他就是一个无趣的理科直男，没有朋友，没有爱好，没有课余生活，脑子里排满了她看不懂的公式。后来熟悉了，她才发现他性格很好，从来不发脾气，也有耐心，还能第一时间捕捉到她的敏感情绪。

把他比作动物的话，就是一只刺猬，平时团成扎人的球，只对喜欢的人露出脆弱的软肚皮。

3

中午这会儿不忙，陆青乔在一楼盯收银。

店里温度正好，雪后的阳光比平时耀眼，窗外清洁工和扫雪车正在工作中，昨夜的雪被扫成大堆，一趟一趟地被垃圾车清走。

她坐在椅子上昏昏欲睡。

任小圆和双双吃完饭，在路上给她买了一根糖葫芦回来。饱满的大串山楂上面裹着一层亮晶晶的硬糖，咬上一口，冰凉酸甜，困劲一下子冲没了。

陆青乔觉得在收银台吃影响观感，嘴里含着半颗红山楂指了指楼上。

大促过后，短暂休整，田甜说这一周都能准点下班。

也是巧了，刚好小星星生病住院，可以早点过去。

糖葫芦很好吃，但吃三四颗就有点顶不住了，一是陆青乔不爱吃甜，二是她牙有些敏感，吃酸的辣的还行，甜的多吃几口，牙就一阵阵刺痛。

她坐在二楼的窄沙发上，艰难地啃掉山楂外面包裹的硬糖，然后含在舌上，吃得认真，完全没听到楼梯的声响。

裴叙已经在楼梯口站一分钟了，陆青乔还浑然不觉地和糖葫芦作斗争。

这是任小圆特意买给她的，她不好扔掉，而且店里热，放一会儿就化了，万一糖浆沾到衣服上，她这个月的工资可不够赔的。

楼下没有顾客，四周很静，所以显得那一声笑很刺耳。

陆青乔举着还剩两颗山楂的糖葫芦，循着声音看向楼梯口。

裴叙穿着西服，肩宽背挺，神清气爽，见陆青乔在那儿呆住，语气熟络得很突兀："青乔，我记得你不爱吃糖葫芦。"

陆青乔陷入慌乱，这糖葫芦吃也不是，放下也不是，来来回回摇了两下，没办法，抽了张纸包住，扔进垃圾桶。

她站直，双手在小腹前交握，故意不回应他的熟稔："裴总，是有什么指示吗？"

裴叙脸上笑容未散，很认真地看着她。

陆青乔后背的汗毛一下就立了起来："啊，我知道，取你的大衣是吧？"说完就急忙小跑向库房。

早上来的时候怕小圆她们问，她偷偷把衣服放在库房里了。这会儿他突然过来，还穿得这么少，应该是来要大衣的。

库房门窄，她拧开锁，逃荒似的钻进去，随手开灯，反手关门，门却卡住关不上。她转身，直接撞到进来的裴叙。

刚才吃糖葫芦没擦嘴，突然撞上，陆青乔震悚地看到裴叙的西装领口沾上了一副唇形糖浆，在她的嘴和西装的十厘米中间还拉了几道丝。

她紧急后退，舔了一下嘴唇，万分抱歉："对不起啊裴叙，你脱下来，我给你洗。"

裴叙却在享受和她久违的近距离接触。他低头，认真打量她的脸，和十年前并没有太大的区别，除了……

他看着她的眼睛，语气近乎呢喃："怎么割双眼皮了？"

陆青乔被他挤在库房门和墙壁的角落，听他问这么奇怪的问题，迷迷糊糊地反驳："这不是割的，是压的。"

不管是割的还是压的，裴叙都不懂，但他知道她爱听什么："嗯，压得很漂亮。"

陆青乔愣住，一个长得不错的男人，各方面都符合她审美的男人，在这么狭窄的地方，这么暧昧的氛围里，和她几乎是拥抱的姿势，夸她漂亮。

她脸颊发烫，罕见地产生害羞情绪："呃，还行吧，都说很自然。"

库房里摆着两排货架，最近货量很大，很多没拆封的衣服都摞在过道上，让本就狭窄的房间没有转身的余地。

陆青乔退也没处退，也不知道裴叙跟进来干吗，她无措地抓抓后颈，余光瞟见货架最上面的黑色大衣。

女装的颜色明亮，这一抹黑在中间很显眼。

裴叙的视线也顺着看过去，她刚要去拿，男人的手臂就越过她伸向货架。他把大衣抓在手里，却没注意到下面还有一件——陆青乔昨天冲动之下买的羽绒服被刮带到地上，她赶紧捡起来。

裴叙的视线落在那抹黑色上。

"这是你的羽绒服？"他记得她不喜欢穿黑色。

陆青乔掸了掸沾到衣服上的浮灰，翻转时不小心露出还没拆的吊牌，回答："不是，是我在隔壁新买的。"

裴叙打量的视线落在她脸上。

她坦坦荡荡，没有别的情绪。自从在塔城见到她以后，裴叙自动回忆起和她相处时的种种，他想和她回到从前，可惜时间是难以横跨的鸿沟，日月更替，掩埋过往，现在早已物是人非。

漫长的十年，他曾在无眠的夜里幻想过她是他的妻子，她会在四季交替时帮他买衣服，包括外衣、内衣、领带，她把他的尺码熟记在心，买回来的每件衣服都很合身。

现在，她拿着一件和他没关系的男款羽绒服，还当着他的面散落开，隔半步远，拎着肩线对着他的肩膀比照，有些心虚地说："不知道合不合身，我估摸着买的。"

陆青乔没来由地紧张，她今早脑抽地搜了下裴叙那件大衣的品牌，同款国内没货，代购价格三万八，还得交税才能买。

昨天还因为两千块太贵心疼，今天就觉得这衣服上不去台面。吊牌没敢摘，她想好了，他要是看不上就马上送回去退掉，以后再也不冲动了。

裴叙平静地看着展在眼前的羽绒服，想到林跃的身高……呵，这衣服至少大两个码。

陆青乔举得手发酸，见裴叙不动，往前凑了凑，说："你试试看合不合身，现在的温度得穿羽绒服，你那个大衣是秋款，再厚都不行。"

夜幕降临，雪后的塔城寒意更盛，虽然地面的雪已经清理掉大半，但骤然下降的气温已经在向冬季宣示主权。

林跃推门进店。

任小圆站在门口迎宾，见是他，笑着打趣道："哎呀，是林主管，稀客啊！"

林跃故意板着脸，但能看出严肃下藏着春风得意，他没搭理任小圆的逗趣，做贼似的左右探头，问："青乔呢？"

"在库房理货。"

大促过后，线上的退货换货暴增，售后系统依然连接的商业街店，所以陆青乔并没有变轻松。

下午快递送来一批退货，她打开一件一件检查，看吊牌有没有破损，衣服有没有洗过和污损的痕迹，再对照单号同意申请。

从下午到天黑，陆青乔一直在库房里忙，连口水都没喝。

林跃上楼找她，刚走到一半，他就扯开嗓子喊："我的亲妹子，哥来看看你。"

没人搭理他。

他今天心情超级好，笑嘻嘻地推开库房门，见陆青乔在堆成山的衣服里忙碌，从兜里掏出一盒进口巧克力扔给她。

陆青乔没接，以为他又来派活，没摆好脸色："你来干吗？又爆单了啊？"

"没有。"林跃进来，捡起巧克力塞进她西服兜里，意味深长地看着她。

陆青乔很烦躁，昨晚几乎没睡觉，今天活还特别多，累得不行，这些弄不完就得加班，一想到加班就烦。

"有话直说，没看我忙着呢。"

林跃回手把库房门关上，面带微笑，把地上的衣服往旁边扒了扒，直接坐在地上，做膜拜状："青乔，我以前还真小看你了。"

陆青乔皱眉，脸上写着：你是不是有毛病？你这大忙人不在远郊库房打包发货，怎么会有闲情逸致跑这里说奇奇怪怪的话？

林跃也不打哑谜了："裴总上午去库房了，见着我第一眼你猜怎么着？"

"开除你了。"

"啧……"林跃瞪她一眼，"开什么除？我这五好员工，满塔城都找不着第二个。"

陆青乔哼哼两声，很勉强地表现出一点兴趣。

林跃做作地抻平衣领，很是得意："我以后不用值班了，而且，小升一级，以后叫我林副经理。"说完神秘地往前凑了凑，"这都得感谢你，今晚必须请你吃饭。"

陆青乔干巴巴说了句"恭喜"，心不在焉地对货号单："跟我有什么关系？"

"有大关系了。"林跃可是人精，听懂了裴总话里有话，也乐得承她这个人情，"你这根木头，是不是给裴总买衣服了？"

他仔细观察过裴总，不抽烟，不喝酒，冷面上级，没有个人喜好，脑子里都是工作。男人之间，送礼无非就是烟酒茶，裴总对这些不感兴趣，直接断了捷径，所以他才因为不会来事被发派到远郊。

有些事女人做就不一样。同样一件衣服，男人送，怎么想都不对劲，女人送，刚刚好。

没想到陆青乔这厮拍马屁一巴掌正好拍到地方。

上午那会儿，裴总到库房的第一件事就是拉开羽绒服，笑得让人如沐春风，竟然主动和林跃说话："林主管，最近库房温度还不错。"

林跃心提到了嗓子眼，谨小慎微地回复："是，不冷。"

"以前不觉得，今天穿了羽绒服，确实不一样。"

裴叙这话说得莫名其妙，林跃品不出是啥意思，是库房太热对服装有损伤，还是说库房是个好地方，他活该在这里睡一辈子？

他想得多，心也跟着乱，只能接过话顺着说："这边冷，不穿羽绒服过不了冬。"

这话回得对，裴总点头了，还自言自语："是啊，幸好陆店长这羽绒服送得及时。"

绝了，真赞！

林跃有种想请陆青乔去香格里拉吃大餐的冲动。

陆青乔震惊到失语，裴叙怎么可以这样？衣服刚送出去他就到处宣扬，店长给总经理买衣服，谁听了都会觉得不对劲，有点她上赶着讨好，心怀不轨的意思。

她的心情一下子就不好了，主要是……很熟悉的剧情，十年前黄桂花租到他家楼下，就是处心积虑讨好，要蹭他学霸的光环。

　　但现在，她确定自己没有任何企图，就是一个在北方极寒地区住了多年的半原住民被这鬼天气深深伤害过，本着和裴叙是旧相识的关系，看他穿得太少，不想他重蹈覆辙冻伤而已，所以她以一个朋友的身份送他一件衣服御寒，就这么简单，怎么了？怎么了！

　　她清清白白，身正不怕影子斜，看谁敢误会他们的关系！

　　陆青乔把本子摔到一边，压着火："我送衣服怎么了？天冷加衣，人之常情！"

　　林跃点头："没错啊，我这不还来感谢你呢嘛！"

　　"你谢我干什么？"

　　"我不谢你谢谁？"

　　林跃见陆青乔说不对地方，对她的膜拜稍微减弱一层。还以为她心思缜密，使了一招隔山打牛，结果看她这反应……是误打误撞的？

　　他盘腿，摆出一副要长篇大论的姿态："妹，你想啊，咱俩这关系，纯铁吧？"

　　陆青乔犹豫了几秒，点头。

　　林跃接着说："裴总知道咱俩关系好，你送他衣服，他自然会想起我，想到我这两个月任劳任怨吃了那么多辛苦，他拿人的手短，又不太好给你回礼，这不就便宜我了？"

　　陆青乔听得眼睛发直："还能从这种角度想？"

　　"这是事实啊，明摆着呢。"

　　明摆着呢，摆哪儿了？陆青乔觉得根本说不通，这不是林跃在自作多情吗？

　　她舔了下嘴唇，不知道怎么形容："你不觉得有点不对吗？我送裴总衣服要是被人知道了，我和他的关系就……会不会让人误会成那种……"

　　林跃眼睛逐渐瞪大："误会你俩有事？"

　　陆青乔耳根泛红，不知道怎么解释动机。

　　林跃不等她开口，就拍她肩膀语重心长地说："妹啊，别想美事，你配不上人家。"

　　对话以一个落空的巴掌宣告结束。

　　林跃知道陆青乔今天活多，主动留下帮她整理车房，两人在库房忙到快晚上八点才出来。

任小圆倚在收银台边，百无聊赖。

她起早困难，索性申请长期晚班，这会儿要下班了，没什么客人，卫生都收拾完了，现在就是挨时间。

陆青乔累得腰酸腿麻，扶着腰下楼。林跃倒还好，也不知是最近干重活习惯了，还是因为瘦了一大圈，身轻体盈不容易累。

任小圆看他俩下来，哂哂嘴："我有句话不知当讲不当讲。"

陆青乔："别讲，去换衣服，下班。"

任小圆："好嘞！"

林跃还惦记请陆青乔吃饭的事，说道："去呗，你红姐也在，她可想你了。"

陆青乔走进收银台检查电脑，声音有气无力："我也想她，但真不行，我等会儿得去医院。"

"去那儿干吗，你生病了？"

"没有，我女儿。"

林跃的小眼睛上下扫描她，表情有些一言难尽："你编谎至少也编个合理的。"

陆青乔关了电源，拎着包出来，说："是我干女儿，昨晚发烧住院了。"

她去试衣间换好衣服回来，林跃还赖在门口没走。

陆青乔把羽绒服外的围巾多缠了一圈，挡住半张脸，声音含混不清的："我真去不了，你和红姐吃吧。"

都这个点了，林跃索性好人做到底，说："那就不吃了呗，我送你去医院。"

陆青乔心里一喜，她坐公交车得去另一条街，打车的话从这到医院得二十块，她的行事风格是能省则省，能蹭则蹭。

她很感动，拭去眼角不存在的泪："林跃，你真好，简直是我亲哥！"

林跃从兜里拽出车钥匙，无情地拆穿她："行了，对你好就叫亲哥，不好就骂林狗，我早就看透你了……"

八点整，店灯关闭。

陆青乔站在门口等着卷帘门落下，落好后还得上个锁。林跃的车停在对街的车位，他提前去热车了。

140

深冬的商业街，路灯孤冷，行人寥寥。陆青乔锁好门，钥匙刚放包里，就听到刺耳的鸣笛声。

她以为是林跃，抬眼却看到停在她面前的黑色宝马。

车里开着灯，裴叙倚在驾驶位，不知看她多久了。

这也不好假装没看到，陆青乔深呼吸，慢吞吞地走过去，她走到时，车窗也落下。

"裴……"

"上车。"

裴叙没给她说话的机会，两个字，不容置喙。车门打开，车内散出的暖意被凛冽的寒风冲散，灯光微暗，他的表情有些冷。

陆青乔想到林跃说的话——

"别想美事，你配不上人家。"

她当然知道自己配不上，也从来没有那种心思，躲他都来不及呢，每次的交集都是他主动的，怎么搞得她别有用心似的？

林跃的车在马路对面闪灯，在催她了。她站在寒风里，没有勇气和裴叙对视，关好车门，挪着脚后退一步。

"我还有急事，就……就先走了。"

话音落定，脚也抬起，陆青乔准备离开。

裴叙的声音有些冷，顺着车窗传出来："陆店长，有一批 D 打头的货是在你店的库房里吧？"

车灯灭，车门开，裴叙绕过车尾走向她。他表情严肃，呼出的白雾在寒气中翻腾，扩散，消失。

他穿着黑色羽绒服。

陆青乔躲避他的视线，低头看鞋尖。

D 打头的货不在这边，如果平时的话，她可能不确定，但今天整个库房的货号都过了她的眼，确实没有："不在我这里。"

他走近，压迫的气息笼罩："我记得在。"

对街的白色 SUV 车灯双闪，鸣了两声笛。

双面夹击，陆青乔有些着急："你记错了，真不在。"

和她的焦急情绪相反，裴叙不紧不慢地把手插进衣兜，一点都不觉得时间珍贵，在很仔细地回忆。

终于，他微笑："青乔，你不相信我的记忆力吗？"

气氛僵持，陆青乔知道他记忆力好，但更愿意相信自己的眼睛，她知道他是故意找事儿。

对街的林跃靠在车里，等了半天不见人过来，探出个脑袋，想以喊山的形式呼唤陆青乔。

车窗落下，他刚要张嘴，看到店门口熟悉的侧影，不由得倒吸一口冷气，眼睛瞪得像铜铃，赶紧下车，小碎步跑过去。

"裴总，您还没下班啊？"他脸上堆笑，以很淳朴的姿势搓搓手，用眼神询问旁边的陆青乔是什么情况。

陆青乔急着去医院，赶紧拉过林跃的胳膊，向裴叙证明："不信你问林跃，真没有 D 打头的货。"还用鼓励的眼神看林跃，"咱俩刚才一起记的，确定没有，是吧？"

林跃被问蒙了，这都什么跟什么，什么 D 打头的？他干的都是体力活，那录货本一直在陆青乔手里攥着，他一眼都没看。

但这不是问题的关键，现在重点是陆青乔怎么这么没眼色，还在这里较上劲了？人家裴总来了，就是你店里没有，你也不应该反驳，应该有当员工的觉悟，不管领导有什么要求，直接点头照办就完事了，哪有这大冷天的把领导晾在外面冻着的道理？

他抬头，小心地看裴总的脸色，果然，面无表情，零下二十几度。

林跃可不像陆青乔那么没长脑子，他很快摸清局势，坚定地和裴叙对视："我记得有一批，数量不多。"

陆青乔满脸问号。

裴叙沉默着当观众，看到有一方不配合演戏，这出双簧很是拙劣。不过，这都不如舍不得分开的手好看。

陆青乔抓着林跃的手，见他不帮忙，狠狠掐了一把他手臂上的肉。

林跃面不改色，挺起小身板，像个坚定的士兵，自告奋勇："裴总，要不我上去找吧，是这批货有瑕疵要召回吗？"

陆青乔无语地甩掉他的手，气得在心里翻了个巨大的白眼。这都下班了，私人时间，他还舔得这么来劲，活该被扔到库房加大班累死。

裴叙闲适地看着神色各异的男女，一个狗腿，一个躲避，单从性格来看，一点都不适合。他不急，慢条斯理地说："林经理，这么早就下班，是不是觉得很闲？"

林跃听到从裴总嘴里说出"林经理"这三字时，心情极为熨帖，但后半句隐含威胁，他不敢露出笑的模样："不闲不闲，我刚是准备和青乔去医院。"

裴叙长长地"哦"了一声，是来接她去医院啊……

"这批货你确定在楼上吗？"他问的是林跃。

林跃头点得像弹簧，回答："是，需要我上去找吗？"

裴叙摇头："不用，你自己去医院，我和陆店长上去就行。"

林跃丈二和尚摸不着头脑，他是送陆青乔去医院，现在她不去了，他还去医院干什么？

他本想再争取一下表现机会，余光却瞥到陆青乔想骂他的脸。

她穿着羽绒服，脖子上围着暖黄色围巾，这会儿把下半张脸露出来了，嘴唇翕动，隐晦地向他传递暗语。

林跃仔细读取——

你真是狗。

他就知道，陆青乔这白眼狼不会说出什么好话，平时偷偷懒也就算了，这总部都下来人了，她还敢混。不是他说话不好听，就她这种工作态度，保不齐什么时候把饭碗丢了。

虽说当店长是辛苦活儿，但是在塔城这种不太发达的城市，旺季月入万八千块的工作，以她的学历也难找。她不知道珍惜，裴总亲自来找货，她还敢在眼皮子底下躲懒。

真是……知道送礼，不知道好好表现，有脑子也不知道用在正地方。

林跃感慨万千，这种"名场面"他也救不了，反正听这意思好像没他什么事儿，大冷天的，还不如早点回家陪老婆。

不管了，被开除也是陆青乔自找的，他很干脆地离开。

店门口只剩沉默的两人，陆青乔也懒得装了，什么 D 字头的货，这么拙劣的理由裴叙居然也好意思说出口。

"裴叙，有话你就直说。"

裴叙听她叫自己的名字，嘴角漾起淡淡的笑。他目送林跃的车开走，直到消失在街尾，才低头看她，表情紧绷，很严肃，是在生气。

他喜欢她这种直来直去、带着怒意的质问，就像回到十年前，没有上下级关系，他们还是穿着校服的高中生。

青春肆意，真让人怀念。

裴叙掏出车钥匙按了下，停在路边的车灯闪了闪。

"上车，我送你去医院。"

陆青乔顿时觉得荒谬："裴叙，我没心情和你开玩笑！"

兜了这么一大圈，浪费了半小时，就为了开车送她去医院，他没事吧？要是坐林跃的车，她早到了。

在外面站了这么久，陆青乔冻得手脚冰凉，车的副驾驶门敞开着，车里灯没开，只能隐约看到男人模糊的侧影。

她压着火上车。

车里温暖，和天寒地冻的外面是两个世界。

裴叙一只手握着方向盘，另一只手递给她一个白色盒子。盒盖透明，能看到里面分成两格，一边是草莓，一边是芒果，都切成了均匀的小块，摆得满满的。

陆青乔爱吃水果，更爱吃反季水果，小时候黄桂花说她是刁嘴猴子，换着法地费钱，每次花巨贵的价钱买水果都会被吐槽。

但那是十几岁的时候，思想简单，好吃的和好玩的对她有巨大诱惑力。

她愿意排半个小时的队吃刚出锅的炸圆子，也可以冒着大雨去两条街外买鸡架，为了给男团打歌，可以连熬三宿刷贴吧盖楼。现在呢，口腹之欲已经排在末位，文娱活动也是身体累极时的放松，就像解闷的花生米，只是生活的点缀，可有可无。

所以，这盒新鲜水果对缓解陆青乔的气愤情绪一点用也没有，像石子落进大海，连层涟漪都没泛起。

她没接，故意转头看窗外。

裴叙见她不理，只好把水果盒放旁边。

商业街灯火通明，再过半个月就是元旦，年还没到，城市的年味摆设就在提前准备了。

每个路灯下都挂着一对灯笼，红彤彤的倒影印在车窗上，像万花筒旋转着滚动流光。陆青乔盯了一会儿，眼前糊成红色一片。

车内安静，裴叙开车转弯，像个本地人似的，连导航都不看。

前方红灯，车稳稳停下。

陆青乔低头，缓了会儿眼睛，待没有重影后才抬头。她看了眼手边的水果盒，视线落在开车的男人身上。

他靠在椅背上，感受到打量的视线，转头看她。

四目相对，她这次没躲。

"裴叙。"

"我在。"

陆青乔也不知道怎么了，心里堵着一团说不清道不明的乱麻，她叫他的名字，要说的话却还没想好。

她僵硬地移开视线："你行车记录仪开着吗？"

绿灯亮起，车子启动，裴叙转了半圈方向盘，声音有些低："没开。"

陆青乔松了口气，这口气在寂静的车厢里回荡，气氛陡然转冷。

裴叙抿唇，心里升起一种名不正言不顺的挫败感，就算趾高气扬赶走林跃又能怎么样？他依旧只能在暗处，见不得光。

不仅这样，还惹她不高兴了。

他小心翼翼地在记忆深处珍藏她的喜好，却忘记了喜好也会变，十年虽不长，但改变一个人绰绰有余，她已经不是他记忆里的那个女孩了。

陆青乔思虑再三，终于说出最在意的那件事："裴叙，我给你买衣服，你能不能别往外说……"

她话音还没落，车就急刹停住。

她紧紧抓住安全带，惊魂未定地看着前面的红灯，差点吓死。

身侧的男人身体紧绷，骨节分明的手紧握方向盘，他呼出浊气，却笑了起来："是林跃说的吧？"

他没答应也就算了，怎么还反问？陆青乔突然有种山雨欲来的危机感，绝了，花钱还没讨到好，上哪儿找她这种冤大头？

"不怪他，我给你买衣服没别的意思，就怕万一被别人知道会多想，传来传去的不太好。"

裴叙直直地看着陆青乔，明明在笑，眼里却透出一股冷意："别人？"

他索性把车停在路边，熄火，随手打开车顶灯。

灯光昏暗，他脸色晦暗不明，像挂着一副温和的面具，但她知道他在生气。

"是林跃多想了？"

闻言，陆青乔小心地看着裴叙的脸色，不懂怎么还扯上林跃了。

林跃那脑子能想什么，说她在想美事，配不上这个事业有成的大领导。陆青乔现在还没过去这个坎，在心里大骂林跃狗眼看人低。

陆青乔："他倒没多想。"

裴叙的笑容倏地消失，紧盯着她的眼睛："没多想就好。"

对话有些没头没脑，她的初衷是想告诉他低调点，虽说塔城这边天高皇帝远，但别忘了网络发达。这个时代，真相闭门不出，谣言却能散播到任何地方，他这么有恃无恐，难道不怕假的传成真的，到时候有嘴都说不清吗？

陆青乔每次和裴叙在一起时，都会被不安全感笼罩。夜深人静，密闭的车里，她是成年人，自然而然地想到一些不太得体的场面。

车十分钟后到的医院，陆青乔解开安全带，见裴叙沉默，她也没说话，开门下车。

车门关上之际，裴叙才转头，可惜只捕捉到她决绝的背影，还看到她斜挎着的包的边角有些磨损。

4

陆青乔进病房的时候，小星星已经熟睡，苏言倚在病床的边沿，弓着身子，怀里抱着个浅棕色熊头热水袋。

见她进来，苏言随手把头发捋到耳后，叹着气说："都说了不用你来。"

陆青乔放下包，看到床头柜上搁着吃了一半的盒饭和半瓶奶，旁边放着一个塑料碗，里面有几颗洗干净的葡萄。

"晚上就吃的这些？"

苏言点头："下午输液时认识了个医生，他顺带帮我买回来的。"她从怀里拿出热水袋，向陆青乔展示，"热水袋也是他借我的。"

苏言看起来很憔悴，但心情比昨晚好多了，虽然嘴上说不让陆青乔这么晚来，但在医院看护生病的小孩是一件折磨人的事，她需要找人说说话。

"不知道怎么回事，下午那会儿突然来了好多病号，输液室里全是大哭的小孩，小星星也跟着哭，没办法，我只能抱着她满医院来回走，累得快虚脱了。"

陆青乔坐在旁边的空床上，提议："要不你回去睡，我在这里看着？"

苏言马上摇头，看着熟睡的小星星，说："不用，我在旁边的床上睡是一样的。"

陆青乔知道苏言在硬撑，苏言有痛经的毛病，疼起来什么都干不了。她现在脸色很差，头发油成一绺一绺的，说话也有气无力，一看就处在虚脱边缘。都这样了，怎么还嘴硬？

陆青乔直接下命令："你，回去，洗个澡，好好睡一觉，明天早上再来。"说完就往病床上一躺，摆出赖这里不走的架势。

苏言和她大眼瞪小眼。

僵持了一会儿，时间越来越晚，苏言知道自己状态很差，主要是经期第二天，小腹绞痛，能站着全靠毅力硬撑。夏天那次生病就是，她们两个轮班在医院照看，陆青乔在这儿，她是放心的。

临走时，她千叮咛万嘱咐："小星星醒了找我的话，一定要打电话。"

陆青乔在床上躺着，冲她比了个大大的"OK"。

住院部很静，过了十点就关了大半的灯。昏暗的病房里，小星星呼吸均匀，睡得很熟。

陆青乔去洗漱，回来时踮着脚尖进屋，小心地把门关好。

昨晚熬了差不多一整夜，今天还上了整天班，她的状态也没好到哪儿去。她把鞋脱了，侧身蜷缩在病床上，病房幽暗，她的意识逐渐模糊。

高三下学期，天气转暖，空气里却弥漫着紧张。

黄桂花起大早去庙里上头香，求了个高考符回来，认真洗干净手，恭敬虔诚地挂在陆青乔脖子上。

她双手合十："文曲星显显灵，看看我家孩子吧。"

陆青乔低头看着坠在胸前的红色丑东西，小声碎碎念："要是真这么灵，世界上就不会有技校存在了。"

黄桂花气得扬起巴掌，不敢拍她的头，转了个弯，拧了一把她胳膊肉。

"啊！疼死了！"陆青乔捂着痛处，一脸怨愤。

她本来不紧张，学的也能听懂不少了，就黄桂花紧张兮兮的，换着花样折腾她。昨天还拉着她去十字路口烧纸，纸上用黑笔写着"逢考必过"。

关键是老祖宗管这个吗？

老祖宗管不管不知道，倒是把城管引来了，还罚了她们两百块钱。南方没有这风俗，黄桂花这操作属于破坏市容。母女俩深更半夜被留在大街上扫垃圾，全都收拾干净了才回家。

都这样了，黄桂花还起大早去上香求佛，原本一点都不迷信的人，竟然还三拜九叩地求了这么个丑东西回来。

陆青乔捏起来，放在鼻子下闻。

"好臭，里面不会是耗子屎吧？"

"呸呸呸，你才是耗子屎。"黄桂花狠狠地瞪了一眼陆青乔。都什么时候了，她还天天吊儿郎当，楼上的学霸前天摸底又考了第一，她都快住学霸家了，还在八百多名晃悠。

黄桂花算是看清了，陆青乔就是没救了，死到临头，只能赌一把玄学。

桌上的高考倒计时写着只剩 80 天，长心的孩子恨不能趴在书桌上学，她可倒好，还张罗着要去春游。

春游，高三的学生配吗？

黄桂花冷冷地下命令："你这周下晚自习后去隔壁单元的李阿姨那儿补英语，我钱都付了。"

陆青乔犹如晴天霹雳："为啥？我英语及格了！"

"及格就满足了？"黄桂花又拧了她胳膊一把，恨铁不成钢，"人家的孩子都奔着满分努力，你可倒好，及格就万事大吉了？行啊，你以后是想学面点还是裱花啊？还是美容美发啊？"

陆青乔在学习问题的争论中永远还不上嘴，她像个被放了气的球，低头听骂。

"你要是认命学技术，现在就别念了，我给你找地方学。"

黄桂花正在气头上，嗓门洪亮，起了这个头，没有半小时骂不完。而且每次都从和陆勇认识时说起，一直说到这么多年她家里外面两不耽误，累死累活的，都是为他们爷俩……

又臭又长的裹脚布，陆青乔从小听到大，都能倒背如流了。

黄桂花刚讲到他们坐一宿的绿皮火车背井离乡，房门就被敲响。

她还在激昂的情绪里，扯着嗓子吼："谁啊？"

门外，少年声音明朗："阿姨好，我整理了英语考试的重点，麻

148

烦青乔出来一下，我给她。"

是裴叙，黄桂花川剧变脸似的堆起笑，乐呵呵地去开门，说："是裴叙啊，真是不好意思，你自己学习那么辛苦，还帮她搞这些。"

门外，裴叙手里拿着一沓 A4 纸，见到黄桂花礼貌地颔首："阿姨好。"

"哎呀哎呀，快进屋，吃饭没呢？"

裴叙笑着说："吃过了。"他的视线落在客厅里的陆青乔身上。

她支着一条腿，倚在沙发边，这个姿势憋屈中透着不忿，是她挨骂时的标配。

陆青乔对上裴叙的视线，趁黄桂花不注意，冲他支起两根手指，比了个跑路姿势。

裴叙秒懂。

黄桂花热情地翻出拖鞋递给裴叙，裴叙却生硬地"哎呀"一声："阿姨，我落了个最重要的练习册，要不让青乔上去取吧？"

陆青乔赶紧小跑过来，像根柱子似的立在门口，等待发话。

黄桂花好面子，关门怎么骂都行，有外人在，她得维持形象，笑着说："行，去取吧，哎，对了……"

她扎进厨房，用钢盆装了几个刚蒸好的大馒头，推到裴叙怀里："拿去吃，还热着呢。"

陆青乔故意撒刚才挨骂的气："馒头又不是什么好东西，裴叙才不爱吃呢。"

这次裴叙没帮她。

馒头温热，他直接拿起咬了一口，夸张地瞪大眼睛，像是吃了满汉全席似的，笑着说："好吃！"

这一声"好吃"把黄桂花夸得美滋滋的，她不理陆青乔的冷言冷语，热情地邀请裴叙："是吧。阿姨厨艺不错的，你以后就来这里吃饭，我多抓把米的事儿。"

裴叙看着旁边撇嘴的陆青乔，慢慢点头："好，那就麻烦阿姨了。"

春夜，楼道潮湿阴冷，陆青乔搓着双臂，后悔没穿件外套出来。

灯光昏黄，影子也不甚清晰，她低着头跟在裴叙后面。突然，他停住，转身把温热的馒头塞进她怀里。

陆青乔愣住，眼前阴影笼罩，带着他余温的外套转移到她身上。

裴叙里面穿着短袖，身材单薄，想到他之前发高烧，断断续续咳了一个月才好，人也肉眼可见地瘦下来，可别再来一次了，她吓得想把衣服脱下来还给他，手刚抬起，就被他按住。

"穿着，我不冷。"

怎么不冷呢？躺在病房里的陆青乔感觉自己被冻透了，半梦半醒间还念着生病的小星星，手胡乱地摸过去。

手热，脚也热，她放了心。

梦境自动连接，她蜷缩着身体，只觉得寒意无孔不入，心里纳闷，为什么披上外套了还这么冷？

病房的门开了，年月久了的合页发出的噪音掩盖了脚步声，裴叙站在床边，脱掉羽绒服，轻轻地盖在陆青乔身上。

温热笼罩，熟悉的气息侵袭陆青乔的感官，寒意消散，取而代之的是舒适的安全感。

她"唔"了一声，伸出手，准确地搭在男人的肩膀上。

距离极近，裴叙弓着腰，身体僵硬。

肩膀上的手冰凉，胡乱地摸索着，像国王在巡视自己的领地。

手游走到他的脖颈时，她用力拉下，准确无误地吻到他的唇。

她的唇也是凉的，蜻蜓点水一下就满足了，然后慢慢松开，呓语般念道："裴叙，今年春天真冷啊。"

裴叙看不清陆青乔的表情，恍惚觉得此刻的他们回到了十年前的那个春夜。

那时不敢做的，如今都做了。

5

苏言早上六点到的医院，她拎着包子和粥，先去了二楼，找到最末间的办公室，探头看室内。

一个穿白大褂的男人背对着门，正伏案写病历。

苏言轻轻敲了下门："周医生？"

"哎！"他先答应，把手头的几个字写完才转身，看见门口的女人，赶紧站起来，露出大白牙，"啊，是你，有什么情况吗？"

苏言笑着摇头："我买了早餐，给你带了一份。"说完递给他一个纸袋，不等他反应过来就转身离开。

昨天她抱着小星星输液，累到脱力，差点晕过去时，幸好他路过接了她一把，母女俩才没摔倒。

饭也是他出去帮忙买的，也没问她哪里难受，直接灌了个热水袋给她。

没想到她在医院产生的心理阴影，在刚认识的周医生这里被治愈。

苏言心情好了，没有那么多负面情绪，起了个大早，一路风风火火地赶来，到病房门口时，小心地朝里看。

陆青乔和小星星躺在一张床上，都还在睡着。昨夜似乎很冷，陆青乔身上盖着不知从哪里借来的黑色羽绒服。

她把早餐放到床头柜上，袋子沙沙作响，小星星眼皮微动，有要醒来的迹象。

旁边的陆青乔还是昏睡状态，连病房进来人了都不知道。想到她熬夜又加班的，苏言心里涌起深深的愧疚，今晚说什么也不让她来了。

小星星醒了，不发烧了，睁开眼看到妈妈，开心得直蹬腿。

病床陈旧，随着小孩的动作嘎吱嘎吱响，这么大的声音，陆青乔也没醒，甚至还打起了呼噜。

苏言轻手轻脚地把小星星抱起来，挪到另一张床上换尿裤，喂了点温水。准备去热奶时，她瞥见陆青乔身上盖的羽绒服，脚步微顿。

这……难道是昨晚周医生值班时，怕她冷，特意送来的？

苏言心慌了下，赶紧拍拍脸，应该不是，他不知道她住哪间病房。

清醒之后，她笑自己异想天开。

陆青乔是护士进来查房时才醒的，她最近太累了，没想到在医院这种地方也能睡得像猪一样。她坐在床上发了会儿呆，待清醒后才掀开羽绒服下床。

等会儿！这羽绒服怎么这么眼熟？

陆青乔站在床边，和床上的衣服对峙，羽绒服的标签明晃晃地摆在那儿，七匹狼，不会这么巧，百分百是他。

她突然记起昨晚做的梦，心里搁着事儿，一上午心神不宁。

中午的时候，田甜来店里取上半个月的销售统计，陆青乔敲键盘导出，时不时偷瞄她，欲言又止。

田甜被盯得发毛："青乔姐，有话你就说。"

"啊……没什么，对了，裴总在办公室吗？"

田甜认真想了一下，掰着手指和她报行程："早上九点开完会去库房，十一点回来，刚才去物流总站签字，大概一点回来。"

她看陆青乔一脸心事的样子，随口问："你找他有事？"

陆青乔赶紧摇头："没有事。"

只是想起昨晚的梦罢了。

她自我反思，难道是单身太久的缘故？怎么一直在想他？

她虽然嘴上不说，但身体状态在向她控诉现实——你已经饥渴很久了。

陆青乔难受得抠键盘，田甜赶紧拦着，说："哎哎，姐，我把裴总的号码给你，你有事给他打电话，别折磨我的报表。"

陆青乔越想越不对劲，为什么触感那么真实，而且裴叙的衣服也留在现场？

她心思烦乱，借着冲动打电话过去，窝在库房里，紧张到啃手指。

电话很快接通。

"青乔。"他叫她的名字，声音压得很低。

陆青乔狐疑地看了眼通话界面，他怎么知道是她？

"是我。"她捧着手机，紧张到手心冒汗，"你的衣服是在我这儿吧？"

很奇怪的问法，裴叙却直接承认："是在你那儿。"

陆青乔已经后悔打这个电话了，昨晚的事就烂在回忆里发烂发臭好了，刨根问底干什么？

她挂断电话，平复心情，深呼吸，并决定把昨晚的不确定忘掉。

关门，开门，可她没走出去，额头重重地撞到一堵肉墙上，是裴叙。

他手里拿着手机，居高临下地看着陆青乔，表情隐含不快："陆店长竟然挂我电话。"

陆青乔还没从震惊中清醒，就被他搂着腰带进库房，关门，反锁。

她这才反应过来，双手交叉横在胸前，语无伦次："裴叙，你你……你干吗！"

他沉默，气息压迫。

一室昏暗，陆青乔的心跳到嗓子眼，虽然紧张，心里却有种尘埃

152

落定的预感。

果然，裴叙什么都没说，低头直接吻上她的唇。

陆青乔瞪大眼睛，大脑空白三秒后才想起用手推他，却被反手按住。她挣扎，又被压住。

他像初次捕猎的小兽，动作毫无章法，轻舐啃咬，带着埋藏已久的不甘和失而复得的喜悦。他吻得投入，像渴了十年。

陆青乔虽是被动，但身体不会骗人，她的感官在兴奋，像迎来第一场春雨的禾苗，空虚被填满，灵魂出窍，穿透黑暗发出肆意的喟叹。

她不再被动，仰起下巴，回应他的热烈。

裴叙第一时间察觉到，得寸进尺地把手滑进她衬衫衣摆里。

黑暗给人勇气，密闭的空间里，只有他们两个，发生什么不会有人知晓。

陆青乔生平第一次在接吻时生出不可言说的快感。她在发抖，一边吻着，一边发出断续的语句："裴叙，你知……知不知道你在做什么？"

男人似乎比她更沉迷这种禁闭游戏，待长吻后才低喘回应："做你昨晚对我做的事。"

一切不确定都水落石出，真是她干的！

晚上，裴叙的车停在店门口。

陆青乔心虚地在收银台里装得很忙，上夜班的人都走了之后，她关上电脑，慢吞吞地去换衣服，出来时，发现裴叙在窄椅上坐着。

听到脚步声，他回头，对上陆青乔的视线时，脸上漾起浅笑，毫无攻击力。好似他们已经结婚多年，他是称职的丈夫，每天都来接她下班，一起买菜，回家做饭，然后睡……

陆青乔越想越歪，恨不得给自己一巴掌。

裴叙起身，顺了下打褶的西裤，向她走来，声音很温柔："我送你去医院。"

陆青乔今天不用去医院，刚才还收到苏言的微信，千叮咛万嘱咐地让她回家睡。苏言今天状态不错，小星星也没再发烧。她的疲惫没缓过来，也得好好睡一觉。

"不用，我今天不去医院。"

裴叙想到下午林跃提前离岗，说家里有事，看来今晚是林跃在医院留守。

　　他故作不知，靠近，帮陆青乔把围巾又缠了一圈。陆青乔二十八岁，围巾盖住下半张脸，只露出一双眼睛，看他时的眼神和十年前一模一样。

　　裴叙兀自沉浸在回忆里，陆青乔却被他的动作吓得不轻。她后退一步，和他隔开两米距离："裴叙，监控看着呢！"

　　他恢复清醒，抬头看了眼红色指示灯亮起的监控，心里不舒服，但为了让她安心，只能安抚："办公室没人，电脑已经关了。"

　　陆青乔持续恐慌："那之后有人想翻监控，不也能看到吗？"

　　裴叙咬紧牙，火已经顶到嗓子眼。她怎么怕成这样？非得把她扔进库房里锁死门，确定没有监控设备才行吗？胆子这么小，怎么还敢主动亲他的？

　　裴叙脸色不好看，陆青乔也没好到哪儿去，一边恐慌，一边不受控制地沉沦，身体里有两个小人在扭打，一个催眠她多巴胺无罪，一个痛骂她底线在哪儿！

　　这不是她的错，仔细捋来，是裴叙强势靠近，别有用心。

　　连续三天，裴叙的车都停在店门口。

　　任小圆压力很大，她天天晚班，每到七点以后都能看到裴总的车，也不敢摸鱼了，硬挺着背站得笔直。

　　陆青乔从楼上下来，看了眼时间，七点半，于是说："去收拾卫生吧，马上到点了。"

　　任小圆硬着头皮看了眼门外，小碎步挪到陆青乔旁边，揪住她的衣袖，很是无助："姐啊，咱们店是不是犯事了？裴总怎么天天跟门神似的啊？"

　　陆青乔心里发虚，当然不敢说裴叙等着送她回家，只能胡乱搪塞过去："大马路又不是你的，他爱停哪儿停哪儿呗。"

　　任小圆知道是这个理，可总觉得好像又回到了上学时候天天被老师盯着，老师这种生物不用说话，光是存在就让人紧张，但裴总比老师还可怕。

　　她突然想到那天林跃来帮忙干活的事，问："姐，那天林主管来，你还记得吧？"

陆青乔拎着挂烫机，一边熨平衣服上的褶皱，一边纠正她的口误："是林副经理。"

任小圆才不在乎林跃是主管还是经理，撇撇嘴，跟在陆青乔的后面念叨："那天林副经理来帮你干活，裴总就在门口，老吓人了，还抽烟。"

抽烟？

陆青乔停下手里的活，接吻时没尝到他嘴里有烟味啊。

烟味的话，很久之前隐约闻到过一次，最近这几天在一起，他车里和身上都是清清爽爽的味道。抽烟有瘾，不可能忍住，也藏不住味道。

"你看错了吧？"

任小圆瞪眼："怎么可能！烟头一亮一亮的，我又不瞎。我之前还觉得你和林副经理被盯上了，但这几天林副经理没来，裴总还这样，应该是……"她语气笃定，"是你被盯上了。"

陆青乔心跳慢了一拍。被说中隐秘，她不敢和任小圆对视，尴尬地咳了几声，此地无银三百两地辩白："盯我干吗？我都奔三的人了，各方面也不优秀，裴总一表人才，找什么样的找不到……"

空气忽然安静，任小圆张大嘴巴。

她卡了几秒才闭嘴，很是无语地说："姐，你想哪里去了，我的意思是，裴总会不会觉得你能力不行，准备开除你。"

陆青乔："……"

大家果然不会多想。

意识到大家不会多想他们的关系后，陆青乔放松了很多。她不再抗拒裴叙天天下班送她回家，也心安理得地接过他特地准备的车上小零食。白天上班身心俱疲，夜晚这段路程像逃离成年人世界的避难所。

陆青乔发现，裴叙的性格和高中时差不多，至少在她看来，她不需要因为十年的空白期去调整和他交流的习惯。

前方红灯，她叉了一颗草莓递到他嘴边。

他自然地歪头，张嘴，把快有鸡蛋大的草莓囫囵个地吃进嘴里。

北方的草莓刚熟，第一批最贵，也最好吃。陆青乔盯着他鼓鼓的侧脸，怎么这么像在悬崖边吼叫的土拨鼠？突然觉得好好笑。

好笑，她就笑了。

裴叙不知她笑什么，听她笑，也忍不住，但不敢张嘴，生怕草莓汁液流出来。

　　他转动方向盘，拐了个弯儿，故意绕路到高架桥方向。这样就拉长了在一起的时间，还能看看月亮，今天是十五。

　　苏言下午就办理出院了，小星星不再发烧，还有些咳嗽，她开了药，准备回家慢慢养。

　　陆青乔心里的石头落了地，心情也放松了。她放下水果盒，透过车窗向外面看。城市车水马龙，大概是因为周末的缘故，路上稍微有些堵。高架桥上霓虹闪烁，七色长龙贯穿首尾，很壮观，这也算塔城标志性的夜景。

　　车龟速前进，两人却都没有急躁的情绪。

　　陆青乔贴在车窗旁，饶有兴致地看天上的圆月。

　　她看月亮，裴叙在看她。

　　在梦中出现过无数次的场景竟然会变成现实，裴叙总觉得不真实，害怕一转眼陆青乔就消失了，所以，没安全感似的，把手伸过去。

　　车里温度适宜，她脱掉羽绒服放在后座，身上只穿着浅绿色短毛衣。随着动作，腰露出一截，他自然地把手搭在上面，拇指滑动，一下一下摩擦皮肤。

　　陆青乔感觉到他的手在游走，任由他放肆，反正也不止一次了。跨过那条线，她浑不在意他的逾越。

　　明月当空，圆盘清冷，掩盖了大半星光，孤零零地挂在天边。

　　下了高架，陆青乔才意犹未尽地转过身，感叹："好美的月亮。"

　　裴叙顺势牵住她的手："不如你美。"

　　陆青乔被这句意料之外的土味情话震惊到了："昧着良心说话，会下地狱的。"

　　她故意夸张，裴叙却很认真地揣摩这句话，手上的力道重了些，笑着说："没关系，反正我也是要下地狱的。"

　　陆青乔的笑僵在脸上。

　　下地狱的何止是他？有些事刻意遗忘，但不代表不存在。田甜说的那句"裴总有女朋友，私下恩爱呢"，总在她觉得幸福的时刻突兀地在脑海闪现。

　　交握的手在发热，她把头转向窗外。

还是不变的城市夜景，霓虹、高楼、汽车，现代的好处她从出生就开始享受，从没觉得有什么特别，却在此刻突然感恩，感恩黄桂花女士把她生在这个时代。

如果在古代的话，她这样，不得被拉去浸猪笼吗？名不正言不顺的关系见不得光，她也不能免俗，当然不满足，想要光明正大。虽然急切，却不敢明问，害怕触到她抗拒的事实。

所以，惊慌不定在心里积压，而是早就化成一把钢刀，越在意他，就会被扎得越痛。

"裴叙。"她表情严肃。

"我在。"他也不轻松。

"我们在一起的话，你有事要和我坦白吗？"

她说完这句，气氛陡然变得紧张。裴叙松开手，一个急转，把车停在路边，微微探身，目光在陆青乔的脸上探究。

坦白？他孑然一身，家庭关系简单，这些她都知道。他从没变过，时间不过是在他身上平白流转十年罢了。

"没有。"他郑重回答。

陆青乔怔怔地看着他，想从他表情里找出心虚、慌乱的情绪，却无果，那双黑白分明的眼睛还是和她记忆里一样，澄羽、坦荡。

陆青乔垂眼，她不喜欢刨根问底，也不喜欢神经质一样歇斯底里，害怕自己表现出不符合年龄的幼稚。

他说没有，就是没有吧。道听途说来的信息，总归真假难辨。男女之间交往，最重要的不就是信任吗？

她愿意相信。

话题理应结束，裴叙却重新牵起她的手，接过她的话头："青乔，你呢？"现在轮到他来问了。

他的手宽厚温热，指尖的纹路清晰，摩擦着她的手背，不轻不重，力道刚刚好。热恋的暧昧气氛浓烈，他认真、诚恳、紧张，甚至带了些奇怪的卑微："那你呢？愿意放弃你拥有的一切，和我在一起吗？"

男人俊眉朗目，白天是雷厉风行、高高在上的裴总，却在夜深的此刻，幽闭的空间里，在她面前，以这样一种不为人知的姿态向她求爱。

陆青乔愣怔，忽然想到自己前一阵为了躲避加班瞎扯的谎。最近太累，这个事忘记和他说了。

她当然坦荡："那不是我女儿。"

裴叙没想到听到这样的回答，身形僵住，连摩擦她手背的动作都停下了。他目光灼灼地看着她的脸，不错过一丝微小表情："不是你女儿？"

"嗯，是我朋友的小孩。"陆青乔本着一种"我可以对你敞开心扉，不留一丝隐瞒"的心理，冷静简洁地向他阐述自己这十年的生活状态，"我在塔城上的大学，毕业后的第二年就在素禾工作，一直到现在。"

裴叙的手有些凉，脸色却比刚才好了很多，他犹豫着猜测："所以，是……结婚后一直没要？"

陆青乔觉得莫名其妙，用力抽回被他攥住的手，不懂他为什么会得出这样的结论。她要是结婚了，那他现在的行为算什么？破坏别人家庭的插足者吗？

她的语气有些冷："我没结婚，一直是单身。"

她回答得铿锵有力，大有一种"你要是再问，我就和你拼了"的架势。

裴叙忽然想起上学的时候，她每次说谎都嗓门变大，比说真话还笃定。

她没结婚，那他当年参加的，是谁的婚礼？

气氛有些紧张，再多说一句就会吵起来。

裴叙不想吵架，也不可能吵架，他不再说话，坐回驾驶位，发动汽车。

陆青乔也觉得不舒服，她选择相信他，换来的却是他的无端揣测。

心情突然变得很差。

第六章
/
无人知晓的角落

1

还有十天就到元旦了。

昨晚深夜，天空趁大家熟睡，偷偷下了一场雪。

清晨，城市盖上一层厚厚的洁白。陆青乔起得早，站在窗口向下看，对着大片白色唉声叹气，连妆都没心情化，整个人闹心极了。

苏言早上煮了面，叫她过去吃。

陆青乔趿拉着鞋过去。

气温骤降，雪落后，寒意更盛。

客厅里的小桌边，小星星坐在儿童座椅里，小肉手握着叉子搅面，脸上、衣服上，以她为中心的半米范围内，都是面条的碎片。

陆青乔端着碗，把椅子往后挪了挪。她穿着工装衬衫，尽量躲开不安定的喷射点。

自小星星出院后，作息时间变了，以前她睡觉不规律，一天一个样，现在好了，晚八早六，比闹钟还准时。

苏言把剥好的水煮蛋放在桌上，拉开椅子坐下，抽出一张纸处理狼藉的战场。

时间还早，陆青乔却扒拉得很急。

"不是八点半到店吗？"

"是，下雪了，我怕等车等太久。"

陆青乔把空碗放到桌上，抽了张纸擦嘴，叹气说："要是站点设在咱们单元门口就好了，我不用踩雪就可以上车。"

苏言干笑两声，甩给她一句："直接设你被窝里得了。"

小星星的病彻底好了，苏言也恢复状态，嘴上不饶人，尤其吐槽的时候最来劲。

她掰开水煮蛋，把蛋清给陆青乔，蛋黄放在小星星的面条碗里，用勺子背轻轻压扁，边压边说："我昨晚看到一辆黑色车送你回来的。"

陆青乔嘴里塞着蛋清，敷衍地"哼哼"两声。

"不止昨晚，"苏言转身正对她，摆出一副准备促膝长谈的姿态，"连续好几天了，而且，我记得你说过，这辆车是你那个高中同学的，对吧？"

陆青乔咽下蛋清，不太想谈论这个话题，抬腕看看表，意思很明显。

苏言没管，执着地拉着椅子挪到她旁边："青乔，你不会和他……"

"他没有女朋友，是单身！"陆青乔的语气急躁，像是被说中心事的慌张反驳。

话音刚落，苏言脸色一白，明摆着呢，果然有事。

她刨根问底："你们在一起了？"

"还不算吧……"陆青乔想底气十足地承认，脱口时的语气却变成无能狡辩，"他真是单身。"

苏言咬咬牙："他说你就信啊？"

陆青乔不说话，缩在椅子上，手里拿着筷子在空碗里转圈。裴叙有女朋友的事是道听途说来的，本来就不可信，她当然选择相信他。

苏言对陆青乔这种单纯想法嗤之以鼻："我前夫，已经结婚的人，对外的人设是单身，大龄文艺男青年，包里放着陀思妥耶夫斯基，三句话不离人生悲苦。"

苏言已经很少谈论前尘往事了，但她愿意用自己踩过的雷给陆青乔敲警钟。

"别人知道你们的关系吗？你在他的朋友圈里出现过吗？他说没有女朋友，那他敢公开吗？爱情只是龌龊的遮羞布，他这种男人，打着久别重逢的旗号接近你、对你好，只是为了睡你罢了。"

陆青乔默默听着，感觉像回到高中时代，丧丧地被黄桂花敲打。

她没想那么多，只想到裴叙的身材。他有健身的习惯，大概率有腹肌，要是只为睡她的话，谁占便宜还不一定，又不是只有男人有欲望。

见她沉默，苏言一个头两个大，从态度就能看出，她是真陷进去了。

"你不会真要插足别人的感情吧？"

陆青乔本来对这几个字就敏感，忍着听了半天，终于绷不住，"咚"

地把碗放在桌子上，筷子一甩："他是单身，我都说好几遍了，你怎么就不信呢？"

苏言比她声音更大："是我不信吗？你呢？你心里想的什么你自己最清楚！"

陆青乔心里有事，一上午不在状态，在第三次输错折后价格后，任小圆钻进收银台，把她拉到旁边，按住肩膀压着她坐下。

收完款，送走顾客，任小圆无奈地摊手："姐，你啥情况，魂飞啦？"

陆青乔斜靠在椅子上，面带愁容，大脑里循环播放着苏言的夺命三问。

——"别人知道你们的关系吗？你在他的朋友圈里出现过吗？他说没有女朋友，那他敢公开你吗？"

不知道，没出现过，公开……不敢吧。

昨天还坚定的事，经过今早和苏言的对话，又变得不敢确定。她焦虑得啃手指，拿着手机去二楼，想给裴叙打个电话。

还没找到他的号码，她就听到楼下任小圆拘谨的声音："裴总好。"

他来了？

陆青乔趴在楼梯口向下看，刚好对上裴叙看向二楼的视线。他穿着西装，外面的羽绒服敞开着，许是刚从外面进来的缘故，脸色有些冷。

她想下楼，裴叙却抬腿向楼梯走，朗声说："陆店长，楼上库房里有D打头的货吧？"

陆青乔心跳加速，余光瞥到任小圆疑惑的脸，赶紧说："退回来的有几件。"

男人踩着楼梯上来，步履稳健，陆青乔慢慢后退。

二楼有四个监控，几乎覆盖整个楼层，陆青乔不敢靠太近，保持着安全距离，有些生硬地说："稍等，我去库房找一下。"

说完，她转身，却动不了。

男人伸手，捕获到她的衣角，稍微用一点力气就把她禁锢在原地。

他靠近，声音不大不小："我急，和你一起找吧。"

陆青乔瞬间耳根通红。

在公共场所，这样心怀不轨地靠近，和两人独处的感觉完全不一样。

161

她有些紧张，瞟了一眼楼下的任小圆和双双，她们正热情地接待刚进来的顾客，工作很是投入。想到她们和平时一样上班，仅一层楼板之隔，她却进了狭窄的库房……

陆青乔的脸也跟着红了。

裴叙歪头，目光灼灼地盯着那抹红，不介意再添一把火。

"陆店长，我很急。"他把"急"字咬得很重，声音是一楼也能听到的分贝。

站在收银台前的女顾客循声朝楼上看了一眼，又淡淡地收回视线。

任小圆盯着电脑，听到裴总的催促声，一闪神，敲错一个按键，在心里叹气，默默为陆青乔祈祷。

陆青乔被他吓一跳，脸更红了，皱眉，眼里冲他射出刀子。

急？他能急什么？

进库房，不开灯，男人随手把门反锁。

他的手臂搂住她的腰，一秒钟也等不了似的，急切地衔住她的唇。光是这样不能满足，不管哪里，都想留下他的痕迹。

在这里，黑暗忠心地做一室旖旎的守卫，混沌中，只能听到刻意压抑的低喘。氧气逐渐稀薄，陆青乔仰起头，大口呼吸，手指游进他的发丝。

她半睁着眼，视线不能聚焦，也怪黑暗，眼前只有模糊的轮廓，什么都看不到，触觉体验被无限放大。

她被抵在角落，动无可动，仰起的脖子阵阵麻痒，落下一片湿热。

裴叙额头抵在她颈窝，尝不够这美酒甘霖，身心都在怒吼，想要撞破，难以自制。

陆青乔穿着工装，衬衫扎进西裤里，他手没轻没重，抖着，想把她的衬衫搂出来，陆青乔赶紧按住他作乱的手，深呼吸。

黑暗里看不清他的表情，温度却顺着皮肤相触传递。

很热，他额角溢出薄汗，被她按住的手像个不甘的罪犯，指尖还挣扎着勾她衣角。陆青乔歪着身子躲，努力平顺呼吸，小声问："中午吃饭了吗？"声音是柔柔的呢喃。

裴叙艰难地平复呼吸，搂她入怀，低头啄了下她嘴角，说："还没。"

"我也没吃呢。"

棚顶灯被他随手按亮，冷不丁见光，陆青乔有些不自在，只轻飘飘地瞥他一眼，又赶紧移开视线。

裴叙一直在看她，看她凌乱的发丝、两颊的嫣红、躲闪的眼神、被扯开两颗扣子的衬衫领口、脖颈上还没消失的水渍……最后，视线定在唇上。

她涂的口红因为刚才的激烈已经花掉了，唇上没有颜色，旁边却零散着不规律的红。

他伸手捧住她的脸。

带着淡淡潮热的皮肤光滑紧致，他感受到那层细腻下的颌角，顺着耳垂上的珍珠耳饰蜿蜒向下，顺畅地滑过他的掌心。

她真真切切地存在。

陆青乔任他捧着脸，一动不动，感觉到他的拇指小心翼翼地按住嘴角，很仔细地抹着，疑惑地问："怎么了？"

裴叙很认真，像在雕琢什么奇珍异宝："口红被我亲花了。"

陆青乔很煞风景地从兜里掏出一张湿巾，撕开，压在唇上，胡乱地抹了两圈："好了，我得补个妆。"

工装的兜里像宝库，手机、湿巾、纸巾、口红都在里面。

她拿出口红，拧开，却被裴叙抢过去。他好奇地上下看了看，很快找到其中玄机，生疏地拧下面的底座。

"哎，行了，拧出来一点点就可以。"

陆青乔朝他伸手，裴叙却不给，面带笑意，目光落在她浅淡的唇上："我帮你涂。"

说着，气息压迫，他借着半明半暗的灯光，把嫣红的膏体落在她下唇上。

拒绝的话就这么被她咽下，她如临大敌般，身体僵硬，不敢动，也不敢说话，生怕口红因她乱动而偏离轨道。

裴叙动作轻柔，细细临摹，比开会还认真，一下一下，轻轻晕染红色。涂好之后，他先做出抿唇的动作，又告诉她："抿一下。"

陆青乔照做，借着他眼里的倒影检查成果。

可惜光不够亮，他的眼又太深邃，盯着看几秒就会陷进去，陆青乔慌忙移开视线，抿抿嘴唇，问他："好了吗？"

裴叙很认真地检查，笑得很温柔："好了。"

库房狭窄，两人靠得很近，气氛暧昧黏稠，深冬的季节，竟让陆青乔有一种炎炎夏日的错觉。她想放任就此沉沦，但现实不允许。

她随意接上刚才的话题："等会儿一起吃饭吧，路口新开了一家水饺店，去尝尝？"

裴叙当然同意，他整理好衣服，打开反锁的门。

要出去了，她还是不动，笔直地立在门口，没有要走的意思。

"青乔？"他想一起。

陆青乔借着开门进来的凉风，冷却心底涌起的一波波燥热，手在脸旁扇风降温，理智迅速重归："你先出去，我十分钟后到。"

裴叙抓着门把，嘴角的笑意渐渐散去。

阳光照进来，世界恢复如初。好在他不急，没人比他更耐得住过程的艰辛。

午休时间短，饺子算是完美快餐。吃完，陆青乔穿好外衣，拿起桌上的手机，踌躇几秒，说："裴叙，我们加个微信吧。"

她不喜欢打电话，加微信的话可以聊天，发视频，最重要的是，微信里有朋友圈。

再说，现代人谁不用微信啊？

她点开二维码名片，递了过去："扫我吧。"

裴叙愣了一下，从兜里掏出手机，划开屏幕，略带歉意地说："我不用微信，你加我钉钉吧。"

说完，他点开钉钉里的扫一扫。

陆青乔皱眉，她没有钉钉，钉钉的扫一扫也扫不了微信二维码，他这是在干什么？

不想加就不加，直说也没什么。

下午，天空飘起了雪，店里却忙了起来。

有位老顾客买了一件秋冬毛衫，生日那天拍了美照，九宫格发到朋友圈，一众亲朋在评论区恭贺，末了都甩出一句"衣服链接发给我"。

老顾客是店里的会员，和她们都熟了，直接在微信上找陆青乔，提出团购意愿。

陆青乔也顾不上乱想了，扎进库房找货。货不够，她让林跃在远

164

郊货仓配齐码数，下班开车给她送过来。

林跃一个小时后到，扛着货直奔楼上。

夜幕低垂，二楼只开着射灯。

陆青乔蹲在库房门口，左边是购物清单，右边是精装包好的衣服，她拿着笔，在清单上打钩，全都算好，还差七件。

"两件 S，两件 M，三件 XL，都拿来了吧？"

"那是，我办事你就放心吧。"

林跃把衣服找出来，陆青乔一一对好尺码，仔细地装进纸袋里，再放进一张素禾的新年日历卡册。

检查一遍，数量对好，陆青乔终于松了口气："走吧，送货去。"

林跃点头，突然反应过来："还给送到家啊？"

"对啊。"

一口气接个大单，尺码都发过来了，省掉接待环节，这么大个门店，也不能让人家来取吧？直接送去多体面。

陆青乔捧着手机，给团购的老顾客发微信。

青乔：徐姐，您家是在亚龙湾 A 区吧？方便的话我等会儿就给您送去。

林跃在旁边看她发消息，有些不大情愿。

亚龙湾和他家是相反方向，如果去送货再回家，这会儿正是晚高峰，一个来回将近两小时，那到家就得八点多了。

他今晚时间可不充裕，好不容易赶上他和女朋友都早下班，这年纪轻轻，长夜漫漫的……

这阵他都在加班，结婚的这些琐碎事情全是丈母娘在操持，本来就惹得女朋友不高兴了，想着晚上搞点小气氛，深入交流一下感情。

他挠头，一脸为难："顾客家里没车啊？亚龙湾可是富人区。"

陆青乔听出他话里有话，直接踢他一脚："耽误不了多久，就拿你上次想请我吃的那顿饭抵。"

"那顿饭都过去的事了，一毛钱不顶。"

眼看林跃耍无赖，陆青乔气得咬牙，伸手过去拧他胳膊。

他瘦了很多，肉松软，一拧一大把，疼得他直歪脖子："哎哎，你咋这么暴力呢？"

林跃躲，她不撒手，急匆匆地吼他："我说话不好使呗，这活要是裴总让你干，你都得把方向盘转出火星子，别说一个来回了，让你把货送到月球你都二话不说，踩油门就走。"

林跃疼得不行，想把陆青乔的手甩掉。可陆青乔正在气头上，货都装好了，就差送了，眼看天黑，还得在他这浪费口舌，本来心气就不顺，刚好拿他堵枪眼。

她的手像钳子，林跃越躲她掐得越紧："你到底去不去？你不去我就不撒手，看咱俩能挨过谁。"

林跃被欺负得没招，"妹啊姐啊"喊了一堆，看她是真不撒手，只能无奈告饶："行，我去，我送你去还不行吗？你可真能磨死人。"

"磨死人"这三个字以林跃的本心来说，是不好说脏话的替换版，但在外人听来就带着点不可言说的暧昧。

裴叙站在楼梯口，冷眼看着两人"打情骂俏"。

是林跃先发现的他，登时如临大敌，立正站好："裴总晚上好！"

陆青乔背对着楼梯口，以为林跃在找借口开溜，说："你别拿裴总压我，我不怕他！"

"我知道你不怕我。"

男声从背后传来，冷淡，没有情绪起伏，陆青乔顿时脊背发凉。她回头，还真是裴叙站在那儿。她赶紧松手，僵硬地捋了下头发和衣领。

裴叙大步走来，目光先在地上的一堆购物袋上巡视，再转到面色不定的男人脸上："看来早下班对林副经理来说挺没必要。"

林跃在心里怒骂陆青乔，怎么每次帮她干活都没好事，幸好这次有正当理由。

他不慌不忙地回复："店里团购，缺几件货，我下班后给她送来。"

陆青乔点头，干巴巴地附和："没错。"

呵，这一唱一和的，配合得倒是挺默契。裴叙回想刚才的一幕，忽然意识到一件很重要的事，那就是陆青乔从没在他面前露出这样的一面——展露最真实的自己，说话随心不留情面，像一条刚长犬牙的小狗，只对最熟悉的人撕扯袖口。

那人是林跃，是以前的他，和现在的他没有关系。

无意间，他打翻心底深藏的酸醋，那酸意流进血管，随着心脏跳动遍布全身，想克制，却压不住。

"林副经理，你这是自愿加班吗？"

他眼神施压，目光却落在陆青乔的发顶。

她低头看鞋尖，没注意到被盯上，林跃的小眼睛却第一时间捕捉到，他乐于在死局里寻找生机。

很明显，现在虽然有三个人，实际上是两个人的对峙。林跃再也不说裴总对他有偏见了，升职，加薪，工作时间健康稳定，还一口一个林副经理地叫他。他被叫一次就爽到一次，裴总是世界上最好的人，怎么可能针对他？

具体在针对谁……他转头，看向陆青乔，这不明摆着嘛。

"我还有事，不能帮青乔送货了。"

说完，林跃得逞一般，冲陆青乔挤眉弄眼。

果然，陆青乔开始用眼神骂他。

裴叙刻意忽略了两人之间的无声交流，冷淡地移开视线："林副经理去忙吧，都下班了，不能占用你的私人时间。"

林跃躲掉这个活，乐颠颠地离开。

留下的两人静默对视。

射灯的光苍白微冷，裴叙向陆青乔靠近，从兜里掏出手机，点开右下角的绿色图标。页面空荡荡的，他直接递过去："这是我的微信。"

陆青乔愣住，低头看亮屏的页面，干干净净一片白，最下方灰字显示"0个朋友及联系人"。

心底的不确定又加深一层。

犯得着吗？还新注册个账号。

"不想加了。"她没接，已经是二十八岁的年纪了，就算脑子再不好，也能分辨出最基本的真假。

裴叙还维持着递手机的动作，闻声挑眉，严肃的脸上透出一丝疑惑："为什么？下午你说要加的。"

陆青乔心里生气，他还问为什么，没有为什么，在她说想加微信时就直接干脆加上，她又不会对他朋友圈怎么样，怕什么呢？这是新注册的号，还是把旧友删光的号，对她来说已经无所谓了。

"下午想加，现在是晚上，不想加了。"

她语气很冷，像变了个人，裴叙忽然觉得她很陌生，陌生到在他的记忆里，不论过去还是现在，搜寻不到一点关于这种模样的片段。

气氛僵持，他执着地递给她手机。

陆青乔很怕冷战，心里较着的劲也在快速流失。就在她溃败的前一秒，空白页面消失，手机在他掌心振动，来电话了。

她余光看到来电姓名，在心里默读出声：阿楚。

2

那天早上之后，陆青乔再也没有收到苏言的购物清单。

很好理解，她经历过那种背叛，被伤得体无完肤，如果最好的朋友去走那条路，对她来说，当然很难接受。

陆青乔拎着纸尿裤，轻轻敲响她的房门。

室内有一阵阵小孩的嬉笑声，掺杂着女人的轻哄。十几秒后门才打开，苏言抱着小星星，见是陆青乔，笑容未散，还是和以前一样的语气："纸尿裤还能用几天呢。"

苏言接过陆青乔手里的袋子，见她傻站在门口，皱起眉头："到底进不进啊？本来屋里供暖就不好。"

陆青乔提起的心落下，抿嘴笑了下，进屋换鞋。

室内杂乱，客厅的爬爬垫上堆满了玩具，她把玩具扒拉到一边，直接坐在垫子上，背靠沙发，仰头，正好和苏言对上视线。

她慌张地移开眼，心虚地轻咳两声。

苏言把小星星放在垫子上，自己也坐下，坐在陆青乔旁边，歪头，仔细打量她的脸。

被这种审判的眼神看着，像被扒了衣服游街，陆青乔顶不住了："我是坐公交车回来的。"

苏言面色缓和，探究的眼神依然在她脸上巡视，问："他不送你了？"

陆青乔点头。

事实是裴叙回总部了，一个小时前给她发短信，说明天下午回来，还问她有什么想要的。

想要什么？陆青乔都不敢放任自己去想，她过了很久才回复。

青乔：什么都不要。

裴叙下午三点的飞机，陆青乔从上午就心神不宁。很奇怪，和他在一起的时候总是闹别扭、生气、冷战、不想说话，才分开两天，她

168

就觉得仿佛过了十年那么久。

她反复按亮屏幕，见没有新消息提醒再按灭。科技都这么发达了，怎么感觉又回到十几年前苦巴巴地等短信？

午饭后，陆青乔趁着不忙开了个小会，叮嘱大家为圣诞和元旦的销售做准备，加班也是不能避免的。

提前打个预防针，到时抱怨声能少点。

任小圆去门口当迎宾，和在吧台里的陆青乔闲聊："姐，圣诞节要到了，门口用不用弄棵圣诞树摆上啊？"

陆青乔有心事，有一搭没一搭地附和："去年那棵不是没坏吗？组装上，再用一年。"

任小圆翻了个巨大的白眼："姐，又不是你花钱，给老板省这个干吗？你……您好，欢迎光临素禾！"

门打开，寒意涌进，一个戴着超大墨镜的女人走了进来。

任小圆赶紧开门迎顾客，脸上挂着热情的笑："您好，女士，请问想选什么样式的衣服？"

那人没说话，往前走了两步，长裙下的高跟鞋在地砖上磕碰，发出清脆的声响。

陆青乔转头，疑惑地看了一眼。

女人身材窈窕，里面是水墨长裙，外面套着驼色大衣，一头波浪长发随意垂坠着，围巾包住了下半张脸，看不出模样。

她忽然想起最初裴叙来的时候，也是给她这种感觉，精致、贵气，和塔城的严寒格格不入。

任小圆在旁边笑得脸僵，用眼神求助陆青乔：姐，这人什么情况，咋不说话？

陆青乔给她一个安心的眼神，微笑着走过去，双手叠在小腹前，亲切地说："您好女士，想选什么样式……"

话还没说完，女人就优雅地抬起手臂。陆青乔这才看到她手里拿着包，于是条件反射地摊平双手，稳稳地接住递过来的包。质感很好，有一点重量，不愧是自己买不起的天价爱马仕。

女人不仅当陆青乔是包架，还把墨镜摘下来，用食指勾着给她。

陆青乔小心地接过来，避免在上面留下指印。再一抬头，瞳孔紧缩，这不是……她转头看了眼挂在墙上的巨幅海报，惊呆了。

是安雅！真人！就在她面前。

这是陆青乔第一次看到活体明星，和在电视里看完全是两个感觉。安雅的脸就巴掌那么大，精致得像摆在橱窗里的芭比娃娃。

任小圆先惊醒，捂着嘴，激动到语无伦次："你是？安雅吗？我的天哪！"

女明星见多了大场面，对于这种见到她惊呆、卡顿，最后混乱不清地问她是不是本人的场景，早就司空见惯。

安雅把围巾摘下来，递给任小圆，对她勾起一个招牌笑容："没错，是我。"

代言人亲临门店，应该是有拍摄活动之类的，但塔城这偏远城市，又是寒冬腊月的，门口也没见长枪短炮，所以，这是私人行程？

陆青乔帮安雅拿着包，和任小圆并排站在一起，表情管理还没恢复。

安雅比电视里看着更精致，皮肤没有一点瑕疵，整个人白到发光，每寸皮肤都像女娲精心雕琢出来的，简直了……

她眼尾上挑，缓缓打量店内的陈设，不过很快就失去兴趣。店里怎么都像一个模子刻出来的，一点新意都没有。

这谁想出的点子啊？不会是裴叙吧？

她撇撇嘴，没耐心地看了眼时间，四点多了。

天空还是浅淡的蓝色，窗外的街道却被暗夜笼罩，灰蒙蒙的，没有生机。莫名其妙地，心情也跟着不好。

什么鬼地方啊，天黑得这么早。

安雅走到窄沙发坐下，随手拿起桌上的时尚杂志翻了几页，马上没了兴趣。

陆青乔帮她拿着包和墨镜，和旁边拿围巾的任小圆面面相觑。

——什么情况？

——她怎么还坐下了？

正纠结要不要说话时，店门开了。

穿着羽绒服的裴叙带着一身寒气进来，第一眼就看到在沙发旁站着的陆青乔。

两天没见，看到她的那一刻，他飘浮的心终于落定。

"陆店长……"裴叙故作冷静，想找个什么理由和她单独相处。

陆青乔转头，见是他，心跳慢了两拍。她压下激动，用平时一样

170

的语气，克制有礼地叫了一声："裴总。"

她的声音惊动了坐在沙发上的安雅。安雅转头看到来人，猛地站起来，张开双臂，毫无形象地向他跑去："裴叙！Surprise（惊喜）！"

许是这样的场面太过出乎意料，在场的几个人都愣住了。还是裴叙最先反应过来，伸手挡住安雅的热情拥抱，下意识地看向陆青乔。

陆青乔手里托着包和墨镜，表情有些呆。

安雅看到裴叙后，和刚才的高贵姿态南辕北辙。她眼里带笑，有些过分开朗："我坐的九点的飞机，比你早一个小时到的，怎么样，惊不惊喜？意不意外？"

她似乎习惯了裴叙的不苟言笑，持续单方面输出："这边我第一次来，出机场时简直了，这气候，我还以为到北极了，风像刀子似的剐脸。对了，这边有什么好吃的，你得带我去吃。"

一通念白说完，她转头，指着陆青乔："哎，服务员，把包给我吧。"

裴叙的表情终于有了变化，眉头微皱，纠正她的称呼："她叫陆青乔，是店长。"

因为大明星驾到，沉寂许久的群聊里消息叠加到 99+。

陆青乔到家，在门口磕了磕鞋底的雪，拧开门锁，进屋。

客厅的灯开着，苏言瘫在沙发上，嘴里叼着薯条，见她进屋，只匆匆瞟了一眼，视线又落回电视上："开始加班了？"

"是啊，双节大促。"

八点五十，小星星已经熟睡，苏言放松了，特意叫了外卖和零食来她这里刷剧，享受安静自由的夜晚。

陆青乔换好睡衣，直接坐在地毯上，拿了根薯条叼在嘴里，随手点开手机。微信右上角的红色数字飙到三百多，且还在快速增加。

这是聊了多久？

她点开群聊，跳到第一条消息开始往下刷，一边和苏言说今天的爆炸新闻："安雅，你知道吧？她来塔城了。"

陆青乔本以为苏言不认识，毕竟她在家带小孩，为了保护小星星的视力，看电视的时候不太多。

没想到她惊讶地捂着嘴："安雅？！来咱们这儿了？"

"是啊，你也知道她啊？"

苏言一下子精神了，指着电视里的女主角："这不就是她的剧嘛，我等了好久才播。"

陆青乔抬眼，电视剧刚好演到情绪激烈处。安雅饰演的女主角被男朋友背叛了，她身穿大红色紧身短裙，踩着八厘米高跟鞋去男朋友的公司，当着办公室所有人的面抽了他两个耳光。

"啪啪——"

动作干脆，声音响亮。

陆青乔仔细看着电视里的女人，果然啊，电视屏幕会把人拉宽，真人那么美丽，仙女下凡一样，在剧里看着至少打一半折扣，还多了分艳俗。

好在她见了本人，对女主自动覆上美貌滤镜，这么狗血的桥段，因为是安雅在演，剧情也变得可以接受。

手机不停振动，群聊也正热闹。

小圆：绝了，真的绝了，让我词穷的那种美。

小圆：真人超瘦，侧面薄薄一层，薄到让人怀疑那里面到底长没长内脏的程度。

田甜：怎么着，你们都看到了？

田甜：就我没看到？

小圆：她来店里了，摘了墨镜我才认出来，当场被美貌劈倒，劈得我血液倒流大脑缺氧。

小圆：我坦白了，我是土狗。

田甜：她怎么会来这里啊？现在剧刚播，她应该有很多宣传活动。

小圆：不知道，不过她和裴总很熟，应该是来找他的吧。

陆青乔盯着那行字，手忽然顿住。

不知怎的，想到安雅和裴叙自然熟络的对话，她只能在旁边当个不起眼的观众，不安全感瞬间从四处渗透压迫，八卦的心情骤然消失。

她缓缓删掉对话框里打出来的赞美语句，页面消息持续弹出中。

田甜：关系很好，去年总公司的年会，安雅还参加了呢。

小圆：还不是代言人的时候就参加公司年会了？

田甜：她和裴总应该认识很久了，之前在总部的时候还听说他们一起去攀岩。

小圆：那就说通了，她是来找裴总的。

停车场，黑色宝马车里。

安雅坐在副驾驶上，从包里掏出小镜子和口红补妆。她很熟练，只点了两下就补好，抿了抿唇，对镜"啵啵"两声，然后无语地看向旁边的男人。

"我涂口红你盯着看什么，看得人直发毛。"

裴叙不理她的吐槽，兀自想到那天在库房里他那样给青乔涂口红，手法好像不太对。原来只需要轻点几下，再晕开就好，他是从嘴角就开始用力，像填色一样均匀涂满唇，那样涂完后，颜色确实过于浓烈了些。

或许，她那天在库房不肯出来，让他先走，是嫌弃他涂得太难看了？

也有这个可能。

安雅和裴叙认识好几年了，对他不爱说话的个性早就习惯。她把口红盖好，和小镜子一起放进包里，抬眼打量车内的摆设："不是吧，公司就给你配这种车啊？"

裴叙靠在驾驶位，手搭在方向盘上，没耐心地叹了口气。

他刚想回复，安雅已经跳过这个话题，伸手在他羽绒服上拽了几下，一脸嫌弃："怎么穿这么土的衣服啊……什么品牌的？"她探身，歪着脑袋看衣服右上侧的标志，眯眼读取，"七……七匹狼？哇！裴叙，你可真行，这件衣服我爸也有一件。"

裴叙耐心耗尽，把她赶回副驾驶。

"你怎么会来这里？"他启动车子，定位距离最远的酒店。

安雅低头扣安全带，边扣边说："休假啊，这边下雪了，我准备给粉丝拍个冬季滑雪 Vlog^①当圣诞福利。"

裴叙不咸不淡地说："挺好，祝你平安。"

"啧，我平安不平安这件事，还得看你。"

安雅虽然自诩运动达人，但对滑雪这个项目还不太熟练，去年刚通过新手村，实际水平的话，也就是刚卸掉乌龟防摔玩偶勉强不摔的程度。今年她不想挂玩偶入镜，不能让粉丝看出来她不会滑。

裴叙不明所以，趁红灯踩下刹车，问："和我有什么关系？"

"我要拍 Vlog 啊，你滑雪水平那么好，只能你帮我拍。"

注：① Vlog：视频日记。

173

他皱眉："你助理呢？经纪人呢？"

安雅理所当然地说："你不是在这儿嘛，我就给他们放假了。"

车内安静了很久，驶出商业区后，裴叙才说话："我没时间，你找别人给你拍。"

"你就用这种态度对待品牌代言人啊？我大老远来找你……"安雅说着说着突然顿住，视线定在车内导航上。

看清目的地后，她震惊得瞪大眼睛："四十八公里？裴叙，你把我送俄罗斯去得了。"

酒店是不错，不错就不错在离市区超级远，被城乡结合部包围，再往东走几十公里，直接出省。

对此，裴叙给出完美解释："你要滑雪，这酒店附近就有个滑雪场，坡度不高，很适合你。"

安雅才不会任他摆布，她掏出手机，划拉开屏幕，把亮屏的手机对着他，语气隐含威胁："你要是敢把我扔郊区，我就给徐深打电话。你是他下级，他的命令你总该听吧？"

说完，她的手指去点拨号按键。

裴叙没给她拨号的机会，伸手夺过手机，挂断，按灭，转腕塞回她包里。

安雅笑得像一只狐狸："哎呀，不会耽误你多少时间的，Vlog 里滑雪只占两分钟，拍几个炫酷镜头就行，剩下的时间用吃吃逛逛来补。"

裴叙面色凝重，转个弯把车停在路边："还要吃吃逛逛？"

安雅理所当然："是啊，我 Vlog 的风格就是要充满人间烟火气，我又不参加冬奥会，拍几个镜头让大家知道我会滑雪就行。"

年底了，她的剧刚播，同档有两部大制作，不管从粉丝基础还是各平台宣传，她都只剩被碾压的份。她不认命，这可是她主演的第一部剧，剧可以扑，她必须趁热度来一波高强度营业，不然番位一掉，下部剧又沦为配角。这种落差足以把人打回原形，娱乐圈可不是那么好混的。

"拍摄设备明天到，咱们白天去滑雪，晚上吃点特色美食……"

"滑雪我帮你拍，吃逛这些我没时间。"

安雅气得磨牙，就知道裴叙不会那么好说话。认识好几年了，让他帮忙干点什么很费劲，这种性格，怪不得找不到女朋友。

真是，就该穿着土气的七匹狼，单身一辈子。

她压着烦躁，维持明艳的微笑："裴叙，有没有女生说过你很没风度啊？"

她话里带着讽刺，裴叙一点都不在意。他靠着椅背，透过车窗看北方的深冬，残雪缺月，入目皆是孤寂，他却不像以前一样觉得难过，因为他在想陆青乔。

说实话，自打重逢后，他对陆青乔做的那些事，确实很没风度。

不过，她可从没说过那种话。

他转头，瞥了一眼副驾驶上的女明星，从发丝到脚底都贵气逼人，精致得无懈可击，就算是求他帮忙，也摆出一副理所应当的样子。

陆青乔才和她不一样。

夜深了，他不想浪费口舌，索性没风度到底："这旁边有家酒店，你下车。"

3

距离圣诞节还有两天，商业街节日气氛浓郁。

店的正门口立起两米多高的圣诞树，上面挂着七色彩灯，任小圆和双双蹲在树下，把抽奖用的红包折好密封，陆青乔在旁边剪挂红包的绿色丝带。

双节活动，压力都给到门店这边。反季五折起，当季新品八折，部分商品满三件七折，一次性购物满两千元可以抽奖一次。奖品分五档，现金、礼品和优惠券全都在红包里密封着。

工作量很大，陆青乔从旁边店里借来矮梯，拿着丝带上去，把红包一个一个挂到树上。

店门被推开，田甜风尘仆仆地进来。

"哈喽，辛苦各位，下班之前把海报贴上。"她怀里抱着一沓双节宣传海报，一进来，见大家都在忙，随手放在吧台上，搓着冻僵的手问，"还有多少，要不要我帮忙？"

任小圆和她熟了，一点都不客气地指使她："你在门口迎宾吧，有顾客来了就接待一下。"

临近下班，顾客寥寥，很多都是进来看一圈就走。

田甜穿着便装，在门口站得笔直。

红包要挂满圣诞树，工作量不小，陆青乔挂完一批，挪了梯子，在另一面继续。装在袋子里的红包挂在她手臂上，地上狼藉一片，她边把绿色丝带系在红包上，边嘱咐任小圆和双双收拾卫生。

活动时期就是这样，活永远干不完。

田甜很称职地在门口站岗，没有顾客进来，有点无聊，她偷懒靠在门边，忽然，"咦"了一声，歪着脑袋向外看。

这声音吸引了室内干活的几人，任小圆拿着抹布，双双拿着拖把，也循着声探出脑袋。

陆青乔骑在矮梯上，定定地看着门口停下的黑色宝马车。

车停，灯灭，穿着白色大衣的安雅从副驾驶下来，另一面，裴叙也下了车。

路灯的光柔柔地打下来，两人隔车对望，不知在说什么。

田甜趴在门边，沉浸在俊男美女的冬日氛围里，小声说："怎么回事，我有点嗑到了呢。"

听到她的话，陆青乔心里一紧，强迫自己收回视线，继续挂红包，故意忽略门外刺眼的一幕。任小圆和双双就不是了，都不顾手里的活，跑到门口，透过玻璃向外看。

三个人开启闲聊模式。

任小圆："神奇，平时看裴总像罗刹似的可怕，今天怎么觉得他挺有韩剧男主角的感觉呢？"

双双："可能旁边站着女明星的原因？"

田甜："不，这是外形契合表现出的氛围感，不得不说，这样看起来他俩真的好般配。"

任小圆："可安雅是女明星呢，会和裴总谈恋爱吗？"

田甜："女明星也是人啊，偷偷谈呗，不被拍到就行了。"

任小圆："啊！怪不得裴总私生活那么隐秘，原来是在和女明星谈恋爱啊！"

陆青乔心不在焉地挂红包，耳朵支起来听她们八卦，越听心越沉。

归根结底，只是这些猜测和她心底的怀疑一一对上，她想到那天下午，安雅看到裴叙时眼底迸出的光彩，完全是热恋状态。

果然是这样！他怎么可以这样？

已经有了绝美大明星女朋友，为什么还来招惹她？难不成是吃够了山珍海味，也想来点野菜尝尝？

陆青乔无心干活，想到车里的吻、库房的失控、他肆意游走的手……是该怪他主动，可是她也没拒绝啊，甚至有那么几秒也很享受。

主犯是该死，那她这从犯也罪有应得。

倏地，她脸色苍白，仿佛坠入无底深渊。

距离上次追星还是十年前，高三时间那么紧张，陆青乔还能抽出时间看演出、追综艺、买杂志，画报贴满墙壁。

如今，陆青乔重回那种痴狂状态，却不是为追星。她下载微博，注册账号，进去的第一件事就是搜索安雅。

客厅没开灯，陆青乔盘腿坐在地毯上，支着胳膊，眉头紧锁地盯着手机屏幕。

剧正在播，安雅的名字刚好在热搜前排挂着，点进去，页面直达她最新发的营业微博。

五分钟的 Vlog 视频，封面是安雅穿着白色大衣，戴着墨镜，在车里对着镜头甜笑。

陆青乔一眼就认出这张照片是在裴叙的车里拍的。

很奇怪的感觉，生平第一次，她熟悉的事物是从明星的视频里看到的。不过，这种方式的连接对她来说并不是很好的体验。

明知前方是深渊，她却控制不住自己去探索。

视频很粗糙，是照相机随便拍出来的，点进去就是滑雪场，安雅一身滑雪服，熟练地踩着雪橇，从顶坡滑下。

陆青乔啃着手指甲，横屏播放，待安雅的脸离镜头很近时暂停，截图。

她装备很齐全，戴着专业防风镜，陆青乔双指放大图片到极限，也只能勉强看到镜面上模糊的轮廓，看不清楚脸。

视频的后半段是在一家连锁酱肉店，安雅换了一身暖白色的毛衣，头戴贝雷帽，温温柔柔地看镜头。视频里的她很有亲和力，而且吃很多。

这些都被陆青乔忽略，她化身侦探，在视频边角搜寻有关裴叙的蛛丝马迹。

暂停，截图，放大骨碟旁边的钢勺，勺背上有个模糊的倒影，她翻转手机，眼睛几乎贴在屏幕上，但还是看不清楚脸。

答案明明就在心里，她却残留一丝幻想，万一呢？万一是她猜错了呢？

翻完全部微博，她又去超话，从安雅入圈开始看。安雅演的剧、上过的综艺、接过的广告、参加的活动，几乎都被她翻了个遍。

那时安雅还叫楚逾。

门突然开了，苏言抱着小星星进来，面色痛苦："救命！我想上厕所，她突然醒了，你帮我看一下。"

客厅黑暗，陆青乔的脸被手机的光照得泛绿，黑发蓬乱，面无表情，冷不丁一看，像刚从地府爬上来的女鬼，吓得苏言差点憋不住。

她"啪"地开灯，声音变了调："陆青乔，你想吓死我们娘俩啊！"

说着，人也到了，直接把孩子塞进陆青乔怀里，急匆匆地往卫生间跑。

陆青乔注意力都在屏幕上，头没抬，一只胳膊搂着小星星，另一只手还黏在手机上。

小星星瞪着圆圆的眼睛，被闪动的屏幕吸引，"哦哦"地伸出小肉手。

陆青乔赶紧伸长手臂，哄她："乖乖，别动哦，干妈现在很忙。"

手机里正播放着三年前的视频，那时安雅还没改名，演的小配角，镜头前的她一脸青涩，和一众主创接受采访。

她坐在沙发最边上，浑身上下透着初出茅庐的拘谨。

主持人很和善，故意把话题带到她身上："那我们的楚逾呢，有没有小名，或者乳名？"

安雅有些不好意思，脸颊也因为镜头全都对着她而微微泛红。她捂着嘴，有些不好意思地说："大家都直接叫我名字，只有特别特别亲近的人叫我阿楚。"

陆青乔呼吸一滞，阿楚啊……

手机因为脱力落在地毯上，小星星吭哧吭哧地爬过去，笨拙地用手指触动屏幕。陆青乔已经无心管她，脑子里全是裴叙亮屏的手机。

那天给他打电话的人，就是安雅。

早就知道的事，为什么还执着地浪费时间亲眼证实？十年了，连自己都不是以前的自己了，裴叙变成想脚踏两条船的渣男也很正常。

陆青乔瘫靠在沙发边，有种想哭的冲动。

不是哭裴叙不怀好意的接近，而是哭自己，竟然那么轻易地迷失在这种违背道德的感情里。

和他在一起的时候，有几个瞬间，真的产生一股冲动：什么都不要管了，和他在一起吧！

甚至，在确定安雅是他女朋友的那一刻，心里也有个卑鄙的小人在帮她开脱：不是没结婚嘛，还是有机会的……

眼泪猝不及防地落下来。

小星星坐在旁边，精神抖擞，手机被她成功缴获，在她掌心显得过于巨大。她紧紧抓住，手指在已经锁住的屏幕上一下一下瞎点。这么小的孩子，每天只需要吃饭、睡觉、玩玩具，世间的一切，都不能让她烦心。

真是羡慕啊。

陆青乔流着眼泪，双臂一拢，把小星星搂在怀里。很无助的时刻，十六个月大的孩子也是可以依靠的力量。下巴垫在软软窄窄的肩膀上，鼻尖萦绕着奶香气，她的眼泪越来越多。

"怎么办？星星啊，干妈好像是坏女人。"

"哦哦……"小孩正沉迷于屏幕上的动态壁纸。

陆青乔手臂收紧了些，一顿一顿地抽泣："都已经是奔三的人了，脑子还是不好用，你是不是也觉得我这样不对？"

可是，好喜欢他啊……

眼睛被泪水糊住，眼前模模糊糊，四周化为一片水镜，她哽咽着，努力瞪大眼睛，却看到了裴叙的脸。

半明半暗的仓库里，他靠得很近，眼神温柔，像个虔诚的信徒，手里握着的口红轻轻落在她唇上。

完了，笃定了事实能怎样？她根本做不到干脆利落地抽离，反而越陷越深。

陆青乔被悲伤淹没，小星星却抗拒她的禁锢，挣扎着要自由。一大一小，力量悬殊，小星星急得扬起手臂，手机被扔出去，刚好砸在陆青乔头上。

手机落在地毯上，陆青乔捂着被砸到的痛点，把小星星放在旁边，边揉边哽咽："星星啊，你是想砸死我啊？"

小星星："妈妈妈妈……"

待那阵剧痛过去，陆青乔才睁开眼，刚好和正在通话的手机对视。

来电显示：裴叙。

通话时间已经三十秒，她赶紧拿起来，听筒贴在耳朵上的一刻，忽然想到他的所作所为，绷着一股劲又拉远。

她深呼吸："喂。"

声音因为哭过有些沙哑。

现在已经是晚上十点，他第一次这么晚给她打电话，她不禁悲哀地腹诽：是趁安雅睡着了才敢偷偷联系我吗？

听筒里的男声透着疲惫："青乔，抱歉，这几天很忙，没能送你回家。"

"不用，我坐公交车很好。"

副驾驶只有一个，正牌女友来了，她当然得靠边站。

"这么晚了，还没睡？"

你不也没睡吗？还在这个时间打电话……

陆青乔不自觉用力抓着手机，骨节微微泛白。

她看着在旁边吐泡泡的小星星，淡淡地说："嗯，在哄小孩。"

沉默蔓延，耳边只听到若隐若现的呼吸声。

"很累吧？家里只有你一个人吗？"

"不累。"

"如果需要我帮忙的话，我……"

"不用。"陆青乔咬着唇，不想对裴叙流露脆弱的情绪，语气冷硬，"裴总，如果没有工作上的事我就挂了，毕竟现在是私人时间。"说完，不等他回复，直接挂断。

陆青乔眼眶酸涩，身体一阵阵脱力。

偏偏小星星又看到手机这个神奇的发光物体，爬过来，小手攥住半圆的边角："拿拿，拿拿……"

陆青乔崩溃，痛苦哀号："啊，救命！苏言，你是不是掉厕所里了！"

苏言微弱的声音从洗手间门缝传出来："对不起，闹肚子了，再给我五分钟！"

好累！陆青乔挡着小星星一波一波的冲击，反手把手机塞进沙发缝隙里，双臂一揽，把小孩抱起来。

女人抱着孩子摇晃的影子映在窗帘上，裴叙搭在车窗上的手忽然一抖，夹在指缝的烟因为失重落在雪地，橘色的光触到白色的那一刹，瞬间暗淡，青烟还来不及道别，就默默地消失在冬夜里。

打火机被按动，重新燃起橙色光亮，裴叙抬头，视线重新定在三楼的窗户上。

她在生气。

她很痛苦。

她很累。

裴叙脸色阴沉，扔掉未燃尽的烟。

4

今天是平安夜，加上双节促销，上午客流量很大。

陆青乔昨晚几乎没睡，眼睛也红肿着，模样很狼狈，但店里忙得不可开交，谁也抽不出时间安慰。

她一直在收银台，忙得头都没抬起来过。

任小圆帮她冲了一杯速溶咖啡，趁顾客来付款的时候给她送来。

陆青乔勉强提起嘴角，冲她点点头，用眼神表示谢谢。

午饭到下午两点才吃上，顾客没有减少的迹象，人手不够，只能买包子回来，五分钟吃完，继续忙。

这次活动是年底冲业绩，反季销量最好，其次是三件七折，每个顾客走的时候手里都拎着三个以上的购物袋。

直到夜幕降临，她们才稍微缓口气。

店里像被打劫过一样，衣架空了大半。陆青乔捶了捶酸痛的腰，从收银台出来，手里拿着出库本，准备趁这会儿不忙补一下货。

还没等上楼，店门开了。

她条件反射地，脸上挂着微笑："欢迎光临素……"刚说几个字，发现进来的是裴叙，她就自动闭嘴，下意识看向门外。

车停在门口，看不出来里面有没有人。

陆青乔面色转冷，敷衍地打招呼："裴总。"

裴叙忍住靠近的冲动，视线在她脸上仔细巡视。她眼下有淡淡的黑眼圈，气色也不好，这几天没和她在一起，竟然憔悴这么多。

他看着她手里的出库本，问："陆店长，你是要去库房吗？"

陆青乔直视他的眼睛，说："不是。"

"去库房，我想找几件货。"

181

"是 D 打头的吗？"

裴叙感觉到她态度冷淡，虽然不解，却不得不顾及店里员工的视线，声音压低，隐含命令的口吻："是，带我上去找。"

陆青乔神色不变："我这里没有，裴总去别的店找吧。"

不对劲，很不对劲，裴叙看着她的眼睛，想从里面找出她对他冷淡的原因，却跌入幽暗的混沌。

她坦荡地接受打量。

什么都看不到，什么都听不到，仿佛这世间只剩他们两个人，是探究，是对峙，是只隔了一层纱，但谁都不肯戳破的畏惧。

因为爱，所以忐忑；因为在意，所以畏惧。

店门打开，安雅穿着初来那天的驼色大衣，头发利落地梳起来，露出白皙修长的脖颈。她踩着极细的高跟鞋，没察觉到气氛不对，出声抱怨："裴叙，怎么这么久啊？"

是陆青乔先投降的，从安雅进来的那一刻，她就败了。她低头看鞋尖，勉强支撑着一副抗拒的姿态。

裴叙咬牙，最后看了眼她的发顶，转身离开。

待门关好，确定这一男一女不会杀个回马枪后，任小圆才从衣架旁钻出来，捂着心口，惊魂未定："姐，你你你……疯了啊？"

陆青乔沉默许久，低声说："嗯，我是疯了。"

车内温度舒适，只是香水味太过刺鼻，裴叙皱眉，用力扯过安全带，对旁边的女人说："Vlog 拍完了，你什么时候走？"

安雅对他的催赶一点都没往心里去，她嘴角带笑，玩味地看着手上新做的美甲。待身边的男人耐心耗尽，她才细品刚才看到的一幕，神秘兮兮地说："裴叙，我好像发现了你的秘密。"

裴叙莫名其妙地看着她。

安雅藏不住笑意："你和那个陆店长啊，你俩……"她伸出食指，轻轻对上指尖，"你俩有猫腻。"

裴叙挑眉，随手熄火，开灯，抱着胳膊，回忆这两天帮她拍视频的细节："你看我手机了？"

安雅登时火大："你别污蔑我，我可不是那种人。"

她转头，透过车窗向门店里看，穿着衬衫和西裤的陆青乔正从楼上往下走，怀里抱着一摞补货架的衣服。

见多了娱乐圈的顶级美人，安雅有些不理解："陆店长就很普通啊，之前徐深给你介绍的模特你都看不上，原来是喜欢这款……"

说着说着，突然感觉脖子凉飕飕的，她把大衣拢紧，赶紧找补："我没有说她不好的意思。"

裴叙这两天跟着她到处跑，已经忍到极限，他深呼吸，吐出最常对她说的两个字："下车。"

"别别别，我错了。"

女明星在镜头前姿态优雅，像一只高贵的天鹅，私下和老友在一起时就变成了另一种模样，身心放松，毫不遮掩自己的本性。

裴叙喜静，安雅不巧是个话痨，这两天耽误他时间还吵他耳朵，被他臭骂好几次，她这大明星也只有在他这里才会受这种委屈。

刚才一进店，她立马察觉气氛不对劲，虽然裴叙是上级，和陆店长的对峙却是输家，而且是主动认输。这种结果，已经超出了正常的上下级关系范畴。认识他好几年了，还是第一次见他这样吃瘪，除了爱而不得，还能是什么？笑死人了。

安雅很得意，这两天被他呼来喝去的，终于翻身农奴把歌唱。她托着下巴，故意火上浇油："唉，你是裴总有什么用呢？陆店长看样子不想和你好了。"

入行这几年，看过的爱情剧本没有一千也有八百，安雅对那种眼神碰撞、无声对峙的情绪了如指掌。像他们这种，明显是陆店长逃，裴叙追，陆店长不仅没插翅难飞，还反过来将了裴叙一军。

不得不说，是很新的剧本。

安雅兴奋得直搓手："裴叙，你和我说说，这个陆店长看不上你，是不是因为你人品恶劣，还很没风度……"

裴叙冷眼看她："楚逾，你要是戏瘾没过够的话，就让徐深投资给你拍几部。"

安雅一听这话，嘴角瞬间耷拉下来："他投的都是狗血烂剧，我还是想当个好演员的。"

"想当好演员就修身养性，多看看书，而不是像现在这样捕风捉影，凭空揣测别人的私生活。"

又来了，像个老学究，安雅八卦的心情瞬间全无。

被赶下车之前，她不死心地问最后一次："裴叙，你们真没有？"

一阵寒风吹过，回答她的是扬长而去的车尾。

临近下班，店里主灯关闭。陆青乔在收银台统计今天的销售数额，任小圆收拾卫生，洗好抹布，借着擦吧台和她闲聊："青乔姐，你是不是要来'大姨妈'了？"

陆青乔噼里啪啦敲键盘，连眼睛都没抬："没有，刚结束。"

"那你怎么敢和裴总顶嘴？他刚进来的时候脸上还带笑呢，真不像故意找事。"

"那是我找事？"陆青乔用力敲了几下鼠标，视线不离屏幕，不知是气鼠标不灵活还是气任小圆说话，总之，发泄口摆这儿了。

她叉腰，有理有据地辩解："裴总三番五次地来找 D 打头的货，我们这里没有，他是知道的。今天店里这么忙，库房里的货都要卖空了，他还来找，他到底来找什么？就是找事！还嫌我不够累是吧？"

任小圆脸色有些发白，身体僵硬，眼神在门口和陆青乔的脸上游离："姐，别……别说了。"

"干吗不说？他倒是悠闲，陪大明星滑雪吃饭不亦乐乎，玩够了回来给我找活，我凭什么受着啊？"

陆青乔气撒出一半，随手把鼠标扔到一边，还想再说，任小圆赶紧伸手捂住她的嘴，白着脸冲门口方向说："裴总，青乔姐最近太累了，您别往心里去。"

裴叙站在门口，触到陆青乔看向他的眼神时，嘴角扬起："说得挺好，继续。"

任小圆急死了，但不知道怎么处理这种地狱级别的场面，只好用眼神求陆青乔道歉。可陆青乔梗着脖子，手里拿着鼠标摆弄，压根儿不接收外界信号，任小圆只能无奈地硬着头皮看裴总。

男人并不像平时的罗刹模样，大概是明星女朋友来了心情好，就算听到员工在背后痛骂他，也能很好地维持绅士风度。

过了会儿，他主动说："陆店长，我想和你单独聊一聊。"

陆青乔垂眼，盯着鼠标背面的红色指示灯，语气比刚才要弱了一些:"想找货吗？"

"不是。"他走到收银台前，视线落在她白皙的脖颈上，"找你，我们谈谈。"

　　任小圆站在两人中间，被这种恐怖气氛夹得半死不活，感觉自己就像一条瘫在烤盘里煳掉的鱼。

　　"青乔姐，你……裴总，那个……"她紧张，嘴也不利索了，一跺脚，索性逃走，"我先去干活了。"

　　冬日的深夜，透明玻璃隔绝了窗外的严寒。陆青乔穿着衬衫，袖口挽到手臂，因为刚才一直搬货，领口的扣子解开了两颗，以裴叙的身高，从上往下看，还能透过领口看到里面的蕾丝抹胸。

　　明明裹得很严实，他却喉结滚动："青乔，我们上楼。"这句话就在耳边，他的声音很轻，只有她能听到的音量，很温柔，却带着威胁，"不答应的话，我就在这儿亲你。"

　　陆青乔瞪他，余光看到任小圆拿着拖把向她求救：姐！快把他挪走，我要拖地！我要下班！

　　算了。

　　陆青乔从收银台后面出来，跟在男人身后。他穿着皮鞋，踩在大理石条纹的楼梯上，脚步稳健，不急不缓。

　　很熟悉的画面，当年的他们也是这样，上楼的时候，他走在前面，她跟在后面，一步一步踩着他的脚印。

　　陆青乔看着眼前向她伸过来的手掌，第一时间转头看楼下的任小圆。任小圆抓着拖把卖力拖地，没注意到楼梯上停住的男女。

　　那也不行。

　　陆青乔往下退一层，楼梯口正上方有监控，红外线的光一闪一闪，她心跳加速："裴叙，你别这样，我害怕。"

　　裴叙看着她惊慌不定的脸，冷静地在心里摆出天平。他思量着，害怕和痛苦，到底哪个更沉重一些。

　　确定自己想要和她在一起之后，走的每一步都是坚定的，他不曾怕过，只是痛苦而已，痛苦她的身心要分成几份，而他只得到微不足道的一点点。

　　他明明拥有过全部的她。

　　是晚了，他来塔城来得太晚了。不过，她也晚了，已经上了他的船，再也没有反悔回程的可能。

　　害怕吗？

没关系，有我在。

他缓缓向她走去，在灯光下，在宽敞的楼梯中央，堂堂正正地伸出手，把她潮热的手攥在手里，不理会她的挣扎，一步一步向上走。

直到二楼的中心位，陆青乔就扭着甩掉了他的桎梏。

四角监控都正常工作中，两人站的位置是中心点，监控画面无死角，陆青乔稍微放了心，把手背在身后。

裴叙站在她面前，几天不见，想说的话有很多。可是她的态度冷淡，找不到和他熟络的痕迹，连他自己都在怀疑，先前的亲密难道都是他的臆想？他看着她略显憔悴的脸，忍住抬手的冲动，声音压低："很累吧？"

陆青乔失笑，随手把额前挡眼的发丝掖到耳后，故作轻松地自嘲："还好，不想吃学习的苦，就要吃生活的苦。"

确实，遇到他以后，她就没吃过学习的苦了，作业都是他帮忙写的。

因为这句话，裴叙悬在空中的心落了一点，不管她在吃什么苦，他都会帮她，不管是学习，还是生活。

他抬腕看了眼时间，快九点了："我送你回家。"

像之前那样。

陆青乔很不理解，他胆子未免也太大了，前脚刚送安雅走，后脚就急匆匆来找她，生怕别人不知道他俩有事。

"不用了，裴总，我坐公交车就好。"发火前，她还能勉强维持一丝客气。

裴叙深深地看着她，耐心耗尽，扬手抓住她的手腕，强硬地把她带进库房，关门反锁。

库房没开灯，从亮的地方突然进来，眼前是漫无边际的黑，什么都看不到，听觉变得异常灵敏。

他靠得很近，灼热的气息扑在额角，陆青乔用力甩掉他的手。

他手是松了，身体却靠过来，手臂环在她腰间，气息压下，声音贴在耳边："青乔，你怎么了？"

为什么突然这么冷淡？是家里生出什么变故？

说完，他顺势把陆青乔搂在怀里，下巴垫在她颈窝，深深吸气。他像一条搁浅到窒息的鱼，重新回到水里，又重新活了过来。怀里的人在反抗，只是力气太小，不知是身体累极了，还是也在享受久违的拥抱。

陆青乔突然想哭。

黑暗给人安全感，这里是封闭在城市里无人知晓的角落，她感受着裴叙的呼吸，他身体的温度，还有那双搂在她腰间的宽厚坚定的手。

这么喜欢的人，竟然是别人的男朋友。

她叹气，闭眼，忍住泪意："你来这里，安雅不会找你吗？"声音闷闷的，带着一丝怅然的情绪。

裴叙不解，手向上，在黑暗里准确地落在她脸颊上，拇指轻划，触到的皮肤细腻干爽，没哭。他奇怪自己为什么会产生这种莫名其妙的怀疑，同时也奇怪她为什么突然说起安雅。

一想到这几天的分离全都拜安雅所赐，他语气就有些冷淡："提她干什么？"

陆青乔顿时感到挫败。他高中时也是这样，不想提及的人就会这么说，所以从来没听他说起父母的事，可她知道，毕竟是有血缘关系的亲人，怎么可能没有重量？

同样的话，十年后，变成安雅。

陆青乔向后仰头，躲开他的手。

货卖空了，过道宽敞，这里她很熟悉，不用开灯就知道哪儿是哪儿。她向后退一步，脊背抵在货架的钢柱上，语气冷淡："没什么事我就先出去了。"

她话音未落，男人就靠近。

背靠货架，她退无可退，只能在黑暗里瞪他。

"青乔，我很想你。"裴叙的下巴垫在她肩膀上，呼出的热气吹起耳后的碎发，带起一阵阵潮热的麻痒。

陆青乔缩着脖子，推他的肩膀："安雅来了，你还找我干什么？"

裴叙呼吸一顿。他对这种语气里蕴藏的含义极其熟悉，是猜忌，是酸涩，是深爱的人投入别人怀抱之后的无比狂怒。

可又不敢怒，只能酸溜溜地诘问。

他弯唇："你在吃醋，青乔。"

陆青乔冷哼："吃醋这种事可轮不到我。"

裴叙发出一声极舒畅的轻笑，环着她腰的手臂倏然收紧。

周围被他的气息笼罩，她屏住呼吸，只觉额头一片湿热。他的吻痴缠而下，途经眉心，落在轻合的眼上，像稀世珍宝般，眷恋着，舍不得离开。

陆青乔被他锁在怀里，后背是冷硬的钢架，躲无可躲。

每次都这样，难道他们之间的问题是接吻能解决的吗？

不仅不能，还要一起下坠沉沦。

陆青乔躲闪他的吻，却躲不开，湿热落在脸颊、鼻尖、嘴角，她急喘着，连声音都变了调："安雅知道你这样吗？在这种地方像流氓一样对女下属……裴……叙，你说话，你就……不怕被……"

吻一下一下落在唇上，把她说出的话搅成断断续续的碎片。

裴叙含住她的下唇，忍住想咬的冲动，力道都转到手上。手贴着轻薄的衬衫游走，衬衫照例掖进西裤里，他不敢用力，有些急躁地转了两圈，未果，自然向上。

她光是应付他的吻就耗费了全部精力，根本没注意衬衣的扣子已经开到第四颗。

白色蕾丝边紧贴皮肤，却因为布料极薄，里面的结构一触便知，温热的指尖描绘凸起的边缘，想到里面的温软，裴叙喉咙一紧，舌尖不自觉……

刺痛锥心，被她咬了一口。

陆青乔使劲把他的手拍掉，喘着粗气，忙乱地把扣子扣好，气终于喘匀："我问你话呢！"

裴叙的渴解了大半，身心顺畅，尤其她这种急促的、咄咄逼人的质问，让他压抑一整天的心情瞬间大好。他细细品味空气里弥漫的醋意，故意无所谓地轻笑："管她做什么？我们在一起的时候，不要提别人。"

说完，他又凑过来，想继续。陆青乔力气小，自然挡不住他，气得眼眶通红，直接冲到他脖子上咬了一口。

裴叙闷哼一声，却忍着不动，任她咬。她被气昏了头，待神志清醒，突然意识到自己在做什么，后知后觉地想到会留下齿痕。

她没有要示威的意思，这完全是失去理智的行为，咬的是他，她脑子里想的却是另一个人——

怎么办？安雅一定会发现。

陆青乔后悔了，一腔激愤瞬间冷静，慌乱转为不安，不安化成嘴硬，直接向罪魁祸首撒气："怎么可能不管她？"

裴叙脖子刺痛灼热，他手指按着陷在皮肤里的齿痕，仔细地描绘她留下的痕迹，待走完一圈，内心的空虚也被填满。

　　他幻想暗色里陆青乔的表情，因为这些表情也曾在他脸上出现过。

　　他靠近，像恋人之间的絮语："那林跃呢？他知不知道你在这种地方和上司接吻？"

　　陆青乔愕然，他竟然这么生硬地转移话题……怎么回事啊，现在是她在问，再说了，关林跃什么事啊？

　　"突然说他干什么？"

　　裴叙勾起嘴角，把她的手搭在他腰间，捧住她的脸，温柔地说："所以啊，我们在一起的时候不要提别人，如果提别人……"

　　话说到一半，他突然低头，唇轻轻覆在她露出的脖颈上，在她意识到他要做什么时，重重一吸。

　　"啊！疼疼疼！"

　　陆青乔大叫，他的手却顺着细窄的脊背上移，按着她后脑勺，把失控的叫声埋进自己的胸膛。他把她揉进怀里，比刚才更用力。

　　"裴叙……"陆青乔疼得眼泪都掉下来了，"你是不是疯了啊？"

　　裴叙收力，唇贴着渐渐灼热的皮肤，心情极好地舔了一下那处红痕："嗯，我是疯了。"

　　他俩依旧是一前一后地出来。

　　裴叙临走时，轻吻陆青乔的额头，像分别的恋人般低声细语："我去车里等你。"

　　陆青乔扣好扣子，把衬衫领口立起来才勉强挡住脖子上的红痕。

　　她深呼吸，在心里唾弃自己的不坚定，又反思，明明撑得很好，到底是从哪个环节开始溃败的？她很认真地捋整个过程，却挥之不去脑海里他那种强硬的吻。

　　关灯，开门，她心事重重地出去，差点撞到门口的任小圆。

　　任小圆已经换好便装，手扬起，似乎正要敲门，见陆青乔出来，终于松了口气："姐，你没事吧？"

　　陆青乔有些慌，还以为任小圆已经下班了，怎么还没走？

　　她突然心虚："下班吧，快走。"

　　任小圆仔细打量陆青乔，忧心忡忡地问："姐，你们刚才……"

"没事，赶紧回家，明天还得忙呢。"

车辆一路缓行。

陆青乔坐在副驾驶上，想到安雅的 Vlog，心里很不是滋味。

腿上放着裴叙准备的水果盒，她拈起一颗草莓递给他。

裴叙不太喜欢吃水果，下意识地摇头，却敌不过她的坚持，只能张嘴接过。

陆青乔心不在焉地看着车窗外，今晚平安夜，街上的人比平时多了一倍，大多是年轻情侣，光明正大地牵手、拥抱、在路灯下接吻。

她的眼睛被刺到，问："裴叙，你和安雅在车里的时候，都聊些什么？"

"很少说话，我只是司机。"

陆青乔对这种模棱两可的回答不满意，问出来心里难受，不问憋得更难受，明知前方是死胡同，她偏想往里走："那……你亲她的时候也那么用力吗？"

裴叙刚咽下草莓，因为她这句话突然被呛到，咳了好久才顺过气，非常难受。但这种难受，抵不过脑海里想出来的恐怖画面。

他和安雅……算了，不逗她了，他受不了这个。

"青乔，我和安雅只是朋友。"

虽然反复这样澄清，但他不得不承认，在心底某个阴暗的角落里，产生了一种奇怪的畅快——

她现在终于体会到他的痛苦，被爱而不得折磨着，越是在意，就越痛苦。

陆青乔紧盯着裴叙，想看他的眼神，可他并没有给她这个机会，全程盯着前面的车尾。

"你这几天一直和她在一起？"

"嗯，帮她拍 Vlog。"

"哦……拍得很好。"

裴叙伸手过去，把掌心压在她的手背上："好？我一直在想你，没好好拍。"

怎么这么虚伪，油嘴滑舌的？陆青乔躲开他的手，轻哼："绝美大明星在身边，竟然还能想起我？"

190

裴叙转头看她，她故意歪头看窗外，醋意横飞，只留给他个后脑勺。

他忍住笑意："我给你发了上百条短信，真可怜，一条回复也没收到。"

陆青乔冷哼，随手从包里掏出手机，点开。短信这个功能她几乎不用，早就把图标拉到不常用的页面去了。看到信息图标右上角的"108"数字时，她惊讶地"啊"了一声。

很久没有通过短信联系别人，冷不丁的，这也能变成一种很新奇的体验。点进信息栏，消息一股脑闪现，她往上拉。

裴叙：抱歉，我朋友来了，今晚不能送你回家了。

日期是三天前。

裴叙：想你。

裴叙：我刚路过店门口，没看到你，是上二楼了吗？

裴叙：我这几天会很忙，现在刚到滑雪场。

裴叙：滑雪场这边有个烤肉很好吃，等忙过这一阵我们来吃。

裴叙：永寿街这边的灯挂满了街道，路边是咖啡馆，我记得你以前很喜欢这种好看的小店。

陆青乔捧着手机，一条一条认真看。从安雅来的那天，一直到今天上午，裴叙都在以发短信的形式告知行程和想念。

说实话，如果是几年前的她，会感动到泪奔，当场嫁给他。

现在呢，随着年龄增长，感动的阈值也层层叠加。况且，这全程陪着别的女人吃喝玩乐，只花几秒钟打字发送给她，仔细一想，她还有些可怜呢。

她按灭手机，扔回包里，继续看窗外。

气氛莫名其妙地变冷。

车子下高架桥，在路口转了个弯，拐进平时不常走的小路。

裴叙把车停在路边。

街灯明亮，灯火阑珊，却因为寒冷，行人寥寥，再华丽的灯也显得落寞不少。

他握住她的手，有些凉，他没想到她的手也会变凉。

从前不管什么季节，她的手都是热的，相反那时的他，像是一块不化的极地寒冰，切断后路地沦陷在她的热里，他被温柔层层包裹，

191

锋利的冰层慢慢融化。

他突然舍不得，这种苦他一个人受就好。

"青乔，你不相信我吗？"

她沉默地接受。可是，怀疑的种子已经在心里发芽，她想把证据逐条列出质问，却突然害怕失去这短暂的宁静。至少，现在的他，是属于她一个人的。

陆青乔转头看裴叙，说："我当然相信你。"

5

经过一夜，脖子上的红痕颜色更深了，好在位置偏下，陆青乔找出高领毛衣套上，穿好羽绒服，拎着包出门。

苏言刚好出来，陆青乔看到她，下意识地缩了缩脖子。

"吓到你了？"

"没……嗯，吓我一跳。"

苏言没在意，递给她一个保温袋，里面放着密封饭盒，说："今天不是圣诞节嘛，我煮的饺子，你带到店里当早餐。"

"你咋过啥节都吃饺子呢。"

苏言翻个白眼："我也不可能去烤火鸡啊，咱这儿没有那东西。"

陆青乔接过袋子，盒子有些大，放不进包里，只能拎着。

她收了饺子，还不忘继续吐槽："你清明节、端午节、儿童节、中秋节、国庆节，也是吃饺子啊。"

苏言："不吃拉倒，还我。"

陆青乔赶忙攥紧袋子："我吃，我特爱吃。这是夸你，我连面都不会和呢。"

苏言哼哼，楼道里冷，她穿得少，往回缩了缩肩膀："晚上回来吃吧，煮火锅怎么样？"

陆青乔已经走到二楼半，刚想答应她，却突然想到裴叙。现在他们这种情况，下班之后的时间……

今天是圣诞节，他会陪她吗？

见她纠结，苏言也知道店里这几天在搞活动，早出晚归特别忙，于是说："没关系，看你的时间。"

"好，我尽量。"

店门还没开，补货的车就等在门口了。陆青乔赶紧过去，开门，把包和饭盒放在收银台上，找出入库本和来送货的李主管对数量。

　　库房被再次填满，她对好数，签字。

　　胃里一直空着，她帮忙搬货上上下下十几趟，下楼的时候饿得直发抖。送走李主管，她抖着手把饭盒打开。

　　饺子只能说不凉，她羽绒服都没脱，就这么靠在收银台边站着吃。

　　吃了五个后，终于感觉胃里有了底。距离开门时间还有五分钟，她胡乱塞进嘴里两个，去包里翻水杯。

　　店门开了，她以为是双双来了，就没理会，直到耳边传来清脆的高跟鞋声音。

　　她的心忽然揪紧，想到昨晚留在裴叙脖子上的咬痕，转头一看，果然是安雅。

　　安雅今天起了个大早，头脑难得清醒。她仔细回忆和裴叙的聊天，虽然他没有给出正面答复，说出的话却漏洞百出，而且第一句就暴露了。

　　——"你看我手机了？"

　　这句不就是变相承认吗？说明他手机里有和陆店长的恋爱证据。他这人很怪，要是直接承认她也不会这么在意，偏偏遮掩，这犹抱琵琶半遮面的，挠得人心痒痒。

　　认识他这么久，安雅还以为他对女人不感兴趣，已经在心里认定他是那种满脑子只想着工作的机器人。

　　没想到啊，没想到，在这里被她逮到了。

　　安雅不敢找裴叙刨根问底，只能转移目标，在陆店长这里寻找突破口。

　　她摘下墨镜，露出极魅惑的双眼。

　　陆青乔被突然到访的女明星镇住，连饺子都忘了咽下去。

　　安雅从头到脚打量她。

　　羽绒服、牛仔裤、及膝长靴，一头黑发规规矩矩束到脑后，素颜，因为自己的突然出现过于震惊，已经愣在这里十几秒了。

　　有意思，很久没见过这么朴素的人了。

　　安雅把墨镜放在收银台边，露出亲和的微笑，只是这微笑和烈焰红唇不太搭配，在陆青乔看来毛骨悚然。

她一股脑儿咽下嘴里的饺子，脸色发白，不止脸白，大脑也一片空白。

　　安雅向前一步，视线扫过收银台上摆着的饺子盒、高频使用的旧款 LV 包，最后定格在旁边黑屏的手机上。她压着熊熊燃烧的八卦之火，笑着问道："陆店长，能用一下你的手机吗？"

　　陆青乔感觉身体被她的视线穿透。她的眼睛很美，眼神却很冰冷，是危险的、高高在上的，像一台极精密的仪器，对陆青乔的每一寸皮肤都不放过。

　　陆青乔突然有种衣服也被扒掉的错觉，从里到外都被安雅看透。她觉得自己像一只在村口玩泥巴的傻瓜土狗，被一只从天而降的高贵博美无死角碾压，直面时，溃不成军。

　　而且，安雅单刀直入，直接要看她的手机。

　　裴叙发的短信都在，昨晚还觉得他的关切不值一提，今早就变成呈堂证供，108 条短信，条条都是他们有不正当关系的证据。

　　不可以！

　　陆青乔拿起手机，手指因为太过用力而泛白。

　　安雅有些奇怪，陆店长会不会有些紧张过度了？难道因为自己的绝色美貌给她压力了？还是刚才那句话太直白？

　　那就换个问法。

　　"陆店长，你给裴叙打个电话。"说完，安雅死死盯着陆青乔的脸，以当演员的经验逐帧分析她的微表情。

　　诧异、紧张、不敢直视、眨眼频次加快、手比刚才更用力地抓手机……她怎么会一副如临大敌的表情？

　　又不会吃了她。

　　陆青乔极度紧张之后是茫然，舔了下嘴唇，想拒绝，却找不到更好的理由，脱口而出："你……怎么知道我有他电话？"

　　安雅眼神一亮，是了，此地无银三百两，和裴叙一样，第一句话就露馅了。

　　她心情极好，慢声细语地说："本来是不知道的，但……现在知道了。"

　　其实，安雅觉得谈恋爱这件事挺没劲的，谈来谈去就那么回事。但看别人谈就不一样了，尤其是他们这种貌似还没确立关系，待破不破，朦朦胧胧的暧昧阶段，这可太有意思了，她玩心大起。

门被人推开，裴叙走进来，抬眼就看到收银台前对视的两个女人，愣了一下。

安雅看了一眼脸色紧绷的陆青乔，转身向裴叙走去，高跟鞋在地上碰撞出好听的清脆声。她扭着腰，手自然地挎进男人的臂弯："裴叙，怎么不接电话啊？我找了你很久呢。"

裴叙甩掉她搭过来的手，莫名其妙地看着这个刻意摆出 S 形的女人。

她这是什么毛病？

因为是圣诞节，上午，店里进出的顾客没断过。

陆青乔站在收银台里，接过衣服，解除卡扣，扫码，面带微笑地告知顾客消费金额。

看起来和平时一样，但只有她自己知道，这是靠多年习惯的肌肉记忆在维持，实际上已经五脏俱焚。

正牌女友这么快找上门，没有她想象的剑拔弩张、咄咄逼人、反手抽她两个耳光，而是摆出高贵姿态，面带得体的微笑试探，用嫌弃的眼神打量她身体的每个细节。或许安雅是带着愤怒来的，但到了这儿一看，哦？竟然是这样的女人，不怎么样嘛，没有必要浪费力气，就是男人一时兴起玩玩罢了。

相比她幻想出来的兴师问罪，这种结果更让她难以接受。

安雅什么都不用做，光是存在就可以秒杀她，早上那几分钟，可以说是颠覆了她这么多年坚持的人生信条。

她自诩善良真诚，对身边的人都尽可能地好，甚至有时候还是个烂好人。因为善良，所以不可以产生嫉妒或者想破坏的心理。她承认，安雅和裴叙站在一起，不管是外形还是自身条件，都完美适配。

那她呢？她算什么？

嫉妒，她承认她在嫉妒，嫉妒安雅，嫉妒安雅年纪轻轻就拥有那么多东西，包括他。

心里一直有个小人在阴暗里爬行，导致她的表情有些失去控制。

中午，客流量大，还是倒班吃饭，十分钟的时间。陆青乔买回午餐去楼上吃。她靠在仓库门口，恶狠狠地啃了口馒头，嚼得过于用力。

旁边的任小圆和双双面面相觑，都从对方的眼神里读到了担忧。

陆青乔这样的状态，让任小圆下意识地想到昨天晚上。

那时她拖完地，火速穿好衣服准备开溜，刚拎起包，就听到从楼上传出一声尖叫，她赶紧扔了包往楼上跑。

叫声确定是青乔姐发出来的，她上楼时没看到人，想着应该在库房里，还没走到，就听到断断续续的抽泣声。

她心里一紧，想要进去，门却忽然开了。

裴总面色如常地从里面出来，视线落在她脸上，又冷冷移开，矜贵地迈着长腿下楼。

任小圆昨晚就很担忧，因为青乔姐从库房里出来时的样子很狼狈，头发乱糟糟的，面色潮红，衬衫衣领的纽扣还扣错了一颗，和她对视时眼里有泪，还故意躲着不让她看，想到之前青乔姐和裴总的冲突，她以为青乔姐只是挨了顿骂而已。

可是……今天再细想，应该没那么简单。

任小圆盯着吃馒头的陆青乔，视线下移，看到她穿着的高领毛衣。

为什么突然穿高领毛衣？为什么一上午都心不在焉？难道……

任小圆舔了舔嘴唇，在心里组织了好几次语言，艰涩地开口："姐，你昨晚……和裴总在库房里怎么了？"

陆青乔经历过早上和安雅的对峙，这种浅显试探的问话已经激不起任何波澜了。

她抬眼，和任小圆对视，面无表情："没怎么。"

"真的没事儿吗？我听到你叫了一声。"

双双在旁边"啊"了一声，馒头也放下不吃了。她下班早，只知道陆青乔故意顶撞裴总，还劝陆青乔别冲动，不然早晚会被穿小鞋。

"青乔姐，有事就和我们说说吧，自己憋着怪难受的。"

任小圆也点头，握住陆青乔的手，给予她支持的力量，一脸"自己是可以依靠的"坚定。

陆青乔心虚地和任小圆对视，心想：难道大家都发现了？

"没事，不用担心。"她声音很低，不想继续这个话题的样子，只是这样躲闪，任谁看都像受了天大的委屈。

任小圆见她这样，火一下蹿起来了，挽起袖子，情绪激愤："姐，裴总是不是在库房里打你了？"

陆青乔呛了一下，差点被馒头噎住。

原来她和裴叙站在一起，真的不会让人想到秘密恋爱或者情侣，宁可觉得她是被他堵进库房里打了一顿。

陆青乔无语凝噎，对面的两人已经在想解决方案。

任小圆："我们应该先报警。我早就觉得裴总个性很阴暗，殴打下属这种事他能做出来也不奇怪。"

双双："可是没有证据啊，库房里没装监控。"

任小圆："难道就这样算了？青乔姐虽然也有不对的地方，但现在是法治社会啊。"

双双："主要是青乔姐身上没有被打的痕迹。"

陆青乔不自然地捂住高领毛衣，无力地说："别瞎猜了，快点吃，吃完干活。"

没人搭理她。

任小圆："实在不行我们全店罢工，工资不要了，现在正是年底招不到人的时候，急死他。"

双双："也行，但能不能再撑几天，发完工资再罢？"

陆青乔长长地叹了口气，无奈地看着眼前为了帮她解决问题，已经开始情绪激动的两个人，声音坚定地说："够了。"

任小圆和双双马上闭嘴，只是眼神里的担忧依然藏不住。

"他没打我，放心。"陆青乔淡淡地说。

双双去捡起吃到一半的馒头，不死心地问："那是在干什么？"

陆青乔以一种坦然、诚恳的态度回答了这个问题："我们在接吻。"

空气安静得可怕。

任小圆震惊得张大嘴巴，缓了好几秒才收回去。她用奇怪的调调干笑了一声，视线转到旁边同样惊呆了的双双脸上："双，把你那边的咸菜递给我。"

"好，萝卜的这个吗？"

"是的。"

"给。"

陆青乔很无语，从早上到现在，身心被巨大的挫败感淹没。

看吧，和裴叙在一起就是荒谬的笑话，就算说得这么直白了，大家也不会多想。

6

安雅本来是想走的，她订了中午的机票，今晚到家，明天去公司定造型，为后天的采访活动做准备。

她早上去试探陆店长是心血来潮，没想到一脚踩中。陆店长看到她的手拷到裴叙的臂弯里时，那脸色，像天塌了一样。

她觉得自己像游戏里的NPC（非玩家角色），也不知那突然的拷臂弯动作是推动了恋爱进程，还是会让恋爱变得坎坷。

太有意思了。

她兴奋过头，在副驾驶上激动得直蹬腿。

旁边的男人发出警告，她压根儿不在意，凑过去，眼睛化作八倍镜扫描裴叙，果然，得到一记白眼。

"裴叙，刚才你看到了吗，我拷你胳膊的时候，陆店长的表情？"

男人发出一声表示她很无聊的冷哼，握紧方向盘，拐了个弯，直接停在酒店门口："行李箱拿下来，最好快点，我还有别的事。"

安雅不想走，磨磨蹭蹭地解安全带。她真不理解，也想去问问陆店长到底喜欢他哪儿。

让他送她去趟机场而已，就摆出这么臭的脸，没情趣，没风度，很无聊，赚钱狂，运动狂，臭脸王，把他安在那种风花雪月的场景里简直违和。

可他确实和陆店长有暧昧。

安雅好奇，他这种性格到底怎么搞暧昧啊？以她对他的了解，最后百分之百会搞砸掉。

她长长地叹了口气，觉得这事儿啊，她得点拨一下："裴叙，作为你未来的老板娘，我得说一说你作为男人存在的问题。"

裴叙手搭在方向盘上，食指敲击的频率逐渐加快，转头，用那种"趁我现在还能好好说话"的表情看她："拿行李，我忙。"

安雅真想算了，把他扔这里尝尝爱情的苦也没什么不好，可是……她实在忍不住："裴叙，你如果想和陆店长在一起，也得听听我的意见。"

气氛沉寂三秒，裴叙深呼吸，抬腕看了眼时间，勉为其难地说："给你一分钟时间。"

安雅终于拿到打开话匣子的钥匙："裴叙，不是我说你，你都三十了……"

裴叙打断："二十九。"

"好吧，你都奔三了，怎么还不开窍呢？成年人的爱情是现实的，我今早非常仔细地看了她的脸，说实话，五官挺漂亮的，就是……她的打扮未免也太太——太朴素了；羽绒服、牛仔裤，而且全身上下没有一件大牌首饰。"

裴叙冷眼看安雅，从头看到脚。也不怪她会说出这种话，女明星和普通人不一样，身上穿的戴的都和代言挂钩，就算没有代言，也不能穿太随意，不然会影响商业价值。她现在全身上下的衣服首饰加在一起，总价十几万，这还没算她那口天价烤瓷牙。

他不喜欢陆青乔以这样的形式被嘲笑。

"她和你不一样。"

安雅撇嘴："不一样？女人都一样！"

她抱着胳膊，看到车里储物箱上的密封盒盖，冷笑一声："堂堂裴大总监追女孩的方式不会还是高中生那一套吧？"

她伸出纤长白皙的手，掰着手指，阴阳怪气地说："准备点好吃的，看看雪，看看月亮，看看这街上的灯，哎哟，真浪漫哈。"

她面无表情地冲他竖起大拇指。

裴叙不懂她这是什么意思，不过她说得很对，他确实是这样的，因为在他的记忆里，陆青乔就喜欢这些。

陆青乔喜欢吃反季水果，一到冬天就盼着下雪，可是南方很少下雪，天气预报说有可能下雪的那天，她连作业都没心情写，隔几分钟就跑到窗户边看看。

她喜欢去那种装修很怪的咖啡馆，坐在靠窗的位置看月亮、看灯，为了这些，宁可挨骂也要偷跑出来。

他相信自己的记忆。

安雅看他油盐不进的样子，恨不得拿高跟鞋敲他的头。

"我记得我高中的时候，最喜欢的是手账贴纸，为了买最新款，可以连续一周不吃晚饭。但如果给现在的我送最新款的手账贴纸，我会扔掉。"

裴叙不置可否。

"人是会变的，陆店长也会变，你没看到她背的包吗？是LV，很老的款，我预估再背一年就会烂掉。"

裴叙皱眉，他很少买衣服，所以也没太注意陆青乔的衣着装扮，包倒是很熟悉，从遇见那天到现在，她一直都在背。他忽然想到那天无意瞥到的——因为年头够久，那个包的四角已经磨掉色了。

他完全没在意这个，在他的记忆里，包这种东西，她特别恨，恨到会直接把书包扔在地上用脚踩，还对天发誓这辈子再也不背包。

相处的这些日子里，他以为陆青乔的包只是单纯用来装东西的。

旁边的安雅把爱马仕捧在手里，笑容明媚地展示："裴叙，你难道不觉得这是世界上最完美的东西吗？"

裴叙在思量，思量这段日子的相处细节，虽然不想承认，但安雅说的确实是真的，陆青乔确实对他精心准备的东西没什么兴趣的样子。

安雅见他沉默，最后添了把火："'包'治百病啊，裴叙，成年人要谈成年人的恋爱，物质才是爱情的基础，没有女人不爱包……"

"你说的是你自己吧？"

"不信拉倒，反正我告诉你了。"安雅把安全带重新扣好，指使他开车，"我今天不走了，开车，我帮你选包去。"

裴叙没动，打开车门锁："下去，取行李，快点。"

安雅磨牙，在心里大骂他是白眼狼。

夜幕降临，商业街上的圣诞气氛被烘托到高潮，整条街上的门店都在放 *Jingle Bells* ①。

送走一拨顾客，陆青乔捶着酸痛的腰走出收银台。早上补的货卖出了一半，白天有两个换货，她得把货号对一下。

店门打开，任小圆把顾客迎进来，笑着说："欢迎光临。"

顾客长相很年轻，看起来不像顾客。为什么不像顾客呢？因为任小圆嗅到一股浓浓的同行气息。

女孩外面套着的大衣没扣，露出里面的全黑工装，任小圆仔细看她右胸口的名牌，眼神一亮。

街尾爱马仕家的。

陆青乔在里面，听到门响，等了一会儿没见顾客进来，奇怪地向门口走去，看到立在门口的人，愣了一下，视线定在她手里拿着的包上。

"请问哪位是陆青乔女士？"

注：① *Jingle Bells*：《铃儿响叮当》。

大鱼正版

见任小圆指了指旁边，女孩马上露出浅浅的微笑，走过去："您好，陆女士，这是您订的 Birkin^① 25，白色款刚有配货，我直接给您送过来了。"

陆青乔淡淡抬眼，近期的辛苦和精神压力把她的神经绷到极限，她站在路的尽头，突然从天而降的包化作安抚的糖。她本想问问是不是送错了，话到嘴边，却鬼使神差地拐了个弯："谢谢，麻烦你了。"

包摆在收银台中心位置，陆青乔认定这是裴叙因为早上那狗血一幕的歉疚补偿。

任小圆没见过世面似的，用手机三百六十度无死角地拍照，拍够了，恭敬地托起包，做作又僵硬地端在胸前："姐，帮我拍几张。"

陆青乔举着手机"咔咔咔"连拍，拍完打包发到任小圆微信里。

她正发着，上方显示有新短信，是裴叙发来的。

裴叙：喜欢吗？

陆青乔心念一动，转头看向窗外。

街灯繁华，门口却空荡荡的，他平时停的车位被一辆白色本田占领。心莫名其妙地空了一角，她倚在收银台边，捧着手机回他信息。

青乔：喜欢。

其实有很多话想说，指尖在键盘上敲敲打打，打出来的字怎么看都透着一股横飞的醋意，她气得又一个字一个字地删除。

青乔：你在哪儿？今天是圣诞节，有什么安排吗？

对面回短信很快。

裴叙：在机场，楚逾的午班飞机被取消了，改签到晚上九点。

裴叙：对了，楚逾就是安雅。

陆青乔气闷，大明星的本名她早就知道了，怎么还故意触她霉头，特意发一条短信向她介绍？

她没好气地敲字。

青乔：知道了，您可真忙。

裴叙在机场的贵宾候机室，看到页面新跳出来的消息，倏地挺直后背，表情从刚才的闲适转成凝重。

短短七个字，每个字都像长了手冲出屏幕呼他巴掌。

这是生气了？

他直接起身，安雅正在旁边无聊地刷手机，见他突然站起来，赶

注：① Birkin：爱马仕铂金包。

201

紧拽住他衣角："你干吗？不会要走吧？"

裴叙按灭手机，有些烦躁地看了眼透明玻璃外的熙攘人群。临近元旦，机场的人比平时多很多。刚才不小心被一拨粉丝认出来了，安雅身在塔城机场的新闻通过短视频平台迅速扩散，闻讯赶来的粉丝和路人也逐渐增多。

连徐深都知道了，特意打越洋电话过来，叮嘱他务必送安雅上飞机。

"不走。"他坐回去，按亮屏幕回短信。

裴叙：我大约十点到门店，你能等我吗？

为了爱马仕包包，陆青乔特意打车回家，看到消息时她已经在超市里了。一想到裴叙正和安雅在一起就气不顺，她故意没回复，先去微信上找苏言。

青乔：就差青虾和毛肚了吧？还缺什么？

苏言：别的不缺了，如果想喝酒的话就买一提，家里没有了。

陆青乔推着车去生鲜区，全都买好后，往收银台走，低头回复短信。

青乔：不能，我也很忙，得早点回家。

裴叙看着短信，不得不怀疑自己今天送包的行为是否正确，虽然她说很喜欢，可话里又透着怨气，不知道是怨他送包，还是怨他送人。

圣诞夜，为了应景，客厅的窗上挂着红红绿绿的彩灯，窗台上摆着一棵袖珍圣诞树。

室内潮热，空气里弥漫着红油锅底的老重庆味道。

陆青乔进屋换鞋，看到挪到客厅的小桌上摆满了菜，鸳鸯锅里的红油翻滚着，心情稍微好了那么一丢丢："我回来得刚刚好。"

苏言扎着围裙从厨房出来，笑着来接她买的毛肚、虾和啤酒，刚伸手，就看到她怀里抱着的包。

"换新包了？"

陆青乔心里登时一紧，想到之前苏言耳提面命地告诉她不要走歪路，现在她竟敢明目张胆地把"赃物"拿回来。

她慌乱地把包藏在身后，正想找什么理由搪塞过去，苏言就已经转身去厨房了。

苏言在水龙头旁洗虾和毛肚，并指使陆青乔把电视打开，说吃的时候要看电视剧。

陆青乔松了口气，踮着脚进屋，把包放在沙发边的矮柜里。

电视打开，刚好九点半。

苏言端着虾和毛肚过来，先看了一眼摆在桌子上的手机，页面上是实时监控，正对着婴儿床。

床上的小星星睡得正香，她放了心，一脸兴奋地握着遥控器，说："我追的电视剧落六集了，今晚要全部看完。"

陆青乔累了一天，饿到不行，没心情看电视。

她全身心都扑在火锅上，往锅里放肥牛卷和丸子，突然听到"啪"的一声，她手抖了抖，肥牛卷一滑，掉在桌子上。

陆青乔用筷子夹起肥牛卷扔进锅里，转头搜寻声音来源。

是电视剧里的，安雅演的。

好不容易调整好的心情又突然变差，她皱眉，看着正目不转睛追剧的苏言，忍了半天才压下让她换台的建议。

不得不说，安雅的台词说得不错，这部剧也是打着"原生台词"的看点，开播那天还上了热搜。

只是，短短几天，心境转换，安雅的声音听起来越发刺耳。

尤其是这部剧很狗血，出轨、偷情、商战、脚踏两条船，里面的角色精神状态都不太正常，频繁地尖叫、怒吼、甩耳光。

"啪"一声！又来一个。

陆青乔很想把耳朵堵住，奈何苏言看得正兴起，激动地拍着手和她讨论剧情："绝了啊，安雅演的女主的男朋友劈腿了，她去抽那狗男人耳光，抽完那狗男人又去找小三，当着那么多人的面泼小三一脸咖啡。"

电视里，安雅一身红裙，是优雅的复仇女神。她全程面带微笑，眼神带着鄙夷地做完这一切，仅两场戏就跳出了人们对受害者的刻板印象。

苏言追悔莫及："为什么小三找上门那天我在坐月子啊？头发出油脸色蜡黄，还穿着丑睡衣，光看外表就败阵了。"

陆青乔视线回避，从锅里捞出熟透的肉，企图转移话题："熟了熟了，快吃吧。"

苏言依旧沉浸在剧情里："啊！怎么会那么干脆利落地泼咖啡？太飒了吧！"

陆青乔心里生出一股莫名的烦躁，她怎么觉得被泼的配角很可怜呢，穿着一身漂亮的白裙子和朋友出来玩，结果全被毁了，还成就了女主角的名场面。她深呼吸，却压不下去："那也不能连话都不说就直接泼吧？万一是误会呢？"

　　"误会什么啊？这个小三可有心机了，明目张胆地勾引别人的男朋友，还说什么真爱无罪的狗屁话。"

　　陆青乔抿嘴，突然觉得这句话像一条蘸了辣椒水的鞭子，结结实实地抽到她身上。

　　她小声分辩："男女主角没结婚，还不是婚姻关系，我觉得每个人都是独立的个体，就算在谈恋爱，也不能把对方归类成自己的所有物。"

　　苏言嘴里叼着筷子，没想到听到这么一句，觉得莫名其妙，终于把目光转到陆青乔身上："你什么情况？"

　　"没事啊……就是从不同角度分析一下剧情。"

　　红油锅底热烈翻滚，肉和丸子都熟了，丸子漂在锅边转圈圈，陆青乔稳准狠地把筷子插到丸子上，蘸了下油碟，低头小口吃着。

　　苏言用审视的眼神看陆青乔，没看出什么猫腻。

　　奇怪，以前一说起这个话题，陆青乔就是个捧哏，不管她说什么，陆青乔都附议，甚至有时比她还激愤。现在怎么会突然转变口风说出这种话？

　　陆青乔为了躲苏言追问，吃得很急，锅热，屋里的温度也上升，还没吃完，后背就汗涔涔的，高领毛衫不透气，热得她脸颊似火烧。她把袖子撸到手肘散热，去冰箱里取啤酒。

　　苏言边吃边看电视，再也没开口和她讨论剧情。

　　两人相对无言，一个看得认真，一个吃得认真。

　　陆青乔不停地流汗，还辣得直哈气，不得不去再取一瓶冰镇啤酒。

　　苏言被开瓶的声音吸引，膜拜地冲她竖起大拇指："两瓶！青乔，你今天开挂了啊？"

　　陆青乔抹了把下巴的汗，敷衍地干笑："可能这两天太累了，喝酒解解乏。"

　　"怎么流那么多汗？热就把衣服脱了呗。"

　　"不了，我刚好想热一热。"

苏言可无语死了，实在忍不住吐槽她："青乔，你今天很奇怪哎。"

陆青乔被说中，脸更红了，慌乱地回避苏言打量的视线，企图把注意力拉回到电视剧上："哇，女主这套衣服好好看啊，嘴唇也很红……"

她这样顾左右而言他，证明苏言说得对，她就是奇怪。

苏言盯着电视，忽然说："对啊，女主的包也挺好看，和你刚才背回来的一样。"

陆青乔是鉴包专家，下意识地反驳："不一样，她这个是香奈儿，我那个是爱马仕。"

说完，她心忽然一悬。

四目相对，一个冷静，一个惊恐，但因为太震惊都没有说话。寂静时，耳边只听到沸腾的锅底"咕噜咕噜"冒泡的声响。

苏言环视四周，问："你的包呢？"

前因她知道，所以这个事情很好猜，不外乎是陆青乔那个高中同学一计不成又生一计，直接拿陆青乔的弱点开刀。陆青乔这个人很单纯，感情空窗，工作简单，爱好虽然三天两头地换，只有名牌包这一项，从她认识陆青乔到现在，陆青乔一直热切地喜欢着。

"我问你话呢，你刚才拿回来的包呢？"

陆青乔绷着身子，一动不动："你……你要对包做什么？"

"退回去啊，他能平白无故送你包吗？什么企图明摆着呢。"

任苏言声音再大，陆青乔还是不动。苏言冷静下来，想到她刚才为电视里的小三打抱不平，让她把包退了也不动，心一下揪紧了，尖声质问："青乔，你还能分清什么是对错吗？"

说完，苏言突然迈大步过去，伸手扯开陆青乔的衣领。紫红色的吻痕在脖颈处赫然出现，她顿时惊呆。

"你不能因为他送你个大牌包就受这种苦啊，他是不是有什么怪癖，这么爱咬人，还咬这么狠？青乔，你把包拿出来，你要是舍不得，我去帮你还。"

陆青乔早就在心里预想过苏言的反应，和现在一样，激动、发火、化身正义斗士让她回头是岸。

可是，她心里明白，这件事里，包不是重要的。就算没有包，她也想和裴叙在一起。

"我已经收了，没有送回去的道理。"

苏言气到血压飙升："就算是高中同学，过了这么多年你还了解他吗？万一他是《五十度灰》里那种有奇怪癖好的男主角，把你关到密室里绑起来怎么办？"

陆青乔无力地说："你就别管我了，这是我自己的事。"

"青乔，你明知他有女朋友还做这种事，会有报应的！"

陆青乔听到这句话，终于忍不住把筷子一摔，坦坦荡荡地看着苏言："为什么坏人做了无数坏事，只需要做一件好事就能得到原谅？我做一辈子好人，就因为这一件错事就要下地狱吗？"

苏言瞪大眼睛，脸上余怒未消，眼底却满是惊诧，惊诧她明知是南墙，还偏偏不要命地往上撞："青乔……你现在是为了那个不怀好意的男人和我吵？"

陆青乔抿嘴，越过小桌和凳子，走到沙发旁边的柜子里取出包，紧紧抱在怀里："我可以去还包，但还不还对我来说结果都一样，我们没有用包做交易，而是……"

算了，说了苏言也不会信，甚至还会鄙视，鄙视她这种道德残缺的狡辩。

陆青乔穿上大衣，只拿着手机出门。她在楼道里边往下走边给裴叙打电话。

电话只响了一声就接通。

她忍住将要溢出的眼泪，用尽量轻快的语气说："裴叙，你为什么从来不给我打电话？"

裴叙的声音很低，却很直接地回答了她的疑问："我记得你不喜欢打电话，还有，我怕给你带来困扰。"

楼道灯年久失修，电路不稳，一闪一闪地发出昏黄的光。陆青乔从三楼来到二楼，二楼的窗户开着，一股寒气直吹进来，脸颊的热被冷冲散，终于有了喘息的空余。

"裴叙。"

"我在。"

陆青乔感觉脸上湿冷一片，却无心擦拭，低头往楼下走，一步一步，声音很轻，呓语般说："我拿着包，出门了，出门的前一刻是想还给你，但现在，我改变主意了。"

“你不喜欢吗？”

她推开单元门，整个身体投入冬夜的怀抱，她没有瑟缩，而是挺直脊背，抬眼就看到了门口停着的黑色宝马。车窗全开，男人的胳膊支在上面，正拿着手机打电话。

视线相触，陆青乔吸了吸鼻子，笑着说：“我特别喜欢。”

裴叙嘴角弯起，看着慢慢向他走来的女人。她目光坚定，一刻也没有犹疑，眼里只有他。

身体里某根弦在颤动，像沉寂百年的潭水被春风吹起涟漪。

在北方严寒的冬夜，四下皆寂，他的心里却敲起了鼓，震耳欲聋。

他呼出压在身体里多年的不甘，无比畅快：“我很高兴，很高兴你喜欢包。”

陆青乔的轻笑从听筒和空气中同时传来，她脚步落定，站在车窗旁，脸色泛红，目光却盈盈闪亮。

她挂断电话，伸手搂住他的脖子，似是告白，语气却过于铿锵：“包，我喜欢，你，我也喜欢。包和你，我全都要。”

不等裴叙反应，她就凑过来，温软触到冰凉。

她亲得很慢、很认真，仿佛这漫长的冬夜无所事事，时间都用来和他接吻。

裴叙很少是被动的，此刻却不敢动，害怕忍不住这亲密交缠又生扑上去。

他轻轻试探着回应，打开自己的所有，接受她、欢迎她、容纳她。

太美好了！

他眼眶发热，是多久没流过眼泪了？

忘记了。

他托着她的脸，用手感受她的动作，直到她嘴唇张开，第一次学着他的样子主动进攻。

裴叙有些喘不过气，女人的力量是微小的，却也持久，像水一般缠绕、收紧、窒息。

北方的冬夜，星星被城市的光盖住，只有几颗微弱的光亮在闪，忽然一阵寒风，飘来一团薄云，连那几颗微弱都挡住了。

夜深，无人知晓。

1

背德这种事并没有想象的那么容易，对于一个良心尚在的人是极痛苦的刑罚。

陆青乔站在收银台里，呆呆地看着电脑屏幕，神色萎靡地叹了口气。

任小圆在旁边喝水，奇怪地看了她一眼，不懂这人怎么会几天时间内憔悴这么多。

这次的双节活动力度很大，新老顾客络绎不绝，忙是忙了些，但也没忙到把人累到肉眼可见枯萎的地步。

任小圆凑过来，担忧地问："姐，你怎么了？"

陆青乔顿了半天才摇头，对着她笑了笑，只是笑容很勉强："没事，就是压力有点大。"

任小圆挠头，活动已经结束了，圣诞树拆解装箱，活动海报也换成了红彤彤的迎新年盼除夕，上下班时间恢复正常，应该是解放才对啊。

她莫名其妙："哪儿来的压力？"

陆青乔一脸疲惫："道德。"

仔细想来，应该是那天喝了超过平时酒量的酒，导致本来就不太灵活运转的脑子罢工，一切行为都任由本能驱使。住在她身体里的那个坏蛋，到底是嫉妒、虚荣，还是被爱蒙蔽了双眼，忘记了做人的底线？

做出决定的那一刻干脆利落，宁可与全世界为敌，可忘记了时间不会快进到一切都尘埃落定的时刻，而是一秒一秒地过，灵魂反复被拷打。

爱马仕只有摆在橱窗里最诱人，拥有了之后，也并没有什么特别，里面不还是装着纸巾、湿巾、钥匙串、保温杯？

这天陆青乔拎着包出门，见苏言的门口放着两袋垃圾，她脚步一顿，想和平时一样顺手带下去，门却突然开了。

苏言睡衣外面套着大衣，素着一张脸，看到陆青乔的那一瞬马上绷紧。她把垃圾抢过来，瞥到陆青乔手里拎着的包，冷冰冰地说："这种脏活就不麻烦你了。"

元旦过后，空气更加凛冽，夜晚随着节气慢慢缩短，但对陆青乔来说，还是太漫长了。

下班之前，黑色车准时停在门口，店员们已经习惯，甚至自圆其说——裴总喜欢把车停在这里，一定有他的理由。

陆青乔检查好电源，关灯，锁门，裴叙帮她把车门打开。

她坐进去，随手把包丢到后座。

裴叙看她行云流水的动作，突然有种奇怪的感觉，他和这个名牌包的命运一样，只新鲜两天就被扔到一边去了。

陆青乔系好安全带，怔怔地看着长街冰冷的繁华，眼底是璀璨的灯影，眼神却比往常更落寞。

裴叙不喜欢她这样。

"包不喜欢了就换。想吃什么我们一起去，日料还是西餐？"只要是他能给的，全都想给她。

长夜漫漫，时间突然变多了。

陆青乔从兜里掏出两只口罩，一只递给他，一只自己戴上。

裴叙没等来回答，却被要求堵住嘴。不过他还是老老实实接过口罩，不死心地争取："在车里就不用戴了吧？"

陆青乔淡淡地说："理解一下吧，毕竟是偷情。"

这个词……也对，裴叙知道那天她的家里发生争吵，一直在僵持，这几天在一起，她宁可在车里坐着，也不回家。

安静的去处有很多，这是他们第三次来这家酒吧。虽说这旦挂着音乐酒吧的名号，里面却和想象的不一样，没有歌手，也没有乐队，只有老式灯泡发出昏暗的光。这里很隐蔽，适合幽会，更适合他们这种各怀心事、逃离人群的独处。

裴叙点了两杯酒，两人窝在避光处的沙发角落。

陆青乔的头靠在他的肩膀上，这里的氛围朦胧迷离，似乎没人在意外界的是与非，自然也不会给她安上骂名。

老式唱片机正在播放陈奕迅的《无人之境》。

即使整个约会情调幽暗似地下城
还是算温馨
多么想跟你散步桥上把臂看着风景
但是我清醒
月亮总不肯照亮情欲深处那道背影
你我像快快乐乐同游在异境……

陆青乔细品这歌词，心底的惆怅仿佛化不开的寒冰。她靠近了些，轻声说："裴叙，为什么隔了这么多年，你还喜欢我呢？"

裴叙的手自然地环上她的腰，歪头，轻嗅她的发丝："因为你答应过要嫁给我。"

春天，桃花开满城，对高三学生来说，高考像死亡倒计时，日期一天天缩短，再好的景色也无心观赏。每天都在考试、测验、摸底，各科的考卷背后都有一个面目可憎的小鬼，手拿锁链逮捕成绩不合格的劣等生。

陆青乔的成绩越来越差，在还有五十天高考的时候，排名首次跌到千名以外，被黄桂花拿着扫帚满楼道追着打。

越学越差的现实已经摆在这里，陆青乔早就接受了，而且准备听取裴叙的建议，志愿填滨海的师范。

可黄桂花不这么想。

过年期间，光是找老师补课就花了两万八，真金白银的知识点灌进去，连个响都没听到。她越想越压不住委屈，这么多年累死累活图什么呢？也没要求陆青乔学习拔尖，成绩中上也行啊，至少让她在街坊邻居圈能说得出口。

家长会上，老师和她聊了几句，说陆青乔学习挺认真的，课上表现很好，就是成绩差。

黄桂花知道老师会做人，没明说罢了，陆青乔就是假认真，人坐在教室里，心却不知道飞哪儿去了。

"陆青乔，我也不想让人看笑话，可你让我怎么办？哄着供着求着我都试了，这些对你都没用。"黄桂花把陆青乔堵在地下室的过道，脸色通红，因为激动，脖颈上青筋凸起。

参加家长会时，她眼睁睁看着老师和她说话时一脸敷衍没耐心，而面对学习好的家长时，笑容马上荡漾出来。

这种落差夹杂着无可奈何的屈辱，像被当场抽了一巴掌，黄桂花一辈子都忘不掉。

这是拜谁所赐？

她痛心疾首，恨不得和陆青乔换个身体，让陆青乔去店里踩缝纫机，她去上学。就算不懂，死记硬背还不会吗？都是中国字，她就不信了，但凡上一点心，也不能拿回来这个烂成绩。

陆青乔看黄桂花这次来真格的，也吓得够呛。黄桂花因为天天搬布料走货，手劲极大，胳膊上甚至还练出了肌肉。她拿的笤帚是扫地的，超级粗，自己刚才已经挨了一下，现在后背灼痛，从肩膀到侧腰一片火辣辣的，很难受。

陆青乔吓出哭腔："妈，我下次一定好好考。"

"还下次呢？你哪次不是说得好听？"黄桂花撸了下袖子，笤帚狠狠地敲打旁边放着的自行车，敲一下，陆青乔就哆嗦一下。

"你这成绩以后想干啥？接我的班踩缝纫机啊？不是我看不起你，这活儿你还真干不了。"

陆青乔认真想了想，看着黄桂花的眼色说："可以当柜员、前台……"

黄桂花血压飙升，猛地抢起笤帚，骂道："你可真有出息，高考就剩这几天了，你都能想到以后只能干这些，不更应该趁现在还有机会给我往死里学吗？"

陆青乔吓得拔腿往外跑："学学学，我学还不行吗？"

地下室过道本就狭窄，还摆着自行车和各家的杂物，跑不好跑，追更是不好追，陆青乔刚越过自行车，慌里慌张的，眼前突然一黑，下一秒，撞到一个单薄的胸膛。

裴叙穿着运动服，被撞得不轻，眼镜差点掉下来。他扬手扶正眼镜，一把将怀里的女孩拉到身后，紧张地看着发火的中年妇女："阿姨，有话好好说，别打她。"

黄桂花心里堵着一口怨气上不来，陆青乔要是老老实实听骂，她这股火撒出去也罢了，偏偏陆青乔不会看眼色，说的做的净往枪口上撞。

她见陆青乔躲在裴叙身后，可算给自己找到了靠山，血压又上来了："裴叙，你躲开！"

陆青乔在裴叙身后死死抓着他的衣角，听黄桂花这么说，害怕他倒戈，抖着手指伸进运动服里，掐了下他后腰的肉。

——千万别躲，你得救我。

裴叙看着黄桂花过分激动的神色，手臂搭在后面的陆青乔身上，安抚地轻拍两下。

"阿姨，是因为这次摸底考吗？"

"呵，我都不好意思说，考了一千多名。"

陆青乔小声插嘴："是一千零三，不是一千多……"

黄桂花眉头倒竖，扯着嗓子吼："有什么区别？你还挺骄傲是吧？"

裴叙轻拍陆青乔的肩膀，示意她先不要说话。他向前走了一步："阿姨，这次考试难点多，我也考得不好。"

以黄桂花的年龄，怎么可能不知道裴叙是在压低自己给陆青乔解围？再说了，题要是真难的话，学生整体分数会偏低，但名次是不会变的。陆青乔这次下滑三百多名，不还是她自己的问题？

黄桂花气得叉腰："陆青乔，你不好好学就按算命说的来吧，早早嫁人生孩子，在家熬成黄脸婆。"

这话陆青乔已经听了八百遍，一听到"算命"两个字就有应激反应。这么多年的题海苦学，都怪那个瞎说话的老太太，凭什么她还没出生就把命运定下了？

不服，不忿，青春期逆反就是顶风而上。

"好啊，我到年龄就嫁人，嫁到国外去，离你远远的。"

黄桂花冷哼："还嫁国外？你不好好学习没有文化，只能嫁到农村去养猪。"

裴叙夹在中间，劝哪个都没用，只能拦着黄桂花手里的笤帚别打到陆青乔。

"我干吗要嫁到农村养猪？你就是这么当妈的，见不得女儿好啊？"

"我倒是想让你好，不然我累死累活干吗呢？这么多年给你补课的钱都能买一套大平层了，你再说我见不得你好就是没良心。"

陆青乔抹了把泪，索性豁出去了："你是想让我好吗？你是咽不下这口气，为了面子，虚荣。你自己不服气也就算了，还不让我好过。"

这话一出，黄桂花登时忍不住，隔着裴叙去打陆青乔。可惜她个子矮，裴叙高，明明是单薄的男孩，却把陆青乔挡得严严实实，她的巴掌也都落在了他身上。

"你说我为了面子？好你个白眼狼，等你嫁到村里养猪，累死累活地赚那点钱还不够养家的时候，就知道学习有多重要了。"

陆青乔被裴叙挡在身后，虽然裴叙一再劝她不要再说，她还是忍不住感到委屈。

为什么好妈妈都是别人家的？轻声细语、有耐心、温柔、能理解原谅孩子的失误，这些别人习以为常的事对她来说都是遥不可及的。

学习重要，她知道，学了这么多年，她发现自己不是那种忍辱负重、咬牙攀登的人，她需要的是鼓励、是夸奖，而不是好不容易考了个不错的分数，马上被告知不可以骄傲，要再接再厉，马不停蹄，继续努力。

她想要的是肯定，而不是迷雾笼罩的山顶。

她力气有限，如果没有遇到裴叙，说不定成绩是两千名以后。

对啊，她还有裴叙。

陆青乔一下挺直了腰杆："我干吗要嫁到农村养猪？用不着你操心，年龄到了我就嫁给裴叙。"

黄桂花气笑了，叉着腰，目光落在拦在两人中间的男孩身上。他戴着眼镜，似乎也愣住了，对陆青乔说的气话没有任何反应。

黄桂花抬着下巴问："裴叙，你以后是要上好大学，去大城市的，你会娶这种冥顽不灵的学渣老婆吗？"

裴叙扶了下眼镜，努力平复突然激荡的心情，下意识地挺起胸膛，坦然地直视黄桂花的眼睛，一字一句地说："阿姨，我会娶青乔。"

黄桂花被呛住，突然不知道怎么接话。

她的本意是用裴叙激一下陆青乔，让陆青乔知道婚姻和恋爱不一样，讲究门当户对，自身条件不行的话，是找不到好男人的。

不是她说话难听，而是现实就是这么残酷。

没想到这臭小子直接应下来了。

怎么和陆青乔待久了，他也变得这么没眼力？

"她学习不好，家务也不做，天天就知道弄那些纸片子贴满墙，你也要娶？"

裴叙看着旁边哭得一抽一抽的陆青乔，紧张地舔舔唇，向她那边靠了靠，说："学习不是人生的全部，家务活我来做，如果她结婚以后还想贴纸片的话，我会和她一起。"

他很紧张，因为紧张，让本就诚恳的话听起来更真实。

平时沉默寡言的男孩，却在这一刻坦然直视着自己的眼睛，黄桂花呆了几秒才反应过来——现在明显有比成绩下滑更重要的事。

男孩站得笔直，女孩哭哭啼啼，黄桂花细想着最近裴叙来家里吃饭的细节，越想越心惊，他这哪是懂礼貌，懂礼貌不可能连虾都帮陆青乔剥好摆整齐。

黄桂花一下子慌了，使劲捶了裴叙一拳："你最好说的是假话。"她扔下笤帚，一把拉过陆青乔的胳膊，"还愣着干什么？走，回家！"

陆青乔被推搡着往前走，哭得脑子缺氧转不过弯。不懂，怎么好端端的，炮火从她身上转到裴叙那儿了？和他有什么关系？

她回头，泪眼模糊的，只看到昏暗的灯影下，少年挺直脊背的倔强侧影。

2

"我什么时候说过要嫁给你？"陆青乔倚在茶色软沙发上，手里拿着喝到一半的酒，眼底露出迷茫。

这间酒吧叫"夜色"，他们在第三次来的时候，老板娘终于认出了裴叙。她在小厨房开火，一顿操作后，端来一大盘烤串。

裴叙把肉递给陆青乔，面容染上一层落寞："你忘了？"

陆青乔记忆不太好，没接话，试探地问："我怎么会说出这种话？"

她费力回忆那段不堪回首的日子，正是和黄桂花的关系水深火热的时候，母女俩一个不服一个不忿，想要笑脸全凭成绩换。难道是压力大得受不了，为自己早早铺好后路，先把婚事定下来了？

如果是这样，那就说明她脑子还挺好使，没黄桂花说的那么无药可救。

裴叙认真地看着陆青乔。

那种无能为力的感觉又来了，在一起的时候，她都是很抽离的状态，表现出那种"因为你是我上级，所以我不得不接吻、拥抱、亲密"，甚至给他一种"忍耐吧，撑过这个月就好了"的倒计时感。

以前的事不记得了，现在看起来还无所谓，唯一察觉到她爱意的瞬间，就是误会安雅是他女朋友的时候。

从醋意里感受爱意，他也真够可怜的。

陆青乔还在想，问："到底是什么时候说的？"

裴叙笑了下，揽过她的腰，在她侧脸浅啄一口，随后转到耳垂，轻声说："你在这儿慢慢想，我出去打个电话。"

陆青乔的心倏地收紧，按住他要收回的手，脱口而出："给谁打？"

他故意停顿，眼神闪了闪："呃……一个朋友。"

裴叙的手机在右侧裤兜，他很少看手机，平时工作也是以打电话为主。他从没主动给陆青乔看，陆青乔也没有理由看，而且名不正言不顺。

此刻，她心里想到的那个可能无端把她拉回焦虑的现实。

"能把手机给我看看吗？"

她要试探，试探他能够容忍的底线。

裴叙嘴角弯起，视线在她脸上从下到上巡视，像看不够似的，靠近，勾起她的下巴，吻她。

酒吧里的客人都偏安一隅，热恋的情侣从繁忙的白天解脱，在这深夜，在这昏暗的隔间，不止他们一对在接吻。

陆青乔总觉得这个吻是裴叙刻意回避她刚才提出的要求，她一边艰难地躲着，一边努力去拉他的裤腰，顺着皮带找到裤线，下面就是裤兜。她手指刚触到布料里的圆角，就被一只大手抓住，顺势把她手臂扬起，固定在沙发上方。

男人力气极大，而且擅长一心多用，陆青乔被他亲得喘不过气，急躁地用膝盖猛顶他的下身。

裴叙感觉一阵钻心的闷痛，什么都顾不得了，手也脱力。陆青乔这才缓了口气，脸颊燥热，用手在旁边扇着风。

他在沙发上捂着痛处瘫倒，痛极反笑："青乔，你谋杀亲夫。"他说着，还往她身边凑。

陆青乔往旁边闪了下，心情差到极点："呵，谁的夫还不一定呢，反正不是我的。"

在陆青乔的设想下，这种场面的结局应该是不欢而散，因为男人

215

不喜欢女人打听他的秘密，她已经做好离开的准备。

裴叙缓过劲后，坐直，没有顾左右而言他，也没有说出"今晚就这样吧，我送你回家"的提议，而是从裤兜里掏出手机。

在陆青乔狐疑的眼神下，他很绅士地递过来，并告知没有密码。

看，还是不看？

陆青乔只纠结三秒，就接过手机划开。

商务男士的手机壁纸大多是系统自带的，裴叙也不例外，页面干干净净，所有的软件加起来也就占了一半屏幕。

陆青乔右滑，空白；左滑，天气预报。

"你平时不玩手机吗？"

"很少。"

他最常用的软件是钉钉、某会议室、股票走势、支付软件。最下面是电话、信息，还有……微信。陆青乔点进通讯录，点到最下，联系人竟然有六百多，返回顶端，看到通讯录置顶的名字时差点心梗。

——阿楚。

她指尖在这个名字上转了两圈，最终点了进去，通话记录列成长单，最新记录是五天前。

已经五天没通过电话了？

陆青乔抬头，撞到裴叙含笑的眼。她本不想再继续的，偏偏他自己撞上来，大刺刺地给她看手机，就认定她什么都不知道吗？

"裴叙，阿楚是谁？"

裴叙手指交叉，眉头皱着，像是在很努力地回忆。

真能装。

陆青乔屏住呼吸，静等他的答复。

"是安雅。"

"你是要给她打电话吗？"

裴叙摇头，又点头，身子挪过来，手臂搭在陆青乔肩膀上："一直都是你在问，我问的你还没回答。"

"什么？"

"看来你真忘了要嫁给我这件事。"

陆青乔回避他的提问，低着头，退出通讯录，点进微信。还是上次那个要加的微信，这次不是零个联系人了。

她慢慢滑动，看到林跃、田甜，还有各分店店长，以及办公室和库房的负责人……这边几乎所有人他都加了好友，就是没加她。

"你微信不想加我吗？"

"是你不想加我。"

很自然地，一个点开名片，一个点开扫一扫，"嘀"的一声，两人顺利加成好友。

这件事完成后，前面的疑问也暂且搁置，谁也没再提。

酒喝完了，夜也深了。

3

早上出门时，陆青乔把新款的芭比娃娃放到苏言家门口，轻轻敲了门，听到室内的脚步声时，飞速下楼。

在一楼半的时候，她听到门开，等了八秒，门又关上了。

她踮着脚，放缓呼吸往上走，在扶手边探头，看到苏言门口的玩具消失，四处也没有被丢的痕迹，她才稍稍放了心。

双节的促销清了大半库存，今年的销售额达成，账面好看，说明把业务北上扩展这一步棋走得正确。

裴叙回总部三天，升职加薪，现在的职位是总经理，仅次于徐深，徐深是素禾的董事长。

这个消息陆青乔最先知道，她穿着睡衣，窝在被窝里敲手机。

裴叙发来一张直男自拍，并附文。

裴叙：你好，以后吼我的时候注意点，你面前这位可是总经理。

青乔：哦。

裴叙：就哦而已啊？

青乔：什么时候回来？

裴叙：想我？

青乔：没有。

裴叙：方便视频吗？

青乔：我什么时间都方便，就怕你不方便。

视频直接发过来，她伸手按亮床头灯，捋了下杂乱的头发才接通。

屏幕那端灯火通明，背景是高层的会议室，落地窗外是繁华的城市夜景，室内却是纯白色装修，入眼不掺杂一丝杂质。她正仔细看，

217

屏幕里突然蹦出张脸。

裴叙盯着摄像头，嘴角带笑，一脸春风得意。他穿着白色衬衫，领带松垮垮地系在领口，气质是随意的商务风。

旁边有人拍了下他的肩膀，朗声和他打招呼："裴总，还不走？"似乎发现他在视频，这人又暧昧地补了一句，"原来在和女朋友视频啊？"

裴叙微笑："知道我在和女朋友视频还在这儿当电灯泡，周副这么没眼色呢？"

"哎哟哎哟，是我不对，不打扰了哈。"

声音渐远。

陆青乔确定办公室没有人之后才把脸从被子里露出来。

四目相对，谁都没说话。

裴叙去椅子上坐下，调整角度，整个上身靠着椅背，半躺式的，很松弛地和她闲聊："怎么还不睡？"

"你不也没睡。"陆青乔把自己放大，发现脸色有些暗，伸手把台灯调到最亮。

台灯是暖光，屏幕里透着舒适的温馨与暖意，她穿着浅色睡衣，因为动作幅度露出一截细白的手臂。

裴叙皱眉，把手机屏幕靠近。

"最近瘦了很多。"他很突兀地说了这句话，又低声默念，"因为我没带你吃好吃的东西，净拉着你去喝酒的缘故。"

陆青乔把手臂缩回被子里，只能看到她巴掌大的脸和突起的锁骨。她没搭话，另起话题："等会儿要做什么？"

"睡觉。"

"自己吗？"

裴叙心情不错，一直笑着，突然眼神一亮："青乔，我想和你睡，不如我们……"

"神经。"陆青乔挪开摄像头，冲天花板上的云朵灯翻了个白眼。

"怎么不听我说完？我们视频聊天一直聊到睡过去，怎么样？"

"手机会没电。"

"连上电源。"

陆青乔不知道自己也会做这种无聊的事，总之，第二天早上醒来，

218

第一眼就看到没关的视频通话。

裴叙还真在办公室睡的。椅子拉平就是单人床，对成年男人来说有些窄，他穿着衬衫西裤，安静地躺在上面，呼吸均匀，睡得很熟。

陆青乔捧着手机看了一会儿，把话筒靠近唇边，恶趣味地大声叫他："裴叙，起床啦！裴叙，你迟到了！"

说完，她把手机拉远，看到原本躺着的男人已经坐起来，双眼泛红地看着屏幕。

陆青乔突然想到他睡得很晚，不禁为刚才的行为感到后悔。

她火速道歉："对不起啊，吓到你了吗？"

裴叙头发有些乱，在清醒之后听到她的声音，身体一松，忽然笑了："没有，只是做梦。"

"噩梦吗？"

"嗯，本来是噩梦的。"他靠近，摄像头清晰地照到他下巴上刚冒头的青色胡茬，因为睡得不舒服，脸色有些憔悴。

不过，他却是笑着："听到你的声音，又变成美梦了。"

周五下班比平时晚了一些。

陆青乔在单元门口跺脚，磕掉鞋边沾到的雪，又借着门灯检查鞋面的污渍。

刚才在公交车上被踩了一脚，她借着这件倒霉事狠狠吐了口浊气。

裴叙回总部一周了，虽然两人每天都在微信联系，偶尔也打电话，但她还是觉得自己像一只风筝，被放到千米外的高空，和地面的联系仅靠一根脆弱的丝线。

她心情很糟糕，患得患失，快乐变得不纯粹，压力从四面八方涌过来，没有食欲，几乎每天都做同一个噩梦——她穿着白裙子，和朋友一起去咖啡厅，说得正开心时，一杯咖啡兜头泼来，浓热的液体从发丝滑下，顺着脖子往下流，好好的白裙子瞬间被毁掉。她睁开眼睛，看到周围的人都在对她指指点点。一身红裙的安雅昂着头，嘴角带着鄙夷的笑，优雅地把杯子放到桌子上。

不，不是这样的。

怎么不是这样？

陆青乔想到仓库里的吻，还有酒吧沙发上的吻，原以为那是只有

219

他们两个人知道的秘密。

难道所有人都知道了？

她被众人嘲讽的目光击穿，最好的朋友也在旁边冷笑，无动于衷。

"我没有……"她连辩解都无力。

朋友冷哼一声，一转头变成苏言的脸，上下打量她，撇着嘴说："真是有够心机的，插足别人的感情，还敢说真爱无罪的狗屁话。"

陆青乔冷汗涔涔地坐在床上，窗外是化不开的浓墨。不知道什么时候开始，她对时间也没概念了，连续好几天都在这样的黎明惊醒。

她下床，洗漱，上班，和平时一样工作。

下班后，坐公交车，手机在振动。她按亮屏幕，是裴叙发来的消息。

裴叙：我不在的话，请个司机每天接送你吧？

陆青乔把头靠在漏风的车窗边，默默按灭手机。她提前一站下车，踩着一层薄雪往家走，路上买了面包和牛奶当明天的早餐。

头发和睫毛上落了一层白霜，她一路冷到发抖，终于走到门口。

楼道口的灯又坏了，她早已习惯，双腿沉重地一步一步上楼。黑暗既能掩盖一切，又能让人看清自己的本心。

她忽地停住，呓语般念道："要不，还是算了吧。"

门突然打开，三楼的声控灯应声而亮。她站在楼梯下，和穿着外套的苏言对上视线。

苏言的表情不像之前那么冷，不过还是很严肃。

她说："我们谈谈吧。"

才十几天的时间，陆青乔却觉得上一次和苏言一起坐在客厅的地毯上喝酒已经遥远得像上个世纪的事。

冰箱是空的，家里没有吃的东西，啤酒只剩一瓶，苏言给陆青乔倒了一杯，自己直接对瓶吹。

陆青乔低头，沉默。她对这种冷场很抓狂，搜刮了十几个话题，结果不是在雷点就是擦边，最后只能小声问："小星星喜欢芭比娃娃吗？"

苏言把酒瓶放到一边，手指在瓶口转着，没回答陆青乔的话，而是问："那辆黑色车很久没有送你回来了，而且……"她的视线落在沙发上的 LV 包上，"你还在背旧包，他送你的包呢？"

陆青乔没想到苏言这么直接，不想撒谎："坐公交车背不安全。"

"他呢？"

"回总部了。"

"分了？"

陆青乔对这种步步紧逼的提问有些不习惯，顿了顿才说："马上分。"

苏言终于松了口气："那天你送的芭比娃娃小星星很喜欢，她第一次见到这样的玩具，喜欢到吃饭睡觉都不离手。"

陆青乔低头抿了口酒，苦涩在嘴里漾开，她微微皱眉，把杯子放回小桌上："她喜欢就好。"

"我这两天想了很多，忽然明白了，人都有弱点，心心念念的东西摆在面前，就是会放弃一些坚持的东西，这不是坏人，也不是罪过。"苏言转头看陆青乔，黑白分明的眼里没有一丝杂念，她是以一个真心希望陆青乔过得好的朋友的身份在谈心。

陆青乔忽然想到年少时，她对黄桂花的火暴脾气不满，那时的她做梦都想要一个苏言这样的妈妈，能给予她平等、尊重，并且理解她。

陆青乔眼眶发热，有这样的朋友，很难不敞开心扉。

"其实，我从小到大都没被真正地肯定过，小学的时候就被告知不是学习那块料。现在回忆我的学生时代，很多事都忘了，可是关于学习的痛苦还清楚地记得。"

她声音很低，这是毕业后第一次说起过去的事。

"曾经有个人对我说，学习不好没关系，保持善良就行，因为这个世界上学习好的人很多，善良的人却很少。"

苏言点了点头，对这句话很赞同。她揽着陆青乔的肩膀："你是我遇到过的最好的人，所以不想看到你受伤害。我那天不是站在道德制高点指责你，而是知道在男女关系里，从古至今女人都处于弱势。虽说是现代社会，但如果被冠上小三的名号，就算你在大街上被人扒光，别人也会冷眼旁观，觉得你活该被这样对待。"

陆青乔红着眼睛看苏言："你也会吗？"

苏言犹豫，斟酌了一会儿才说："我应该也是冷漠的旁观者。以前觉得小三落到什么样的下场都活该，"她顿了下，直视陆青乔的眼睛，"但现在，我希望除你之外。"

221

4

还有十天就过年了。

门店虽然没有力度很大的促销活动,但大家每天也忙得脚不沾地,新年换新衣,来的大多是老顾客。

陆青乔也早就发了订货单给仓库那边,红色是主打,带红色元素的都一并勾画。

货是林跃送来的。好久没见,他进店跟回家了似的,把货搬进库房,在楼上大声喊收银台里的陆青乔。

午饭刚吃完,楼下还忙着,陆青乔被喊了三次,忍无可忍,终于臭着脸上去。

"你烦不烦啊?"

林跃比上次见憔悴了不少,也不知是为了结婚特意减肥还是累瘦的,看起来年轻又沧桑。他本是精明世故的油腻男,现在倒有了点颓废文艺的气质,真是神奇。

林跃拿着出库本,指了指仓库,用眼神示意:进去聊点私事。

陆青乔对仓库有阴影,一进去就会想到暧昧画面。她摇头,没耐心地又起腰:"忙着呢,有事就在这里说,快点。"

林跃只好作罢,抬眼瞟了下监控,往死角处挪了挪,后背贴在墙上,从裤兜里掏出手机,边点击屏幕边唠叨:"我真是要累死了,加班快一个月,给裴总打电话不接,我也不敢擅自做主啊,就是说……都快过年了,我没有必要在仓库值夜了吧?"

陆青乔不明白他说这些话的意思,要说职位,她只是店长,只管商业街店的几个员工和店面运营,这些话和她说也没有用啊。如果只是单纯地倒苦水她能接受,不过最好换个时间,至少等她不忙的时候。现在楼下又来了一拨顾客,收银台空着不好。

林跃见她心不在焉,脸上还露出想骂他的表情,赶紧把手机递给她:"我琢磨出来一件事,咱们两个人,裴总只能爱一个,之前对你不好对我好,现在对我不好对你好。"

陆青乔低头看他点出来的图片,朦胧的酒吧包厢,灯光昏昏暗暗,没头没尾的一张图,看得人一头雾水。

"林副经理,我很忙,没工夫听你说绕口令。"

说完,她抬腿就走,被林跃拉着胳膊又拽回去了。

"啧，你细看！"

林跃把图片调到最亮，放大，右下角赫然出现一只女人的手。

陆青乔吓得一抖，有点生气："我对鬼图没兴趣。"

"什么鬼图？这不就是你嘛。"

他缩小图片，慢慢向下拉，陆青乔一眼就认出手腕的表，可不就是她的？这个照片是发在裴叙的朋友圈里的，只是在林跃手机里，裴叙的备注名有些长——

我最尊敬的裴总（冷漠无情版）。

陆青乔认出这张照片是在酒吧里，大概是无意吧，把她的手也拍进去了。她有些紧张地看林跃："什么意思？"

林跃挠了挠头，贼眉鼠眼地看陆青乔："你和裴总的关系已经好到一起去酒吧了？"

"没有，就是……"

"前一阵裴总看你不顺眼，知不知道后来为啥突然对你好了？"她还没说完，就被林跃打断，他不管陆青乔为什么会和裴总去酒吧，也懒得细问，问就是还没从上次聚餐不带他的阴影中走出来。

陆青乔摇头。

"唉，是因为我啊。我在裴总面前给你说好话，不然你一直这么没眼色的，可能早就被开除了。"

陆青乔松了口气，觉得这半个月过得比五年还累。她随手捋了下额角的碎发，淡淡地说："所以呢？你就不能把话连成一句说完吗？我这还忙着呢。"

林跃赶紧长话短说："这不是马上过年了吗？我这婚礼也要定了，最近裴总也不知道怎么回事，看我特不顺眼，你要是能说上话，先帮我提一嘴稍微过渡一下，然后我再开口请假。年假加上过年七天法定假日，想试试多请半个月，婚礼、蜜月一条龙，还能好好休息休息。"

陆青乔无语地看着他："你自己去说呗。"

林跃"啧"了一声："青乔，你现在都能和裴总去酒吧了，关系这么好，也不用你说那么多，就稍微提一下，他好心里有数。"

他冥思苦想，最后打了个响指："你就说，最近林跃家里事情多，大过年的也没那么忙，加班没有必要。"

陆青乔"一耳二用"，一边听林跃啰唆，一边听楼下的动静。

她耐心耗尽："绕这么大圈子，你是不是有毛病？就直说请假结婚，他还能不批吗？"

林跃一副很为难的样子："我怕我说了，裴总不得亲临我的婚礼啊？礼金太大什么的都好说，主要是你红姐，她烦我和领导说话的样儿，怕我控制不住点头哈腰地把领导请到台上……"

陆青乔突然有种和红姐在无形中连上信号的感觉："你也知道你那狗腿样烦人啊？"

"不是烦人，我这是职场规则，你们女人不懂这里面的门道。"

陆青乔冷哼："难道也是职场规则教你来这儿求助什么都不懂的女人帮忙递话？"

一听这话，林跃一下子萎了："我亲妹，裴总之前看你不顺眼的时候，我可是铆足了劲地夸你好，哥最近难死了，你这当妹妹的不得帮一把？"

裴叙回来的话，陆青乔想做的第一件事就是把包还回去，干脆利落地把这种见不得光的关系断掉，不为别的，只想睡个好觉。

"你找田助理去，我不想和裴总接触。"

林跃见磨了半天也没把事磨下来，不得已使出最后一手："青乔，当伴娘和帮我递个话，你选一个。"

"都不想选。"她干脆回绝。

她前几天看到红姐发朋友圈，婚纱和礼服都定得差不多了，伴娘服暂定的藕荷色露肩长裙，和对面罗莱家纺橱窗里的四件套一模一样。再说，她过年都二十九了，伴娘当过四次，捧花接到过三次，再当的话，真要嫁不出去了。

"林副经理，你别折磨我了行不行？"

见陆青乔一副神色疲惫的样子，林跃这才仔细打量她，衬衫松松垮垮，本来就不大的脸也缩水一圈，这肥减得也太成功了。

"行吧，唉，果真是世道艰难啊。我兢兢业业干了快十年，这么大的店，竟然一个朋友都没交下。不就是结婚吗？大不了算了，现在的社会单身是主流，我也赶赶潮流，试试这孤独终老的滋味……"

真是闹心。

陆青乔烦躁得眼皮一跳一跳的，不懂这人的脑子是什么回路，简单一句话的事，非得绕个大圈，还殚精竭虑地布局，脑细胞都死了好几百万。

实际上，她确定裴叙压根儿不会在意这种事，更不会多想。有时候人的累都是自找的，因为太把自己当回事了。

她忽然愣住。

这句话也很适合她，最近脑海里上演了无数种被打的独角戏，把自己折磨得生不如死，的确是自找的。

下班前，田甜在群里询问年前聚餐的意见。

任小圆：去洗浴！我举双手双脚。

陆青乔在试衣间换衣服，听到任小圆在前厅激动地发语音："洗浴汗蒸一条龙，里面还带自助餐，老爽了，真的，去吧去吧。"

她换好衣服出去，把工装放进柜子里，刚好田甜不太赞同的语音发了过来："洗澡是不是得脱光啊？"

任小圆扑哧笑出来，仿佛听到了什么奇异言论，无语地把手机话筒凑到嘴边："你要不要听听看你在说什么？洗澡哪有穿衣服洗的？你要是穿衣服进去，倒显得奇怪，会引人注目。"

田甜哀号一声："这个 pass 掉，我还没做好心理准备。"

两人正在激烈地拉锯。

陆青乔去收银台统计完今天的销售数额，把电脑关好，检查电源，确定一切如常后，催任小圆快点下班。

离开时，任小圆还在拿着手机发语音，努力游说田甜把聚餐定在洗浴中心。

年味越来越浓，门口的路灯上挂着巨大的中国结，一路都是喜气洋洋的中国红，这个北方小城洋溢着新年即将到来的喜悦。

陆青乔透过窗户往外看，正门外的车位是空的。

裴叙应该不回来了吧？

也好，省得她烦心。

她刚要去关灯，手机在收银台里振动。她踮脚看，来电显示是裴叙。

陆青乔这几天已经过了冲动的劲，她本就对这段关系用冷处理做了缓冲，很少接裴叙的电话，信息也不回，偶尔发来视频，她也以很忙很累当借口拒绝。所以她没理，径直去关灯。

室内昏暗，只有应急通道的绿光亮着，她刚要去拿包，店里的座

225

机突然响了，声音巨大，吓得她一抖。

座机的号码贴在官网上，大多是顾客或者线上售后打来的。

陆青乔看了眼手表，八点二十九分。时间赶得够巧，还没下班。

她接起电话："您好，这里是素禾商业街店。"

听筒那端有轻轻的沙沙声，听不真切，她耳朵贴紧了些："您好？"

"青乔。"

是裴叙。他的声音有些空，莫名有种松了口气的疲惫感。

刚才陆青乔故意没接他电话，早该想到是他的："你……都这么晚了，我要下班了。"

他轻笑一声："我知道。"

她藏匿在暗夜里，安静地站得笔直，不管在心里怎么下定决心，一听到他的声音，还是难说出口。

"你不来这边了？"

前几天他升职，这边的员工也都知道了，一个个都在试探地问田甜，裴总是不是不回来了。

大部分人都受不了他工作严苛，问的时候心里大抵是期盼他别回来。

只有陆青乔揣着两种心思，既想再看他一眼，又希望他不回来。好在脱轨的关系短暂，还没发展到无可救药的地步，这样悬崖勒马也挺好。

裴叙不知是笑还是哼声，反问："你为什么会这么想？"

"不止我，其他的员工都这么想。"

"别人和我没关系，我只在乎你的想法。"他浅咳一声，步步紧逼，像是要把近期的委屈都倾泻出来，"为什么不接我电话、不回信息？是后悔和我在一起了吗？"

陆青乔本来还处在天人交战的痛苦折磨中，没想到这种话被他开了头，索性快刀斩乱麻："是，很后悔，插足别人感情这件事我做不到，虽然我很努力说服自己，但还是很痛苦。"

电话那边静了几秒："你也知道这样很痛苦。"

听筒里一片杂音，有风声，还有脚步声。

店门开了，寒风涌入，只能看到瘦高男人的模糊身影。

电话被挂断。

应急灯的绿光浅浅地打在裴叙脸上，陆青乔在昏暗里贪婪地打量，他也瘦了，而且瘦了很多，气质更显冷硬。

他向她走来。

陆青乔没想到裴叙会以这样的方式突然出现。电视里这种场景大多是惊喜，女人会捂着嘴尖叫一声，然后飞跳到男人怀里，男人会把女人抱紧，然后进行久别重逢的深吻。

只是经过刚才的对话，他们不会这样。好在店里电源都关了，一片昏暗里，看不到各自的表情，也算一种幸运。

这样也好，他回来了，索性趁这个机会把话说明白。

"那个包，明天我送你办公室去。"

裴叙离得近，她发顶能感受到他温热的鼻息。

他呼吸声很重，咬字也很重："包和我，你都不要了？"

"不要了。"

天气逐渐炎热，高考日期越来越近。

黄桂花心神不宁，像一只热锅上的蚂蚁，连生意都不管了，全副精力盯紧陆青乔，上学放学都由她接送。偶尔在公交车上遇到裴叙，她也冷哼一声，垂下眼皮假装不认识。

陆青乔虽别过脸去，却偷偷把手背在身后，隐晦地向他传递暗号。

——中午食堂见。

午休时间。

陆青乔端着餐盘，在食堂转了一圈才找到他。

裴叙坐在里侧，默默地吃着米饭，餐盘里只有两个素淡的菜，西红柿炒鸡蛋和酸辣土豆丝。

陆青乔把刚打的鸡腿送到他盘子里，问道："你现在吃早饭吗？"

自那天以后，黄桂花禁止裴叙来家里吃饭。他脸上好不容易养出来的肉又迅速塌下去，身子单薄得一阵风就能吹跑。

陆青乔当晚被罚站，手举过头顶，老实听骂。

从第二天开始，陆青乔就被黄桂花严格看管，老师也和黄桂花里外通气，她觉得自己就像一条被套上项圈的狗，时刻被监视。

总之，她的一举一动都在黄桂花的监控之内，只有午休这二十分钟时间里她能和裴叙短暂地在食堂碰面。

裴叙把鸡腿放回她餐盘，宽慰她说："吃，煮点面或者面包之类的。"

　　陆青乔又把鸡腿送过去，拿筷子压着，命令他："你吃，我特意打了两个。"

　　从形影不离忽然变成这么短暂的相处，两人都有些不习惯。

　　裴叙很快吃完，从校服兜里掏出整理好的英语重点资料："这个你背一下。"

　　陆青乔啃着鸡腿，满嘴油地愣住，一看到 A4 纸上密密麻麻的符号，连食欲都没了。她身心皆抗拒，把餐盘往边上挪了挪："不用，连我妈都放弃我了。"

　　裴叙却坚持："你不是想考滨江师范吗？把英语背一背，差不多能考上。"

　　陆青乔长长地叹了口气。

　　道理她都懂，只是这条路走得太累。她从刚能说话时起就开始背《三字经》，整个学习生涯，不是去补习班就是在去补习班的路上，被逼着学习的痛苦经历，已经给她造成很大的心理伤害，导致她现在一听到"高考""大学""努力"这些，脑袋就嗡嗡响。

　　"算了，考不上也没关系，工作不分三六九等，我以后可能去当售货员之类的。"为了让这个话题轻松一些，陆青乔很讲义气地向他保证，"到时候你带女朋友来我柜台买东西，我可以给你打折，嘿嘿。"

　　她本意是活跃气氛让裴叙安心，没想到裴叙的脸色突然变严肃："你说我带谁去你那儿买东西？"

　　"怎么了？也可以是妻子，你以后总归要成家的嘛。"

　　食堂喧闹，空气里溢满少男少女的青春气息，最角落的桌子气氛却忽然变冷。

　　陆青乔被他看得心里直发毛，紧张地咽了下口水，小声找补："你想当单身贵族也可以的，我没有要支配你人生的意思……"

　　裴叙本身长相就偏严肃正经，不苟言笑的，不过在她面前，脸色这么臭还是第一次。

　　他说："你那天说大学毕业就嫁给我，是随便说的？"

　　陆青乔赶紧点头："你懂的啊，人在吵架的时候情绪激动，什么都会说出来。咱们现在还是高中生，说那些未免太早了。"

"是你先说的。"

"都说了是气话啊。"

"那你不想嫁给我？"

陆青乔愣住，不懂裴叙为什么这么执着，不明白怎么会有人还没上大学就考虑这件事。在她看来，这都是大人的事，跟她没有一毛钱关系。光是摆平作业这些烂摊子，她就已经筋疲力尽了，之前可以去裴叙家，他能帮着分担，现在好了，作业都得自己写，脑细胞都不会转了。

她老老实实地回答："我没想。"

裴叙沉默，深呼吸，目光灼灼地看她。

难熬的十几秒过去，他拿起旁边的 A4 纸，以一种她没想到的方式威胁道："如果你考不上滨江师范，就必须嫁给我。"

陆青乔一脸愕然："都什么年代了，哪有必须嫁给谁这种事情？"

裴叙却信誓旦旦，微笑里含着一丝危险："要不你试试？"

5

夜深，无声对峙。

话没有想象的那么难以说出口，可说完之后，心底无端空出一个大洞，像是丢了什么重要东西。

陆青乔的手紧紧抓着衣摆。

裴叙的气息很近，因为太黑，看不清他的表情. 但空气里却弥漫着不容忽视的冷意，他很生气。

"你是在和我提分手吗？只有安雅是我女朋友这一个原因？"

陆青乔一脸痛苦："这一个原因还不够吗？"

男人长长地松了口气："当然，她不是我女朋友，所以这个分手理由不成立。"

陆青乔想到他离开的这半个月里，和安雅的 IP 地址是一样的. 但这句话怎么说得理直气壮？

"难道你们刚分手？"

他叹气："我们从来没在一起过。"

陆青乔可没忘记那些捕捉到的小细节："你的通讯录里置顶就是安雅，署名还是她私密的小名。那天她在店门口挽你胳膊，你没拒绝，当晚就给我送包，是给我的补偿吗？"

裴叙目瞪口呆。

他回总部的这半个月，每天都在为早点回来做努力——急售了那边的房子和车，连着开了一周的会，把年度总结和下一步计划做好，放弃参加年会，赶着坐了最晚的一班飞机回来，本想给她个惊喜，没想到听到这样的话。

在嫉妒和醋意里感受她的爱是他的不对，虽然做好了被反噬的心理准备，却没想到来得这么快。

心脏阵痛后，他决定放弃那些自以为是的小心思，诚实面对："阿楚不是私密小名，通讯录置顶是按拼音首字母排序的，我们也不是男女朋友。"

陆青乔疲惫至极："好，谢谢告知。"

男人靠近，清冷的声音自上而下："这样你还想和我分手？"

"想。"

话音刚落，她就被圈进温热的怀抱。

裴叙力气很大，像要把她揉进身体里："青乔，为什么呢？"他深吸一口气，语气悲伤至极，"为什么你对所有人都好，偏偏对我不好？这已经是你第二次抛弃我了。"

陆青乔被他锁在怀里，眼前是朦胧的昏暗，她无法聚焦视线，只能闭上眼睛，艰难地仰起下巴呼吸。

男人却浑然不觉，像垂死之人，只能抓紧悬崖上的救命树枝一样，抱她更紧。他的嘴唇擦过她的耳垂，激得她一阵战栗。他声音急促："是不是因为林跃？嗯？他说什么了？"

陆青乔不明白裴叙为什么总是把责任都推给林跃，很莫名其妙的走向，不管从哪个角度想，林跃都和他们这件事没有关系。

难道裴叙误会了什么？

陆青乔忽然想到送货那天，裴叙亲眼看到她和林跃"亲密"，如果换位思考，她会误会安雅和他的关系，那他也会误解林跃和她的关系。

回想前几次对峙中，裴叙都会莫名其妙地把林跃拉进来。这样一想，很多事都能说通。林跃每天累得像狗，昨天还和她抱怨裴叙对他有敌意，用领导的权势迫害他。

裴叙这种见不得光的心机，和她潜入安雅的黑粉群熬夜搜集安雅

230

的黑料有什么两样？都是被嫉妒拉入深渊的可怜虫罢了。

陆青乔的心里被不真实的荒谬笼罩，不确定裴叙是不是真的误会，又想到林跃那天千叮咛万嘱咐地求她帮忙说好话，于是轻声试探："林跃说快过年了，家里事情多，他应该不能通宵加班了。"

裴叙身形一僵，用力把下巴探进她颈窝，冷哼过后，从牙缝里狠狠挤出几个字："呵，他想得美。"

尘埃落定，陆青乔长长地叹了口气。

仔细想来，他们没有资格互相指责，虽然分开十年，再次相遇后都没有相信对方，而是选择相信自己的眼睛和猜测。这是自诩理智成年人的下场，明明可以正常恋爱，却都怀揣谨慎。

一句句试探，从表情和行为里分析，借着臆想出来的另一方感受爱意，让他们像两条反复交叉的铁轨，在交叠的那一刻痛苦铭心。

这不健康，也不正常。

她挣脱男人的怀抱，借着路灯透进来的光看他受伤的样子，感同身受，也痛苦至极。

"裴叙，我们不应该这样。"

从开始就是错的。

还有三天过年，聚餐到底没定在洗浴中心，有超过一半的人投了反对票，因为不能接受朝夕相处的同事赤裸相见，所以还是老三样：火锅，KTV，蹦迪。

出了KTV，陆青乔就顶不住了，最近情绪低落，心里像压着一座大山似的难受，她借着这次放纵狠狠地喊了出来，话筒一直没撒手，最后嗓子像公鸭似的失声才让出麦霸称号。

店门口，青砖上还有残雪，一帮人兴奋未散，吵吵嚷嚷着要去酒吧。

任小圆从人群里跳出来，举起双手："去'夜色'！新来的男模特特板正诱人，咱们去看看。"

女孩大多露出期冀的神色，只是这里男人占了多数，七嘴八舌地驳回了她的提议。

"男模跳舞有什么好看的？"

"就是，不如去盛泰街那家新开的连锁 CLUB[①] 。"

"附议！听说那儿有钢管舞看。"

注：① CLUB：俱乐部

陆青乔呆呆地站在旁边，对下一场没有兴趣，都十一点多了，生物钟在催眠，她决定提前离场："那个……你们玩得开心哈，我就先回了。"

　　田甜红着脸，醉醺醺地冲她比了个"OK"的手势："知道啦青乔姐，你家里有小孩，早点回去吧。"

　　大家又七嘴八舌地送别她。

　　"是啊是啊，辛苦了，陆店长。"

　　"早点回去吧，我帮你打车。"

　　只有站在人群边缘的林跃翻了个巨大的白眼，用口型揭她老底——你有个屁的小孩。

　　陆青乔乘出租车离开，看着后视镜里的同事变成绿豆大小，最后消失不见。她疲惫地靠在座椅上，想到刚才的那一幕。

　　当初为了躲避不必要的社交，扯了这么个谎，她是以一种搪塞的心态对待这件事的，却没想过大家会当真。

　　所以，裴叙也会当真。

　　就像安雅和他的关系，她更是确信无疑，无视他说了很多次的解释，自以为是地把道听途说来的小道消息植入真相。有了这样的先入为主，他说的每句话、显露的每个表情，在她这都掺杂着两层意思。

　　同样的，他也在经历这一切。

　　多傻啊，两个成年人在这儿谈一种很新的恋爱——虽然知道你名花有主，但我还是想和你在一起。

　　结果，迷雾散去，水落石出，另一半是双方主观假想出来的，两个人唱着四个人的戏，也真够好笑的。

　　她掏出手机，点开裴叙的微信。

　　那晚没想清楚，也没说清楚，两人的关系只靠反复送去又退回来的包维持着。

　　连任小圆都忍不住了，有一次旁敲侧击地建议："姐，这可是爱马仕，小几十万呢！"

　　"这不是钱的事。"

　　任小圆比陆青乔还急："裴总就是性格冷了点，论长相、身材、身家，哪方面都是顶尖的。"她忽然小声，"姐，要不你就答应他吧？"

　　原来大家都知道，只是很会假装。

好在陆青乔没变成真正的小丑，仔细分析明白后，给裴叙打了个电话。

电话只响一声就接通。

裴叙停顿两秒才开口："青乔。"

他的声音有些疲惫，背景音是从音响里渗出来的杂乱，大概是年会直播连麦，因为陆青乔听到主持人报幕砸素蛋环节开启——砸素蛋是素禾年会的传统节目。

裴叙回来后比之前还忙，他作为公司总经理，理应在总部常驻，塔城这边也会派下新的区域管理人员。可是，陆青乔在这里，一切还没落定，他不想和她分开。

他不止要忙这边的工作，还要高强度地在线上运转统筹，连日高压疲惫，却没有困意。

睁眼，闭眼，想的都是她。

他很早就知道人的情感很复杂，每次面对这样的情况，都自我保护似的躲避，可他多年养成的习惯却在遇到陆青乔时瞬间破功。他义无反顾地扎进去，所有的后果都想好了，就算这样，在面对陆青乔的时候，依旧觉得她隐在一团迷雾里，看不清她的心。

现在，他就算心里不甘，还掺杂着嫉妒的怨恨，想了无数次算了，但看到她的名字时还是马上接起电话。

陆青乔已经到家，把大衣脱了直接钻进被窝里，侧躺着，手机贴在脸颊上。

"裴叙。"她轻声喊道。

不等他回答，她继续说："后天我带你去个地方。"

"去哪儿？"

"参加一个婚礼。"

龙驹五星酒店。

年底，宴会扎堆。

酒店门口铺着长长的红毯，直通右侧宴会厅，厅门口摆着一张新人迎宾照，是中式风格，新人一身喜气的红色，摆出欢迎的姿势。

林跃一身黑色西装，精神抖擞地站在门口，和参加婚礼的亲朋好友热情寒暄。忽然，他瞳孔一缩，点头哈腰地小跑过去："哎呀，我的天，

233

裴总您怎么亲自来了？这可真是蓬荜生辉……"

北方的婚礼都走喜庆热闹路线，司仪在台上巧舌如簧地说着俏皮话，林跃因为紧张把婚戒戴错手指，新娘直接给了他一拳，台下宾客瞬间爆发出哄笑。

裴叙安静地坐在椅子上，陆青乔坐在他旁边。

大家的注意力都在台上，没人发现两人之间的暗流涌动。

"有什么感想？"陆青乔不紧不慢地问。

荒谬感如潮水般涨起又退去，裴叙长腿交叠，歪着身子，视线定格在台上拥吻的新人身上。

他紧紧皱着眉头，冷峻的脸和喜气的婚礼氛围格格不入。

想不通，根植于脑海里四年的记忆就这么被轻易击碎，陆青乔没成家，也没小孩，她亲口说过，可他从没想过相信。

裴叙有些恍惚，嘴唇翕动，用只有陆青乔能听见的音量低声说："我们是互不信任的单身男女。"

捧花从新娘的手中脱离，在空中划出漂亮的抛物线，穿藕荷色长裙的伴娘接到捧花，笑得眉眼弯起，兴奋地冲台下展示捧花。

陆青乔过于用力地鼓掌，眼圈透着浅浅的红，她却笑了，笑得特别开心。

第八章
/
他曾参加我的婚礼

1

店里放了五天年假。

陆青乔把行李箱从柜子深处拿出来，仔细地把给黄桂花买的红衣服一件一件地折平整放进去。

今年是黄桂花的本命年。

苏言把小星星放在旁边任她乱爬，蹲下帮陆青乔把行李箱压住，拉好拉链："我记得你说过年不回家的。"

是啊，四年前办的那场婚礼太高调，认识的街坊邻居都知道陆青乔嫁到国外住大别墅，要是就这么一个人回去，黄桂花为了圆谎，什么离谱剧情都能编出来。

可是……

陆青乔靠在沙发边，眼神空洞，说："我就是突然觉得好累啊。"

年三十的火车拥挤异常，她像一只沙丁鱼被夹在人群中间，费了九牛二虎之力才拎着行李箱挤下车，刚出站，直接被几个热情的出租车司机围住。

"老妹去松江啊？三十块一位，上车就走。"

陆青乔冷不丁被吓了一跳，把围巾拉下来缓了口气，刚想拒绝，却对上一双熟悉的眼睛。

那双眼睛也定住了，黝黑的脸上露出努力回忆的表情。

他"嘶"了一声，试探地问："你是……青乔吧？我桂花姨家的。"

围巾再盖回去也晚了，他一张嘴，陆青乔就想起来了，这是黄桂花开的麻将馆里的常驻嘉宾李大爷的小儿子李井生。

李井生跑了十几年出租车，这两年怎么还蹲车站跑长线了？

车里弥漫着淡淡的烟味，李井生和所有北方司机一样有话痨的特点，今天活儿好，但他几年没看到陆青乔，硬是没拼人，只拉了她一个。

他瞄了眼后视镜，嘿嘿笑了几声才说："桂花姨说你在加拿大啥啥利尔，回来一趟不容易，前两天还说你特忙，不回来了。"

陆青乔僵硬地笑了一下，硬着头皮附和："嗯，想给她个惊喜。"

"哈哈，那这肯定是特大惊喜。"

松江是后规划独立的区，离主城区大约四十分钟车程，过了四环才不那么堵，红灯越来越少，道路越来越宽。

车流顺畅，李井生舒适地靠着椅背，边转方向盘边和她闲聊："你老公没回来啊？桂花姨说他在五十多层的大厦里当白领，就是电视里看到的那种，一水儿大落地窗，上班上累了，就喝着咖啡看窗外的阿尔卑斯山。"

陆青乔愣了愣，在加拿大看阿尔卑斯山？

她突然好后悔从火车站的正门出来，早知道走侧门好了。

"呃……没那么夸张，呵呵。"

"哎哟，你可真谦虚，街坊四邻认识的加起来就数你最出息，都走出国门了。"

陆青乔回来之前，没和黄桂花对瞎话，谁知道在路上就得用。她现在浑身不自在，害怕说漏嘴，赶紧转移话题："叔叔身体挺好的？"

"好，可好了，在家里这儿疼那儿疼的净折腾人，可到麻将馆能坐一天不挪屁股，看到麻将眼睛瞪溜圆。"

"那就好，老人最重要的就是心情好。"

"是啊，多亏桂花姨了，天天就她给我爸打电话，一来电话，老爷子立马穿鞋夹包，和上班似的，风雨无阻。"

"过了年也不休息？"

"这就得靠你。你回来了，桂花姨不得好好陪你两天嘛，娘俩这么多年没见了，要说的话可多了去了。"

陆青乔听懂了他话里的意思，笑着点头，算是答应。

松江还是老样子，街道上的老店都还在。她还记得上大学时，寒暑假回来的第一件事就是在小区门口吃一碗热乎乎的骨汤面。

车从店门口经过，陆青乔透过车窗向外看，刚好和汤面店的老板娘对上视线。

两人同时举手打招呼。

"卢姨过年好。"

"哎，过年好，这不是青乔嘛，回来一次可不容易，一会儿来啊。"

"好。"

高考后，陆青乔一家三口住进姥姥家的旧房子，大一那年的暑假，爸爸终究没能撑过病痛的折磨，在家人的陪伴中离世。

从那之后，黄桂花像变了个人。

她的精力似乎都在前半生用尽，最痛恨的算命却变成了她活下去的最后一根稻草。她卖了南方的房子，转让了店铺，就此扎根在松江，人生随意，也想明白了，为赌口气累死累活的日子不值得，剩下的生命，她该为自己活。

对于陆青乔，她也彻底放弃虎妈模式，改为大撒手不管。学业、工作、恋爱，不管陆青乔遇到什么困难、做什么决定，她都举双手赞成。甚至别人家小孩感觉最痛苦的催婚她也绝口不提，甚至贴心地给陆青乔办完婚礼，用她有限的想象力给陆青乔编了个谁听了都觉得完美的婚姻。

简直是从一个极端跳到另一个极端。

陆青乔拎着行李箱，费力地拽到二楼。一梯两户，只有最右侧的房门上贴着落了灰的旧春联。

她轻轻敲门。

旧房隔音差，在门口就听到由远及近的拖鞋趿拉声，她平复心跳，攥紧行李箱的把手，摆好笑脸。

门开，黄桂花探出头。

时间在她身上留下了深刻的印记，她瘦了很多，头发也白了一半，穿的衣服也从时下最流行的样式变成中老年通用的暗色毛衫。

唯一没变的是嗓门，还是那么洪亮。

"哎哟，你咋回来了？"

说完，她铁钳似的手捞过行李箱，连带着把陆青乔也拽进屋，模样不像孩子回家过年的喜气，倒像一个深藏不露的侦察兵，谨慎地透过猫眼看外面。

陆青乔换好拖鞋，无奈地看着她的背影叹气："我难不成一辈子不回家过年啊？"

黄桂花瞥了陆青乔一眼，碎碎念："你回来有没有被认识的人看到？"

"我坐李井生的出租车回来的，在门口看到骨汤面馆的卢姨，还打招呼了。"

黄桂花无语地看着她："现在全松江都知道你一个人回来了。"

"我又不是什么大人物，回来就回来呗。"

大年三十。

大家年夜饭都吃得早，外面鞭炮声震天响。陆青乔和黄桂花并排坐在沙发上吃饭，偶尔瞟一眼央视的直通春晚。

年夜饭很新颖，是某大牌方便面新推出的麻辣小龙虾口味。

陆青乔觉得自己一腔热血地挤车往家赶的行为，被这两桶方便面衬得像个傻子，她只吃了两口就放下筷子："妈，咱家有面，我们包饺子吧？"

黄桂花一桶面吃到见了底，冷冷地斜了她一眼："以前我累死累活做一大桌子菜，你却哭着喊着要吃方便面，现在我给你吃方便面了，你又要吃饺子，真是搞不懂你。"

陆青乔不想大过年的心烦，可连电视里的主持人都在对着镜头吃饺子，更显得她可怜。

工作那么累，好不容易谈个恋爱，还拿了狗血剧本。

那天参加完林跃的婚礼，陆青乔就刷到安雅官宣恋爱的热搜。

当天，安雅和素禾品牌创始人徐深的恋爱时间线被扒出来，两人两年前的拉斯维加斯之旅第一次被拍到，去年在日本一起互喂拉面的照片也曝光，一众网友都在评论区喊甜死了。

只有她，看了一眼后，默默把微博卸载。

误会解开，她和裴叙都默契地没有找对方，阴暗惯了，似乎都对那种光明正大的关系没有心理准备。

揣测对方和被揣测，他们都需要时间和解。

短暂脆弱的爱情掺杂了太多无关的东西，当这些无关的因素消失，终于能看清对方的心时，却又对这种爱产生质疑。到底是因为相爱才在一起，还是因为不甘、嫉妒、虚荣？她还没理清。

心里一团乱麻，不是因为年夜饭是方便面，而是那种不确定的摇摆，

238

虽然用十年的时间长成大人的模样，却在路上弄丢了勇敢、赤忱和宝贵的真心。

成年人，也不过如此。

她长长地叹了一口气，这口气里带着积攒的郁闷，很明显能听出一股衰味。

黄桂花别的可以不管，但最受不了这个。她挪远了些，嫌弃地驱赶晦气："呸呸呸，叹什么气啊？我等会儿还要打麻将呢，输钱就怪你。"

陆青乔懒得回嘴，心里正烦躁，凭她这种思想简单的大脑，怎么也预估不到和裴叙的关系会怎样发展。她既觉得这样的误会是污点，又觉得两个人都一身黑，谁也别嫌弃谁。

身体里住着的两个小人在摇摆、撕扯，最后缠打在一起，心乱死了。

同龄人基本都恋爱稳定，结婚或者生了小孩，比她大一岁的苏言甚至都离了婚，只有她，在奔三的年纪受爱情的苦。

这些她不想和黄桂花说，只能随便找个由头发泄怨念："我现在这样，都是因为你那么早就给我办婚礼，堵住了我最后一条生路。"

她没来由地说起这个，黄桂花莫名其妙，嘴上不服："别的小孩把过年回家催婚走亲戚当洪水猛兽，我这么开明，到你嘴里又变成我的不是了。"

"是啊，和我差不多的基本都靠老家的七大姑八大姨介绍对象，你可倒好，连婚礼都给我办完了。"她越说越气，"到我这儿，大家跳过前面环节，第一句就是问我怎么还没生孩子。是没人催婚了，这不都在催孩子嘛，再过个几年，一定会传我身体很差不孕不育，烦不烦啊。"

黄桂花把陆青乔没吃完的桶面挪到一边，反复打量她这烦躁状态，终于忍不住问："你这是在恨嫁？"

"不是。"

"那你干吗？这大过年的，到家就耍脾气。"

陆青乔叹了口气，怔怔地看着电视里满屏的大红色，突然悲伤起来："我只是觉得，你们怎么都不会正常地爱别人呢？"

黄桂花品味了半天这句话，到底没想明白正常地爱别人是啥意思，也不知道陆青乔把谁和她一并捆绑并称之为"你们"。

她懒得深想，而且，现在所有的烦恼在她这儿都不是事。

人这一生要经历的事都是注定的，不服气也没有用，就像她最好的那二十年都浪费在了我命由我不由天的妄想里。结果呢？该死的人，不管吃多少补药也死了，该没出息的人，不管怎么学习都白费力气。

陆青乔不也被青春期叛逆的气话说中，在服装店里卖衣服？

是吧，所以说愁事不用愁，实在愁的话，就去找李大姐算一卦问问就好了。

2

没人会在大年三十当天去算命，除了黄桂花。

陆青乔面无表情地坐在木质藤条椅上，空气里弥漫着呛人的香味，正对面摆着同色的案台，上面摆着一尊看不出是什么神仙的瓷制雕像，旁边有两个对称的香台，里面插着三炷香，正冒着细烟。

黄桂花经常光顾这里，她撞了下陆青乔的胳膊，笑着介绍："快叫李阿姨。"

陆青乔规规矩矩地对坐在椅子上的奶奶喊了一声李阿姨。

被叫"李阿姨"的女人穿着一身粗布麻衣，头发花白，看年纪七十多的样子。她长长地"嗯"了一声，循声慢慢往这边转头。

四目相对，青白的眼底混浊一片，陆青乔这才意识到她看不见。

黄桂花熟络地和她闲聊几句，马上直入主题："李大姐，你给我闺女算一卦。"

李阿姨看不见，也不是善谈的，黄桂花说算一卦，她也只是微微点头，眼神对着陆青乔这边，低声说："孩子，你过来。"

陆青乔是被黄桂花硬拉来的，对算命她一点都不信，甚至有些抗拒。得知李阿姨看不见后，她马上收起笑容，拉着脸看黄桂花，用眼神说：我才不算，回家。

黄桂花赶紧过来，抓着她的手腕把她拉过去，皮笑肉不笑地说："算一下吧，省得你拿我撒邪火。"

陆青乔以为算命是拿生辰八字，或者抽签测凶吉，直到一双枯瘦的手落在她脸上仔细摸索，她心里才跳出两个字：摸骨。

唉，封建迷信到底什么时候才能灭绝啊？

和陆青乔不在状态的敷衍相比，旁边的黄桂花就虔诚很多，她像医院走廊里陪护的亲属，一脸殷切紧张，想问又不敢的，欲言又止。

李阿姨翻着眼白，脸上的皮肤层层堆褶，像一只无毛猫，近距离看还有些可怕。

陆青乔在心里哀叹，早知道这样就不回来了，年三十被拉到这种地方参加迷信活动，还不如和苏言娘俩安静过年呢。

她兀自想着这些有的没的，李阿姨的动作却一刻没停，从额头到下巴，每一寸皮肤都慎重地摸了个遍，然后长叹一口气。

黄桂花眼皮直跳，赶紧问："看出什么了？"

李阿姨收回手，掐指算了一圈，皱眉："这闺女是想要求子吧？"

陆青乔愣住，没想到打脸来得这么快。

什么摸骨看相算生辰，搞得神神秘秘，到最后不都是靠传言猜测？

李阿姨翻着眼皮，手指掐算，还念叨着："最近这两年没有孩子缘，得三十岁之后，不用着急，小夫妻身体都还不错。"

黄桂花脸色不好看，皱眉："我这是还没结婚的黄花大闺女呢。"

陆青乔小声碎碎念："那倒也不是了。"

黄桂花气得狠狠掐了她一把，反手把她推到旁边京快去，弯腰凑到李阿姨耳旁，小声嘀咕："我闺女还没结婚，求什么子啊？"

李阿姨却连眉头都没皱一下，手指快速轻点，斩钉截铁地说："我摸着是已经结婚好几年了的面相。"

黄桂花不满地"啧"了一声，这位是远近闻名的算得准，她有事就来算，次次准得离谱，怎么到陆青乔这儿就胡说八道的？

从这里离开时，黄桂花还一副忧心忡忡的样子。

陆青乔本想借这次机会好好教育一下黄桂花沉迷算命的生活状态，还没开口，就看到路口突然急停下一辆出租车。

李井生从车窗探出头，确定是她们母女后，用整个街道都能听到的声音吼道："桂花姨，你女婿也回来了，在你家门口呢。"

母女二人一头雾水。

年夜饭大多已经吃完，就算深冬天气严寒，也挡不住人们的热情，说是出来遛弯看看烟花看看灯，实际上都是听到麻将馆老板娘的国外女婿回来了，特意出来看热闹。

待陆青乔和黄桂花走到小区里，远远看到十几米外聚着一堆人。

裴叙鹤立鸡群般站在中心，笑得如沐春风，游刃有余地应付大爷

241

大妈的提问。

"我工作刚结束，所以稍微晚了一些。"

"是第一次来，青乔电话打不通，我手机也没电了。"

大爷大妈们七嘴八舌，十来双眼睛明目张胆地从头到脚打量裴叙。这人怎么和想象的不一样？也是怪黄桂花没说明白，有时候说他在加拿大住别墅，有时候又说在市中心住高层，也闹不准是自己做生意还是给人当下属，当下听着还行，其实经不住细琢磨。

最开始办婚宴收礼的时候，黄桂花就说人在国外，生意忙，所以回不来。可是麻将馆人来人往的，摸牌时难免东家长西家短，有些事说着说着，连她自己也搞乱了。

别的不说，光是在年龄这方面就漏洞百出。

最开始说是二十多岁的年轻小伙，后来有一次黄桂花喝多嘴瓢了，女婿又被她说成三十多岁。

这倒没激起什么风浪，大家虽然年龄大了，一辈子没出过省的也有，是没见过什么世面，但基本的思考能力还是有的。

那陆青乔学习不好，上的大学也很一般，不可能刚毕业就认识国外的精英阶层。再说，她就是一个普通人，也没什么出奇的，不可能撞到这种大运。大家一听说是嫁给年龄大的，倒是能说通了，毕竟趁年轻嫁给年龄大的中年男比撞大运更容易被接受。不仅这样，街坊们还自动把黄桂花女婿的年龄又加了十岁，悬殊的年龄差更符合小城人的心理预期。

如果小城有热搜的话，那陆青乔的婚姻就是常驻榜首的经典话题，不管是热度，还是讨论度，都是断层第一。

现在，传言里的人物就站在眼前，这帮大爷大妈披着热情的外壳，实则想获得第一手八卦消息。

李大爷垂着眼皮，把裴叙从头到脚看了个遍。

是年轻小伙，顶多三十岁，不论是言谈举止，还是外表穿着，谪仙似的优秀，挑不出一丝毛病，还透出一种从大城市回来的精致感。

他啧啧称奇，没想到这黄桂花不是吹牛皮，她还真有这么优秀的女婿。

李大爷心里五味杂陈，摸不清是怎么回事，也可能是晚上吃饺子醋倒多了，被冷风这么一吹啊，怎么还往上泛酸呢？

他移开视线，刚好瞅到在小区门口站着的黄桂花母女，马上打断众人的追问，拽了下裴叙的袖口，扬起烟袋锅指着大门口："那不是嘛，你丈母娘和你老婆。"

裴叙顺着大爷指着的方向看去，对上一双惊愕的眼。他看到陆青乔，这一路的疲惫和迷茫瞬间烟消云散。他笑着对门口挥舞手臂，在一众人的目光下，无比自然地、嗓门洪亮地喊了一声："妈！我回来了！"

猝不及防的一声喊，陆青乔觉得这个年算是乱套了。

黄桂花老花眼，眯着看了半天也没看清这人到底长啥模样。

她使劲用胳膊肘撞了下陆青乔，用拿不准的语气问："这臭小子不会是在叫我吧？"

就是在叫她。

黄桂花只能认下，因为楼下聚集的人太多了，十余双眼睛看着，仪仗队似的目送他们"一家三口"上楼。不出意外的话，十分钟后，整个社区都会传遍结婚四年的陆青乔第一次带丈夫回家的新闻。

和大家兴奋的谈论相反，室内的气氛却冷淡。

黄桂花戴上老花镜，端详着站在门口的男人，只一眼，她就认出来了。

"你是裴叙吧？"

裴叙把包放下，笑着看旁边掉线的陆青乔，正式自我介绍："阿姨，好久不见，我是裴叙。"

"还真是你小子啊！"黄桂花使劲拍了他一巴掌。这一掌不是十年前带着怨恨的那种，而是许久未见了，长辈情不自禁的亲切问候。

她把人让进客厅，挽起袖子，笑呵呵地问："吃饭了吗？"

裴叙摇头。初次来，他小心地打量着两室一厅的旧房子，有些拘谨。

陆青乔看了半天，越看越觉得不对劲。他来这儿干吗？不仅惹得大家误会，还演戏上瘾，真把自己当新女婿上门了？

不等黄桂花动作，她就从桌下的抽屉里拿出一桶泡面，直接扔到他旁边："就吃这个吧，新出的小龙虾口味。"

裴叙见她这样，突然心情很好。

不等他看清楚包装上的字，泡面就被黄桂花一把拿走，塞回桌子下的抽屉里："大过年的怎么能吃这个？我去包饺子。"

243

陆青乔翻了个白眼："怎么不能吃？我肚子里的方便面还没消化呢。"

"咱俩咋对付都行，这来客人了……"

"他算什么客人？"

母女这样吵嘴的场景真是久违了。当年裴叙获得黄桂花的准许来家里吃饭时，她们也是这样，没有一顿饭是安安静静吃完的。和他家冷锅冷灶相反，陆青乔家的厨房热闹过了头，那时的他虽然面上不显，心里却很羡慕陆青乔的家庭氛围，也第一次有了"家原来也可以这样过"的概念。

后来，陆青乔和黄桂花吵架，哭着去找他，哽咽着，上气不接下气地和他诉委屈，说哪有亲妈这样的，怕是上辈子和她有血海深仇。

他轻声细语地安慰她。

亲人手里似乎都握着一把刀，关系越深，扎得就越痛。陆青乔虽然和妈妈吵架，关系看似水深火热，实则血肉已经绞缠到一起。

黄桂花怎么可能不爱她呢？

难道要像他父母一样，只顾各自欢愉，十天半个月不回家，甚至都忘了还有个儿子存在？

如果可以选择家庭的话，他一定会选择陆青乔的家。

实际上他也这样做了。

此刻，陆青乔也摸不准自己是什么心情，这一天发生的事太多，早上还与身在塔城的裴叙的关系尚待梳理，结果到了晚上，他就以她丈夫的身份来到松江。

陆青乔靠在沙发边，和裴叙中间隔了长江那么宽。按理说，和他亲也亲了，抱也抱了，误会也都解除了，怎么会觉得陌生又尴尬呢？

晚上八点，春晚开始，开场曲是六个当红小花的合唱，其中就有安雅。

她穿着大红旗袍，妆容精致，对着镜头微笑着唱歌。去掉那些无端揣度，单纯以观众的眼光看她，怎么还有种端庄大气国泰民安的气质？

自然而然地，陆青乔又想起自己当时阴暗的心路历程，后悔也晚了，一副心事重重的模样。

裴叙转头看着她的侧脸，挪过来了一点，紧紧挨着她，说的话像是在做保证："青乔，以后你说什么我都会相信。"

陆青乔躲避他的视线，低头看毛绒拖鞋上的兔子尾巴："我说青蛙有八条腿你也信？"

他嘴角弯了弯，认真地说："实不相瞒，我也觉得青蛙有八条腿。"

吃完饺子，三人在客厅对坐，黄桂花坐在正中间，居高临下地看着坐在小凳上的裴叙和陆青乔。

以她的猜测，事情明摆着，无非是两人在谈恋爱，吵架了，陆青乔自己跑回来，作为男朋友的裴叙联系不到陆青乔，只能追到这边来。

这臭丫头刚到家就耍脾气，还摆出那副恨嫁的样子，明显是在怪她。

两人一定是到谈婚论嫁的步骤了，结果这边婚礼已经办完了，不可能再办第二次，真办的话，不就成二婚了吗？

黄桂花叹了口气，也有些后悔。

只是为了这种事吵架不值得，时光不能倒流，实在不行，她出钱赞助他们去旅行结婚，欧洲美洲随便去。

黄桂花清了清嗓子，语不惊人死不休："要不就先去把证领了吧。"

对面两人同时震惊，脱口而出的话却不一样。

"好的。"

"啊？"

陆青乔瞪了裴叙一眼，急躁地看着黄桂花："领什么证啊？我们不是你想的那种关系。"

裴叙眉眼平静地端坐，和陆青乔的抗拒完全相反，沉声说："妈，我们就是你想的那种关系。"

陆青乔瞪眼："你管谁叫妈呢？"

黄桂花接过话："管我叫妈呢，我没意见。"

心里悬着事，陆青乔觉得自己卡在中间往哪边歪心里都不舒服。裴叙现在主动过来示好求和，甚至把黄桂花拉到自己阵营，这让她觉得太快了，先前他误会的事也突然过不去了。

她误会他是理所应当的，因为有他故意的成分在，相比之下，她清清白白的，就有点委屈了。

"你误会我的事，给我一个合理的解释。"

裴叙看着她的眼睛，一字一句地说："四年前，我参加过你的婚礼。"

空气静默无声，陆青乔想了无数种可能，也没想到这个。

那时她和裴叙没有联系方式，他们一家回到这边就切断了和南方的所有联系。裴叙有这个经历，也难怪会那么笃定她已经结婚生子，还把林跃这个总出现在她身边的男人误认成她丈夫。

黄桂花从柜子深处翻出破旧的礼账本，戴上老花镜，一页一页地翻找，最后在倒数第二页看到了他的名字。

只是名字被写错了，"裴叙"写成了"裴叔"。

礼金一千元整。

3

裴叙就这么住下了。

不住也不行，大年三十来了，不可能连夜离开。他睡陆青乔的房间，陆青乔和黄桂花睡一间。

两个房间隔着客厅，零点过后，各自回房，两人在微信上聊天。

青乔：你当年是怎么知道婚礼消息的？

裴叙：和你们班的所有同学保持联系，每隔三个月问一下，后来我直接建了个同学群，你们班同学都在里面。

青乔：就这么找了六年？

裴叙：是。

陆青乔缩在被窝里，屏幕的光照在脸上，她盯着对话框里的"是"字，眼睛酸酸的。

她大学毕业后就不看爱情小说了，随着年龄的增长，自然把虚拟和现实分得很开，这种应该在虚拟世界发生的事，却直直地砸在她身上。

裴叙找了她六年，得到消息时，却只能参加她不在场的婚礼。怪不得他那天情绪失控，激动地问她是不是要第二次抛弃他。

她吸了吸鼻子，手指在屏幕上轻点。

青乔：对不起啊。

裴叙：既然我们都是单身，那就在一起好不好？

裴叙：再也不分开。

陆青乔翻了个身，郑重地按键。

青乔：好！

寒冰化开，正式确定关系的两人虽然在一个房子里，卧室的距离却忽然变成十万八千里。明明走几步就能拥抱在一起，却碍于房子里的第三人在场，她只能压下心底的欲望，努力压制想去找他的冲动。

陆青乔翻来覆去，反复调整姿势，终于把黄桂花折腾醒了。

窗外的灯笼红彤彤的，红光照在黄桂花充满怨念的脸上，她气得蹬了陆青乔一脚，心烦意乱地说："想去那屋你就去，别在这儿折腾，床像地震了似的，还让不让人睡觉了？"

陆青乔被说得面红耳赤，却也保持着最后一丝矜持。她老老实实平躺，把手机塞进枕头下。

过年五天假期，和别人家不同的是，陆青乔不用走亲访友拜年，早上能睡到自然醒。

第二天她打着哈欠起床，走出卧室，抬眼就看见了一夜之间入乡随俗的裴叙。高档的衬衫和西裤被板板正正地挂在柜子里，他身上则换上了中老年睡衣，是黄桂花一大早在隔壁单元卖针织衣的陈姨那里拿的。

早上吃饺子，三个人仿佛又回到十年前，依旧是母女拌嘴，裴叙找了个舒服的姿势当观众。

陆青乔往嘴里塞进一个饺子，边嚼边说黄桂花："过年了，这帮大爷大妈家里的儿孙都回来了，阖家欢乐团聚呢，没人有闲工夫打牌，你就歇两天还不行吗？"

十年时间，身份调换，陆青乔成了爱唠叨的那一个。

黄桂花不理她的碎碎念，注意力都在手机上："儿孙回来也不全是好事，你看，这老孙太太给我发信息呢，说家里孙子回来一窝，吵得不行，再待一会儿心脏病都要犯了，让我给她打电话呢。"

"别打，不然人家小辈得怨你。"

黄桂花"嘁"了一声，嗓门变大："小辈重要还是老辈重要？我们老的还剩几年可活了？都这个岁数还得看小孩脸色，憋不憋屈啊？"

这话把陆青乔堵得心梗，饺子也吃不下去了。她刚要撂筷子，裴叙就在桌下按住她的手，给了她一个安心的眼神，笑着看黄桂花，说："那就谁给你发求救信息了你就给谁打，如果人少凑不够一桌的话，我去补位。"

听他么说，黄桂花立马从严肃脸转为喜笑颜开。她捧着手机起身，剜了陆青乔一眼，乐呵呵地去打电话。

陆青乔也不高兴，哼一声甩掉裴叙的手，低头吃饺子。

裴叙靠近，燥热的指尖捏了下她的脸颊，声音很轻地问："生气了？"

陆青乔不想让他夹在中间不好做人，说："不是，就是觉得过年了怎么还要打麻将，我都好几年没回家了……在她心里，我一点都不重要。"

陆青乔放下筷子，看着客厅里乐不可支联系牌搭子的黄桂花，突然感觉她们母女才是永远搭不上的铁轨，偶尔重叠，也都各自不舒服。

裴叙拉着她的手，让她冰凉的手指在他掌心找了个舒服的角度。

只这一点温热而已，却好似顺着蜿蜒的血管直通心底，很奇怪，陆青乔突然不那么难过了。

黄桂花很快就凑够一桌，急匆匆地出了门，临走时嘱咐他们饿了自己弄饭，太阳不落山她是不会回来的。

陆青乔沉默地收拾碗筷。

裴叙站在窗前，目送黄桂花走远消失后才转身，看着陆青乔怨念地用水冲碗。

他走过去，在背后环住她的腰，下巴搁在她颈窝，手伸进洗碗池，把她的手拿出来，换他来刷。

他手里刷着碗，在她耳边轻声细语："你们母女很有意思，一个不直说，一个听不懂拐弯抹角。"

陆青乔歪头，只能看到裴叙挺直的鼻梁："我是听不懂拐弯抹角的那个？"

"嗯。"

"你是说我脑子笨？"

"不是。"裴叙洗完碗，擦干手，顺势搂着她的腰，坐在椅子上。

陆青乔是骑在他身上的姿势，低头就能看到他凸起的喉结，顺着领口还看到若隐若现的胸肌。

她突然有点不好意思，挣扎着想下去，腰上的手却越搂越紧。

"阿姨是想给我们留独处空间，她在家里，我们不好意思，她难受，我们也难受，还不如和老朋友打麻将自在。"

陆青乔挣扎无果，只能被困在他怀里，哼哼道："我本来也没想和你怎么着。"

男人自下而上地仰视她，目光落在她绷紧的下颌线上。顺着那条线向下，是白皙紧致的脖颈，能看到青紫色脆弱的血管、形状漂亮的锁骨，再往下，就是扣子扣得严严实实的领口。

他喉结滚动，声音喑哑："你不想亲我？"

动情的男人一说话就能感觉到，陆青乔下意识地低头，直接撞进他幽深的眼神里。

四目相对，他的手顺着她的脊骨上移，抚上她的后颈。

气氛突然暧昧，这个时候接吻是顺其自然的。

厨房的小桌边，女人看似主动，实则被一双强硬的手控制着。

裴叙亲得入了迷，却不忘揶揄她："这是不想和我亲密的样子？"

陆青乔被硌得难受，忍不住挪了两下。她这一动，裴叙忽然呼吸急促，连发丝下都渗出薄汗。

他闭着眼，哑着嗓子说："别动，青乔。"

陆青乔大气也不敢喘，一动不敢动。

可是，想了十年的人，现在以这样一副姿态被圈在怀里，哪个男人能忍得住？裴叙越想压越压不下，索性抱着她起身，直奔卧室。

天旋地转之后，陆青乔看到卧室的顶灯才暗道不好，语无伦次地劝他放弃这种想法："别，我没洗澡。"

后背贴在床单上，她眼前一黑，密密麻麻的吻落在脸颊、额头、脖颈。

裴叙的动作毫无章法，像失去了理智。

"裴……叙，我说，我还没洗……"

他的吻落在她唇上，堵住她没说完的话，虽没答复，但是行动表示他不在意。

他借着吻她耳垂的时机，轻声说："我们结婚四年了，算老夫老妻。"

陆青乔一愣。

谁跟你老夫老妻？

陆青乔一边躲着他的吻，一边还得扭着身子躲他的抚摸，只是结果不尽如人意，哪有越躲衣服越少的道理？直到肩膀感受到大片凉意，她才急得用膝盖顶他的腿："不行，一会儿我妈回来了。"

裴叙从纷杂的情绪里抽离，终于对上她的视线。他忽然笑了，手抚上她的脸颊，很无奈地说："你真的没听懂阿姨说话？"

"什么意思？"

"她走之前最后一句话说的是什么？"

说的什么？

陆青乔仔细回忆，还没等想起来，裴叙就含住了她的耳垂。

在这样的刺激下，她直接大脑空白，无法思考。

男人光是耳垂就缠了她很久，离开之前，他轻声呢喃："她说了，太阳不落山她是不会回家的。"

虽是过年，黄桂花依旧早出晚归。

初三那天，门口的骨汤面馆开门了，陆青乔和裴叙去吃，刚好碰到开出租车的李井生。

陆青乔有些不好意思，回来那天，李井生话里话外不想让李大爷玩麻将，她是答应了，结果没能拦住。

昨天黄桂花回家，乐呵呵地说赢了三百八，都是老李头输的。

李井生出车回来没赶上家里饭点，也就进来吃面对付一口。他和卢姨偶尔闲聊街坊琐事，时不时拿小眼睛瞟陆青乔这桌。

他越看，陆青乔越觉得这是在怪她。

李大爷没输钱倒还好说，可输了不少，还都进黄桂花兜里了……她越想越不自在，面都要吃不下去了。

裴叙以为她嫌烫，去给她拿冰饮料，启开，递给她。

李井生这次却没移开视线，一直盯着这瓶冷饮。大冬天的喝这么凉，啧啧，怪不得……

他到底没忍住，放下筷子，咂咂嘴，说："青乔妹，我觉得吧，这么冷的天，你还是别喝这么凉的，对身体不好。"

说完，他突然觉得自己一个大老爷们说这些挺奇怪的，更何况人家老公还在这里，这不得误会吗？

可是，邻里关系处得不错，昨天晚上还听到那种传言，也怪他职业病，嘴里没把门的习惯了。为了不让人多想，他冲卢姨使了个眼色，说："是吧，卢姨，你看我的话在不在理？"

"在理，在理。"

卢姨五十多岁，比黄桂花小一点，平时虽然不打麻将，但一直和

250

黄桂花关系不错，也了解黄桂花的为人。黄桂花看外表是大大咧咧的性格，什么事都不挂在心上，但是这孩子结婚都快五年了，还没有孩子，哪个当妈的能不急呢？

他们夫妻回来也算大新闻了，这一传十，十传百的，从陆青乔独自出现在火车站，到去算命，再到丈夫赶来，早就演变成一部八点档狗血大戏。

事情最怕传，一传就变味，到今天早上的最新版本，已经和事实相差十万八千里了——

陆青乔结婚快五年了，身体一直不好，要孩子要不上，西医没办法，只能回国内治，可是中医也看了好多，还是怀不上，这不，想回来算算命，也是病急乱投医了。

算命这个想法一提出，男人不同意啊，文化高的人才不信这些。

大吵一架之后，陆青乔自己跑回来了，男人怕出什么事，也跟回来了。回来关系也不好，女人不能生孩子，就没有底气，当着黄桂花的面还吵架。

这不，黄桂花也掺和不了小夫妻的事，直接躲进麻将馆。她家隔壁的白天那会儿仔细听来着，确实吵得挺厉害，陆青乔一直哭哭啼啼的，到天快黑了才收声。

有了这个版本，有好事者还特意去算命的李婆婆那里去问，旁敲侧击地问桂花家闺女算出什么来了。

那李婆婆想了半天才想起来问的是谁。她不懂什么叫职业操守，反正这小地方，她不说别人也会瞎传，传得更离谱，还不如一五一十地说出来。

她这一说，大家都知道陆青乔得三十多岁以后才能有孩子，一个个感叹、惋惜，感慨这有钱人也逃不开烦心事。女人生不出孩子，再有钱又有什么用？住别墅高层，空空荡荡的，没有人气，再好的日子也过得没劲。

就这样，在陆青乔一无所知时，大家看她的眼神从羡慕变成可怜了。

她拿着这瓶冰饮料，喝也不是，不喝也不是，和裴叙交换眼神，他更是一脸不解。

到第二天晚上，陆青乔才知道前因后果，还是从黄桂花嘴里听到的。

"真是服了，这帮长舌妇怎么就见不得人好呢？"

怪不得黄桂花这两天总觉得这帮人欲言又止，看她的眼神也变了，要不是老陈太太神秘兮兮地塞给她几包"必中神药"，她还被蒙在鼓里。

和黄桂花的愤怒相反，陆青乔和裴叙作为谣言里的主人公，表现得过分淡定，就算听到这么离谱的前因后果，也没有什么表情波动。

他们靠在沙发上看电视，裴叙剥了个橘子，一瓣一瓣地喂到陆青乔嘴里，两人像久居山林的隐士，隔绝外界的一切繁杂，把黄桂花说的话也当成耳旁风。

黄桂花叉着腰坐下，喝了半壶茶才解气："我就说你是乌鸦嘴，坏事一说一个准。"

陆青乔靠在裴叙的肩膀上，懒懒地瞥她一眼，无所谓地说："管人家怎么说呢，我们过好自己就行了。"

见黄桂花一脑门子闹心，陆青乔毫不留情地吐槽："再说了，这事也是因你而起，要是去解释，不得说你当年骗礼金啊？"

事儿倒是这么回事，可是好端端被人说结婚那么多年还生不出孩子，搁谁心里能舒服？

黄桂花有点后悔了。

后悔也没用，能预见的是，在陆青乔没生孩子之前，麻将馆的热门话题会从她的完美婚姻变成不孕不育。

外人看来，他们已经结婚好几年，实际呢，连结婚证都还没领。

初四下午天还没黑，陆青乔和裴叙就赶回去了。

黄桂花目送车子离开，还没等车尾消失，李大爷就靠了过来，边嗑瓜子边和她搭话："其实要我说啊，现在的年轻人就是压力太大了，要搁咱们那个年代，孩子都上幼儿园了。"

黄桂花本来就觉得闹心，还不能把前因后果实话实说，当年只为收礼金，根本没想那么多。

年过完了，一切都回归正轨。

车早已消失在路口，黄桂花还站在路边看着他们离开的方向，冻得直流鼻涕。

不知为何，不见还好，知道陆青乔在外面能自己照顾好自己，现在见了，各方面都圆满了，她反倒担心起来。

可别真像算命的李大姐说的，得三十多岁才生孩子，那也太晚了。

这念头一起，黄桂花突然不想信命了。

要是陆青乔真能生一个小孩出来带到她这里，那小奶团子张口叫她"姥姥"，光是想想都喜欢得不得了。

也不知怎么回事，人老了，记忆却越来越清晰。

黄桂花现在总是想到陆青乔小的时候，那么可爱的小宝宝啊，自己怎么就没多爱她、抱抱她呢？非逼着那么小的孩子学这学那，导致现在一回想，她不是在哭就是在准备哭的路上。

后悔啊，真的后悔。

如果重来一次，自己一定不会那样了。

4

上班之前，陆青乔晚上找苏言闲聊。

叫了炸鸡，冰镇了啤酒，两人对坐在沙发边的地毯上。

陆青乔就着一瓶酒，把和裴叙在一起的前后细节都坦诚相告。

苏言从开始的皱眉，到震惊，然后愧疚，最后忍不住问："我在整个事件中的作用就是绊脚石吧？"

陆青乔赶紧摇头："不是，你是为我好。都是因为我先入为主不信他，才浪费了很多时间。"

苏言松了口气："也怪他自己没澄清。"

"嗯，我也是，他没做到的，我也没做到。"

新的一年，从自我反思开始。

两人喝到半醉，苏言才想起最重要的事："你们既然决定在一起，年龄也不小了，什么时候办婚礼啊？"

陆青乔抱着酒瓶，眼底溢满幸福的笑意，慢悠悠地说："不办了，我妈不早就给我办过婚礼了嘛。而且他那边没什么亲人，我这边也不用回去，过阵子找个时间，朋友聚在一起吃顿饭就行。"

苏言喝得晕晕乎乎，想了好一会儿才理清思路："意思是你几年前的婚礼，他就算新郎了？"

陆青乔点头。

"还能这样？"苏言膜拜地竖起大拇指，"那对他来说，和你在一起的日子，不管怎么算，都缺了四年。"

是的，裴叙也是这样说。

室内昏暗，时不时听到忍痛的轻哼，柔软的碎花床单上，一只手从被子里伸出来，用力抓紧床沿。只是，在惊涛骇浪里，这攀扶犹如一截枯死的树枝，没多大作用。

陆青乔在被子里热得喘不过气，裴叙却偏爱这种方式。

他全然不顾现在已是凌晨两点，而她早上八点半就得赶到店里。

"明天吧……"

裴叙不理会她微弱的反抗，大手抓住她的手腕固定在两边，低头吻她。

也不知怎么回事，这种事开了头就收不住了。从前他对那种跌入温柔乡、醉生梦死的人嗤之以鼻，不懂这种事有什么好沉迷的。现在，打脸声啪啪响。

他搂着陆青乔，坐起身来，灯没开，玻璃上映着两人的倒影，贴得太紧，只看到瀑布般的黑发像海浪般波动。

陆青乔很想打他，可惜力气早已耗尽，拳头落在他身上，不仅没有杀伤力，还带着点撒娇的味道。

男人那双眼，像是醉了似的，没有聚焦。

她趁这个机会赶紧提出诉求："我……明天还要早起……"

成年人应该理智，可自从和陆青乔在一起之后，裴叙才发现自己这十年的冷静自持只不过是个漂亮的空架子。真实的他，脆弱、缺爱、占有欲强，还有些霸道，原先这些只有他自己知道，被小心地层层包裹，搁置在心底落满灰尘。

有个女孩误打误撞闯进去，发现了藏在这里的秘密，然后偷偷带走，这一走就是十年。

好不容易在一起，感觉时间太少了，他低声说："明天早上我飞总部，五天后才回来。"

陆青乔赶紧和他商量："那就五天后。"

裴叙眼神一暗，撑爆的感觉击穿泥沼。凌晨的此刻，他虽热汗涔涔，却一点也没有疲惫的神态。

陆青乔快哭了。

他的手掌抚上她的脸，轻声细语地哄，说出的话却让她咬牙切齿。

"五天后你生理期，生理期要六天才能结束，可十一天后我要参加亚洲峰会，需要一周的时间，加一起就是十八天。"

他不顾此刻的状态，直接抱起她，边走边说："青乔，这十八天我要怎么忍？"

陆青乔累得眼睛都睁不开了，呓语似的："以后的日子还长啊……"

男人脚步停顿，低头看她已经半昏睡过去的侧脸，到底是舍不得，轻轻把她放在床上。

他自言自语："不管怎样，都少了四年。"

两人关系已确定，结婚证却没时间去领。

初五刚上班，一通加急电话后，裴叙很快就飞回了总部。

据他说，有三个大会要开，有两个厂房需要改造，还有和直播平台签合同，以及接受自媒体和电视台的访问。

陆青乔在库房里，戴着耳机，一边忙着理货，一达和他通话："好，辛苦了。"

她皱眉，这批货怎么拿错了？她订的是"J"打头的，结果拿来的是"I"打头的，真是……

林跃到底什么时候从马尔代夫回来啊？他虽然看着不靠谱，可从来没出错过货。

许是陆青乔语气太敷衍，裴叙好久没出声。直到陆青乔把脚底下堆积的货清走，才意识到耳机安静很久了。

"裴叙，还在吗？"

马上，男人充满怨念的声音从耳机里传出来：'在你心里，我还没有货重要是吧？"

心里警笛长鸣，陆青乔知道他又犯老毛病了，赶紧哄："没有的事，你忙啊，我理解。"

"我不要你理解，我要你想我。"

"在想了。"

也怪不得裴叙心里不是滋味，因为只和她单独待了两晚。他初五早上走的，在总部没有一天是闲着的，待他忙完手头所有的工作，挪出回塔城的时间，已经春暖花开了。

他第一次觉得时间这么漫长，分开这段日子，他成了手机重度依赖患者，只要有一点空闲时间就马上点开微信聊天。

聊天记录占了手机大半内存，他却舍不得删。

疲惫、高压、无眠的时候，他都是靠两人的聊天记录撑过去的。

他很想陆青乔，想到抓狂。

他甚至在考虑，把陆青乔调离塔城，放在身边当秘书或者助理，而且越想越觉得这是个好办法，这样就可以天天在一起了。

陆青乔收到总部调令时，简直两眼一抹黑，转头就给裴叙打电话，气得刚接通就骂他："你是不是疯了？我三流大学毕业，去当总经理助理？什么都不会啊。"

他捏着眉心："我会。"

"可别人一看就知道我是走后门的，那样我不会开心。"

裴叙深吸一口气："和我在一起，天天能见到，你不开心？"

爱得深会让人失去理智，就算是一贯冷静的裴总也逃脱不掉。世间角色总是调来转去，这次陆青乔是理智的一方。

"你是总经理，有掌控整个公司的能力，而我是店长，只有掌控门店的能力，把我调到你那里，相当于把鸡毛当令箭。"

顿了顿，她叹气："结果只能是箭不舒服，鸡也不舒服。"

裴叙因她拒绝而紧绷的神经，在听到她蹩脚的比喻时突然放松。他轻笑着说："太想你了，到现在结婚证还没领，你不会跑了吧？"

也不怪他这样想，毕竟陆青乔已经有过两次前科。

相隔千里，恋人之间感情的维系仅靠互联网是不够的，那么多孤寂无眠的深夜，或是喧嚣散去瞬间的宁静，无论多坚定的人，都会被不安全感钻了空子。已经尝过那一寸柔软一寸热的滋味，对男人来说，更是心焦难忍。

陆青乔小声哄他："你回来，我们就领证。"

裴叙回来那天，塔城开了满街的花，和煦的春风驱散了凛冽。这段分别的时间太漫长，漫长到不真实。

裴叙总是恍惚，偶尔会把风吹落的花瓣当作雪。

五月初，他们终于领了结婚证。

之前他们还有请朋友们吃顿饭的想法，算是婚礼，也算告知，可实际上却发现时间少得可怜，两人仅用两天的时间就完成了买房子、搬家的流程。

当晚，裴叙请周远川喝酒，觥筹交错中，各自交换近期的忙碌。

周远川以为裴叙还是老样子，本想劝他交个女朋友，话还没说，却眼尖地发现这个旧友和以前不一样了——裴叙面带笑容，时不时看一眼手机，有时失落，有时眼底都能翻出桃花来。

男人之间不需要文艺的词汇来形容这种状态，直接就两个字：发春。

周远川也是没想到裴叙这种在教堂里举着十字架的神父也会谈恋爱，他有心逗裴叙，故意清了清嗓子，皱眉看腕表："哎哟，九点多了，这么晚了。"

裴叙听他这么说，也看了眼时间，拿起椅背上的大衣，做出准备离开的姿势："是挺晚的了，你早点休息。"

周远川盯着裴叙，慢悠悠地说："我倒不急，明天休息。"

裴叙已经把大衣穿上，很替他着想似的："维持生物钟稳定，是身体健康的基础。"

"我这单身汉，没人管没人理的，不放纵干吗啊？"周远川举起满杯的酒，欲和裴叙碰杯，"咱们今晚不醉不归。"

他这边说着，裴叙却没有因为他的话停止动作，随手从兜里掏出一张卡，径直去前台结账。

回来时，裴叙对上周远川怨念的眼。

他想都没想，也不介意往单身汉心里扎刀子："你自己醉吧，我有老婆，得早点回家。"

5

入夜，室内温度舒适。

三室一厅的新房，朝阳面是巨大的落地窗，有风吹拂，薄纱的窗帘微微飘动。

窗外，是霓虹交错的夜景。

陆青乔从卧室出来，身上已经换好睡衣，马上十点了，裴叙还没回来。

不是她着急，而是他只有三天假期。

这三天他们倒是一分钟都没耽误，买房、过户、领证、搬家、找家政公司收拾，到今天临下班前才接到打扫完毕的消息。

终于全都结束了。

她先到的家，晚饭都没吃，就等他回来。

结果呢，从九点半等到九点……陆青乔盯着墙壁上的挂钟，觉得有点尴尬，才九点四十五吗？

奇怪，怎么像等了一整夜似的？

裴叙自从升职后，比去年更忙了。他本就是铁面无情的工作狂，加上和陆青乔两地分居，不管在新闻还是在网上，他的脸总是拉得很长。

上个月，他和徐深三番五次地沟通，要求降回原来的职位，结果被无情驳回。

后来，被他缠得烦了，徐深不得不吐出实情："我和安雅那些同游的亲密照，是你爆出来的吧？"

徐深是生意人，自然不在意什么恋情曝光。可安雅就不一样了，作为公众人物，新剧播出刚吸了一大拨CP粉，结果她这正主下场拆台，好大一批粉转黑。

安雅气得跳脚，虽然是亲自官宣的恋情，却也是被迫的，要是不承认或者冷处理的话，名声怕会更不好。

这倒成全了徐深，三天两头地跟她求婚。

经纪公司还算宽容，从不插手艺人的恋情。不过她强烈要求揪出幕后黑手，公司高层动员关系查了几天，很快水落石出。

本以为是撞型的对家使绊子，没承想查到最后是裴叙。照片从他那里流出去，就等于是徐深的指示，安雅没去找他，这个仇全被她算在徐深头上。

这不，徐深默默替裴叙背黑锅，忍着女明星在身边作天作地已经够心烦的了，怎么可能答应裴叙这种要求？所以，他这两年只能当"空中飞人"，两头跑。

裴叙明天晚上的飞机，在塔城还能待不到二十四小时，陆青乔有些迟钝，在意识到这点后，心情没来由地下坠。

他这次走了，下次回来要什么时候呢？

不确定，不知道，等通知。

门铃响了，她小跑着去开门。

裴叙身上带着淡淡的酒气，一看到陆青乔，嘴角弯起，眼神澄明。

下一秒，她跌进一个宽阔的怀抱。

新房，新家，新人，领证的这一天晚上自然是新婚之夜。

时间仓促，来不及准备，房子里没有关于大喜日子的红色元素，裴叙却不急。

　　薄纱之内，影影绰绰，男人粗粝的指尖在温软的皮肤上游走，有些放肆，力道却不重。待温度升高，他抬头，果然看到陆青乔脸颊的两抹红晕。

　　他看得仔细，想把她此刻的样子刻进心底。记忆的胶卷渐渐加厚，他挑挑拣拣，把不美好的片段剔除。

　　本就缺了四年，以后的日子，他只想保留幸福。

　　他往前探了探，她果然蹙眉，说的却是和旖旎无关的话："下次什么时候回来？"

　　原来是一心二用。

　　裴叙的力道不重，不满陆青乔没有全情投入，趁机搂住她的腰，变换位置。

　　长发垂坠，发尾轻拂他的脸颊。

　　看不清她的脸，只能感受潮起潮落。

　　太阳在卧室升起，暖意包裹，她没了力气，软软地侧过身，抱紧被角。

　　待潮水散去，她转头看他，还是那个问题。

　　裴叙感慨，她还是老样子，不管什么事都慢半拍。

　　他在南方被相思折磨得死去活来时，陆青乔还没意识到以后的异地状态，置身事外一般。在他奋力挣扎着，熬过痛苦，做的努力、所有可能性都被一一驳回后，开始劝自己尝试接受这种状态。

　　他接受了，她却不行了。

　　陆青乔没有力气，连哭都是嘤嘤细声。害怕裴叙发觉，她把眼泪和呜咽都埋进被子里，直到裴叙从洗手间出来，看到她肩膀抖动才探身过来。

　　他的鼻息温热，扑在她耳垂上，重量下压。

　　陆青乔转头，眼前一张脸放大，他眼里带着一丝说不清道不明的星光："我明天要走，你哭了？"

　　陆青乔吸了下鼻子，用手挡住红肿的眼睛，因为哭过，声音有些沙哑："只是意识到，下次见你不知道什么时候，眼泪突然就流出来了。"

　　她用被子裹紧上身，整张脸露出来，眼角是红的，连着脸颊还未消散的红晕，这样梨花带雨的画面，就连裴叙也是第一次见。

裴叙不禁痴了，心动卷土重来。他轻轻吻着她的唇，呓语般地念道："青乔，你终于开始想我了。"

陆青乔闷闷地哼了一声："妻子想丈夫，不是理所当然的吗？"

是的，应该是这样。

裴叙眼神炙热，耳边回荡着她的话，妻子，丈夫，妻子，丈夫……

她是他的妻子了，此刻在他怀里哭诉着想念。

裴叙舍不得离开，只想搂得更紧，恨不得把她拆吞入腹，每一个吻都带着力道，在她全身铺满浅淡的痕迹，他也这样做了。

陆青乔被他弄得又哭又笑，流出了眼泪，哭得濡湿被角，到最后连自己都分不清这眼泪是因为偶尔的刺痛，还是因为这个男人要离开。

北方的春天很短，随着气温升高，店里也越来越闲。

素禾主打冬季轻薄，夏季的时装因为设计师不稳定，风格没能定型，销量一直不温不火。

最近陆青乔总是想到领证那晚的崩溃，然后尴尬扶额。当时以为要三两个月后才能见面，那么悲伤，被裴叙哄着骗着折腾了一夜，结果才三天他就回来了。

他拎着行李箱进门时，陆青乔刚起床，顶着鸡窝头，愕然地看着他。

放纵不适的感觉还没全消，他又开始了。

想到这儿，陆青乔在收银台里深深地叹了口气。

任小圆照例"飘"过来，笑着揶揄道："姐啊，姐夫等你呢，你早点走吧，收尾我来。"

陆青乔深吸一口气，快速看了眼窗外。

夏天的商业街人群熙攘，笑声、吵闹声和小摊贩的叫卖声混杂在一起，岁月静好，人间烟火气。

街灯明亮，路灯下，黑色车门缓缓打开。

裴叙穿着白衬衣和西裤，在人群里一眼就能看到。他抬头，视线冲着门店方向，刚好和拿着出库本想逃去二楼的陆青乔对上视线。

心下了然，他笑得危险。

陆青乔放弃挣扎，换好衣服出来。

舒适的暖风顺着车窗进来，吹动垂下的碎发。

前方红灯，车稳稳停住，裴叙伸手过来，递给她一个红色丝绒盒子，里面是钻戒。

因为没办婚礼，也没有求婚仪式，再加上寒冷的季节忙碌异常，这么重要的事竟然被他拖延到现在。

他看着陆青乔打开盒子，眼底露出惊喜的神色，适时地诚恳道歉："对不起，过了这么久才补上。"

陆青乔小心翼翼地拿出钻戒仔细打量，那么大的一颗圆形钻石在灯光下闪耀着刺眼的光芒。她戏瘾大起，做作地支起手指，夹着钻戒戴到无名指上，然后挑剔地打量："啧啧，当然是你的错，我得罚你。"

她的演技有些拙劣，裴叙却看得开心，他很配合地摆出办事不力的歉疚表情："老婆怎么罚我都认。"

陆青乔轻咳，翘起兰花指，认真考虑后才说："那就罚你今晚早点睡。"

她话音刚落，车速突然加快，待到小区门口，裴叙才慢悠悠地说："早睡确实是罚，但我不认。"

– 正文完 –

番外一

怀孕小记

初秋，天气微凉。

陆青乔坐在马桶上，手里拿着一根棒子，上面显示两道杠。

他们在一起后，静下心交流过孩子的问题。裴叙尊重她的想法，他对于当爸爸这件事并没有什么执念。

选择权在自己这儿，陆青乔倒是有些拿不定主意了。

她有时候和苏言约着吃饭，苏言带着小星星。小星星四岁了，正是最可爱的时候，穿着粉色连衣裙，短胳膊短腿的，像个行走的绣球花。

这个时候，她是想要孩子的。

但婴儿期的小孩让人心力交瘁，她经历过，苏言累到面容枯槁的样子还历历在目。一想到被折磨得睡不好觉，她又不想要了。

裴叙被她弄得晕头转向，苦笑着问道："你到底是想要还是不想要？"

然后，两人在深夜就这件事进行深入探讨。陆青乔把犹豫不决说出来，作为理智清醒的理科男，裴叙逐一为她给出合理的解决方案。

"怕累没关系，可以请月嫂和保姆照顾。"

她还是摇摆不定："怕小孩生病，怕小孩不开心。"

裴叙把她搂在怀里，手掌有节奏地抚摸她的脊背。人这一生，谁都不能保证会一路顺遂，如他，或她，都经历过一段很痛苦的日子。

"那我们就不要，好吗？"

距离说这句话还不到三个月，小生命悄然而至。陆青乔想破了头也想不明白到底哪个环节出了纰漏，怎么就有了？

她都已经做好不生的打算了啊。

裴叙知道的时候，人在国外，当晚就飞了回来。刚一进门，他就看到陆青乔瘫在洗手间的地板上，抱着马桶吐。

她今天之前还一切如常，确定怀了后马上头晕眼花，恶心反胃，大概率是心理因素。

真的怀孕以后，她才发现之前想的那些都是白想，她只犯愁生了之后怎么养，却没想到怀的时候就难受。

初期她孕吐严重，连班都上不了，身体难受，心情也跟着郁结。裴叙虽尽最大的努力在塔城陪她，也还是手忙脚乱。

她想吃草莓，却只吃尖尖，应季的水果看都不看，偏挑进口不好买的要。白天路过鸡排店，她闻到味就想吐，到了半夜，竟然疯狂想吃，催裴叙下楼去买。深夜了，店早就关门，他不得不打电话给老板，央求老板做一份。

结果呢，他买回来，送到她面前，还没等吃，她又吐了。

这么折腾了两个月，陆青乔瘦了一大圈。她原本白皙透粉的脸颊深深凹了进去，整天都在床上躺着，一动就头晕。

怀孕的时候，每个人的身体反应都不一样，但是根据上网搜罗来的经验，前三个月是最严重的，她现在马上就三个月了，应该快了吧？

可裴叙不这么想，他现在满眼都是陆青乔，眼睁睁看着她身体渐渐虚弱，为了怀孕瘦成这个样子，再怎么想都觉得没有必要。

他约了医院，诉求是无痛苦、尽快、马上做手术。

陆青乔被他扶着下车，气温有些低了，寒风萧瑟，满街都是被风吹落的枯叶。

她穿得很厚，围着大大的围巾，整张脸缩在里面，只露出一双眼睛。

她抬头，橙色的斜阳照在医院的红色十字上，庄严肃穆。她抚着肚子，忍不住开始发抖。

尽管脑子里努力摒弃这段时间看到的孕产知识，但还是抑制不住地想到三个月的胚胎的模样，大脑已经发育，还有心跳……

如果进去了，她就不是孕妇了，在一起的这三个月，只是她漫长岁月里最不起眼的日子，可是她能忘记吗？

她脚步踌躇，迟迟不动。

裴叙知道她心里难受，轻轻把她搂在怀里。这段日子她瘦了很多，就算穿得很厚，拥在怀里也是窄窄一条。

他轻声说："在我心里，你最重要，而且，以你现在的身体，实在不适合……"

陆青乔也不知怎的，听他这么说，突然心里酸涩，万般舍不得："怎么会不适合呢？检查各项数据都很正常啊。"

在门口站着的这几分钟，她的情绪百转千回，或许是身体里隐藏着的母性力量，最终让她一步一步向后退。

做妈妈不是那么容易的，她应该早就做好准备才对。

医院没勇气进去，两人转头去街对面的面馆吃牛肉面。

原味骨头汤底，手擀面，上面铺了一层薄厚均匀的牛肉片，葱碎香菜碎在旁边点缀，最后淋上几滴香麻油。

陆青乔就是这一瞬胃口大开。

自怀孕后，陆青乔这是第一次吃这么多，和平常不一样的是，吃完也没想吐，也不觉得难受，什么感觉都没有，像正常人一样。

久违了，这种感觉。

裴叙还是不放心，看了眼她面前的空碗，在她脸上细细打量，怕她是故意让他安心才这样假装好胃口："可以不去医院，你别硬撑。"

陆青乔打了个嗝，胃里很舒服，身体也有力气了，眼里溢出自然的神采："我没硬撑哦。"

她放下筷子，舔了下嘴唇，不理会裴叙的一脸担忧，得寸进尺地提出要求："想喝冰可乐了，带冰块的那种。"

自那天后，陆青乔的孕期不适全部消失，吃得好睡得香，瘦下去的肉也慢慢地长回来了。

过年的时候，她和裴叙回了松江。

她怀孕的消息早就在街坊邻居口中传开，黄桂花麻将馆的热门话题也从惆怅地探讨为什么还没怀孕变成猜男孩女孩。

李大爷摸了张牌，眼皮一耷拉，随手甩出去："幺鸡。"

他又咂咂嘴，老生常谈道："要我说啊，还是儿子好，咱也不是重男轻女，就是觉得男孩到哪儿都吃得开，干啥都顶个，还得是儿子。"

老陈太太因为上把诈和，被他当场揪住，很得意地嚷嚷了半天，在这么多人面前不给她面子，现在听他这么说，也没给他好脸色："儿子有什么用？是把家里那破户口本传下去了，可不绝后的名声在这个时代也是屁用没有。"

不怪她反呛，麻将馆里只有她和黄桂花家是独生女，女儿在外上学，结婚了也都不在本地，就这一点，平时没少听这帮人的话外音。

老陈太太自己一个人过，平时自在惯了，说话也直接："男孩是行，女孩也没差，自己的骨肉，都是最好的。"

黄桂花从屋外进来，把一兜橘子放在桌上，从里面挑出一个最大的递给老陈太太，笑得眼睛都弯了："陈姐说得没错，我就喜欢女孩。"

同一时间，大家谈论的孕妇本人正窝在床上吃香蕉。

裴叙坐在旁边，把陆青乔的腿搭在自己身上，轻轻帮她揉着。

关于怎么做爸爸他一概不知，怎么照顾孕妇却已经练成了大师级别，揉完腿，他从床头的包里拿出身体油，在她眼前扬了扬。

陆青乔一脸痛苦："在这儿不太习惯，不涂也可以吧？"

裴叙拧开瓶盖，把她的睡裤卷到大腿处，说："在妈妈家也不习惯？"

陆青乔忍着腿上的凉意，皱眉说："这里供暖不太好，总觉得凉飕飕的，只能一小块一小块区域涂，太麻烦了。"

在塔城时，自从她不恶心，能好好吃饭睡觉时，裴叙就不知道从哪里弄来厚厚的孕妇手册拿回家读。

不止读，还付诸行动。

和她一起做孕妇瑜伽，监听胎心，记录睡眠状态，买了一堆身体油回来，一天不落地帮她涂。

房子温暖，他还特意买了一张舒适的软椅，放在落地窗的纱帘边。

中午太阳最大的时候，她就得过去，褪去身上的衣服，平躺在上面，接受准爸爸的一系列服务。

每到这个时候，裴叙的状态比工作还认真。

她每天的身体变化都被他的眼睛记录，第一次胎动，就是在他帮她抹油的时候。那双有力的小脚或者小手，似乎感应到了温热的手掌，隔着肚皮与他对撞。

那是第十六周零五天的时候。

他急忙问陆青乔："感觉到了吗？"

陆青乔安静地平躺着，眼睛转了转，摇头。

裴叙："嘴里是什么？"

这样的场景几乎每天都在发生，她老老实实地张嘴，舌尖上是正在融化的巧克力球。

前三个月，她体重骤降，后三个月，体重是连医生都再三叮嘱要控制的程度。

为了她的身体，他作为丈夫，自然很严格。

过年这几天回松江，黄桂花一天三顿地做大餐，生怕陆青乔营养不够。老一辈的人对于怀孕还是觉得多吃多喝，胖成个球才是被照顾得好。

就这么吃了几天，裴叙实在看不下去，也不好直说，只能借口工作太忙得早点赶回去。

回塔城后，陆青乔的晚餐降级成蔬菜沙拉，外加一盒纯牛奶。

早上吃的肘子味道还在嘴里，晚上就嚼草，任谁心里能好受？陆青乔只吃了两口，就故意托着肚子，拉着脸回了卧室。

她屁股刚沾到床，裴叙就跟进来。他也坐下，手臂轻揽，把她抱坐在自己腿上，手在她绷紧的侧腰摩擦环绕，再向上。

因为激素变化，陆青乔的身体也发生了变化。

他再三小心，指尖轻抚着。

怀里的人还在不高兴，像没吃到糖的小孩，噘着嘴，故意把脸转向门口。她不在意他的动作，脑袋里全是早上还没吃完的大肘子，早知道拿回来好了。

睡衣轻薄，有风从衣摆下灌进来，是潮热的触感。男人有些过分小心，因为太小心，像羽毛轻掠过，勾得她想入非非。

她身上没什么力气，手扶着他的后脑，男人的短发在指间滑动，她忍不住凑过去，主动送到门前。

裴叙重重地呼了口气，艰难离开，眼底微暗地看着她，声音低哑："我去洗个澡。"

陆青乔觉得自己被吊在半空，上不来又下不去的，很难受。不知是孕期激素的影响，还是她太久没有和他在一起活动过，竟也生出那种非分之想。

她不动，手臂搭着他的肩膀，凑过去亲他的脖子。

"青乔，别……"

以往在一起时，她是被动承受的一方，等着他的吻落下，这次，换她试试。

裴叙努力压下心里的火苗，手不敢用力，只能嘴上求饶："青乔，你现在不能……"

陆青乔解开他的睡衣扣子，感受到他一瞬间的僵硬，有些得意，慢条斯理地说："孕妇手册里说这个月份可以的。"

男人紧皱着眉，调整呼吸："是适当可以，我力气太大，万一……"

"那你收着点力气。"

裴叙觉得理智已经被山火烧光，身体的各处都灼烧着，急躁地想把怀里的山泉吞进去。

他用残留的最后一丝冷静，哑着声说："我怕收不住。"

陆青乔仰头，视线从他平坦的小腹移动到凸起的喉结。他的下巴已经有汗流下来，划过脖颈的青筋，蜿蜒而下。

她身体里的火也在蔓延。

他低头，喉结滚动，四目相对，都从对方眼里看到了失控。

因为裴叙照料得当，陆青乔到孕后期各项指标都很正常，天气渐暖，身子却因为胎儿生长迅速越来越笨重。

每天下午，陆青乔都要散步两个小时，从小区走到旁边的湿地公园，在湿地公园绕一大圈再回家。

她天天去公园，和长期在那儿练太极、放风筝的老人认识了，见到了都会打个招呼，站着聊一会儿，就当是中场休息。

练太极的老人问："怀的是男孩还是女孩？"

陆青乔笑着说："还不知道。"

"那你想要男孩还是女孩啊？"

这一问，还真把陆青乔问蒙了。她是从怀孕的时候就觉得是女孩，而且很相信自己的第六感。冷不丁抛过来的这个问题，让她突然想到感觉是不可信的。

万一真生了个男孩怎么办？她还想把女儿打扮成公主，和小星星做姐妹呢。

见陆青乔一整天都魂不守舍的，裴叙左思右想，把这几天和她的相处细节反复咀嚼，确定自己没有惹她生气后才问："怎么了？

不舒服？”

陆青乔抱着软枕，一脸的心烦，闷闷地说："我想生女儿。"

裴叙目光向下，看着她隆起的肚子，手轻轻放上面："那就生女儿。"

"万一是儿子呢？"

"不会。"

陆青乔不知道他为什么那么笃定，支起下巴，叹了口气："其实我也矛盾，如果生女儿，遗传我学习不好怎么办？"

卧室里开着暖灯，台灯的花瓣形状倒映在墙壁上，床上的一男一女靠得很近，男人的手放在女人的肚子上，很小心地感受胎动，轻声说："没关系，每个人都有存在的理由。"

"再说……"他靠近，嘴唇贴在她耳边，"她有我们这样的父母，这一生必定平安顺遂。"

陆青乔被他宽慰到，却也没放松，也许是临近预产期的缘故，肚子太大，她的睡眠质量很差，因此情绪也不太稳定，总是会想到一些奇怪的烦心事："那女儿要是在什么都不懂的时候被臭小子骗，我们不知道怎么办？"

裴叙呛了一下，忽然想到当年黄桂花私下找他，扯着嗓子臭骂他一顿的事。

当时的黄桂花应该就是陆青乔现在的心情。

裴叙忽然理解了，当年确实是他不对。

好在这么多年过去，他没有放弃，也很幸运，最终修成正果。

二十天后，陆青乔肚子微痛，见红，紧急住进医院。

当天中午，顺产。

母女平安。

第一次遇到周远川，是苏言状态特别差的时候。

那时，虽然有陆青乔帮忙搭把手，但一个人带小孩依旧不是件轻松的事情，甚至有时候累到崩溃，天昏地暗的，她抱着小星星一起哭。

小孩子抵抗力弱，难免发烧住院，这已经是第二次了。

第一次的时候，苏言没觉得这么累。那会儿陆青乔工作不忙，门店虽然是连锁品牌，但天高皇帝远，她是店长，安排好店里的排班，假说请也就请了。

这次就不行了。

据陆青乔说，塔城被选为大区试点，派下来个老总坐镇，加班罚款是常态，苏言不想因为自己影响她工作，只能咬牙硬撑。

对于医院，她整个人都很抗拒。

不管是味道、颜色，还是医护人员毫无表情的脸，都把她拉回那段不堪回首的时光，痛苦异常。

每分每秒，她都在咬牙硬撑。

忽然，眼前一黑，天旋地转。

意识抽离，她却紧咬舌尖，用全部力气抱紧怀里的女儿，心里已经做好摔到地上的准备，后背却突然被一双有力的手托住。

她艰难地睁开眼，看到一个穿白大褂的男人。

男人一脸担忧："你没事吧？"

她们在医院住了七天，一直都受他照顾。他不是儿科的，而是楼下内科的医生，偶尔加班，深夜还会特意过来问她需不需要帮忙。

饶是她视男人如洪水猛兽，但实实在在接受一个陌生人的善意时，

269

也不免会心底柔软。

临出院时还需要再验一次血。小星星烧退了，精神足，力气也大，住院这几天见多了输液针，不管她怎么哄都不管用，扯着嗓子在输液室门口大哭，凄厉的声音穿透整栋楼。

苏言也心急，后面排着等待输液的长队，都是爸爸妈妈陪着小孩。

小孩的哭声传染力最强，离得最近的几个孩子已经变了脸色，瘪着嘴也像要哭的样子，家长急忙抱走哄着，还不忘给她个埋怨的白眼。

苏言无心去管这些。

她瘦，住院这一周本就吃不好睡不好，现在更是没什么力气。

小星星哭得要抽过去，她累得一身汗，还是不能按住扭动的小孩，连打针的护士长也没了耐心，把棉签扔进垃圾桶里，拉着脸说："你自己按不住她，叫她爸爸来帮忙不行吗？"

苏言呼吸一窒。

她以前就想过离婚后一定会面对这个问题，只是没想到这么快，还是在这么狼狈的时候。

不过，她不想避讳，没什么不好说出口的。

苏言用力把小星星的胳膊固定，紧紧搂着她娇小的身躯，直视护士长的脸，淡定地说："她没有爸爸。"

周遭的情况并没有因为她的话而发生改变，大家依旧抱怨她拖太久，要她哄孩子不要哭。就连护士长也只是懒懒地抬起眼皮："没有爸爸就找别人帮一下，今天急诊太忙了，没看后面的队都要排楼下去了？不能因为你一个浪费大家的时间啊，都挺急的。"

这句话给苏言早就烧起的心浇了热油，却得到后面家长的赞成，附和的话也此起彼伏。

"就是，要不先让一下吧，我这还得拍片子，等不起了。"

"可不，来医院的哪有不着急的？"

苏言本就心焦，现在又成众矢之的了。可是，她有什么办法呢？生病如果能替代，她早就撸起袖子自己挨针了，何苦熬到现在？

小星星还是哭个不停，也不知道哪儿来的这么多眼泪。苏言枯坐在椅子上，连说话的力气都没了。

发丝被微风拂动，白色身影悄然而至。

男人身材高大，挡住了大半围观的目光。

周远川戴着口罩，只露出一双带笑的眼，视线落在哭得满脸泪水的小星星身上，打开手掌，掌心上面躺着一颗彩色的糖。

抽血很快结束，甚至还没等小星星看清那颗糖的样子，棉球就压住了针眼。

他又帮了她一次，苏言很不好意思。

回想这几天，她只帮他带过一次早餐，还被他用晚餐抵掉了。她极怕欠人情，总觉得以她现在的处境没能力还。

不安、忐忑、纠结，聚集一身。

两人并排走到楼梯拐角，眼看就要分开，苏言抱着认真玩糖果的小星星，赧然地说："周医生，我们下午就出院了，这几天多亏了你帮忙。"

周远川很自然地露出身为医生的职业微笑，说的也是每天都重复的话："是吗？那太好了，回家了也要注意些，最好再吃两天止咳药。"他扬手，指尖在小星星下巴勾了勾，"小姑娘嗓子还有点儿炎症。"

苏言点头，出院前是得去开些药。

"还是要感谢你这几天……"

她话还没说完，周远川就快速摆手，说："客气什么？你就一个人，这几天也累得够呛，我不过是搭把手的事儿。"

苏言眼眶有些发红。

周远川早就见惯了这种患者感谢的场景，作为医生，最开始的时候就是靠着这些感激的眼神在坚持。

医生也是普通人，他知道生病的人很痛苦，也知道照顾病人更痛苦，尤其是她这种全程独自一人撑着的年轻妈妈。

苏言见他要走，也不知是哪根筋没搭对，鬼使神差地说："我离婚了，孩子百天时就离了。"

下了三级台阶的周远川停住，回头，还是那副医者仁心，对什么事都见怪不怪的表情："这年头，谁还没离过婚啊？咱这叫时尚。"

苏言忽然笑了，也不知是因为他的宽慰，还是他把两人规划到一个阵营的"咱"。

总之，心底积郁很久的乌云散去，突然照进了阳光。

再遇到周远川，是个阳光很好的周末。

小星星到了去幼儿园的年纪，每天早上八点送去，下午四点半接回来。

苏言的心里有个声音在告诉她，人生最痛苦的阶段已经熬过去了。从此以后道路宽敞，她会加倍努力，在路边种满鲜花。

她准备退掉租的房子，细心考察了很久，计划用全部积蓄在重点学区买一个小户型，这样以后幼儿园、小学、初中，都不用变动。

白天她时间充裕，在规划范围内搜寻合适的户型，附近所有小区、待售楼盘几乎看了个遍，还是没有合适的，不是房子太旧，就是价格超出了她的能力范围。

苏言某天和陆青乔一起吃饭，提起这件事，陆青乔忽然说有一个房主想卖房子，还没挂牌出售，也没联系中介。

"那我能去看看吗？"

陆青乔叉着意大利面，眉头皱起，似乎想起了不太美好的记忆，说："你要是买这个的话，要重新装修。"

"室内很破烂？"苏言准备买二手房，就是想拎包入住，所以房子不能太旧。

陆青乔赶紧摇摇头："不破，我觉得装修特别好，一看就是花了大价钱的。"

"那怎么……"

"唔……"陆青乔犹豫了几秒，"就是那种单身人士住的地方，全都是开放式的，连厕所门都是透明的。"

这倒没什么，苏言打算去看看。

陆青乔是在电话里约时间的，因为房主是裴叙的朋友，得通过裴叙联系。最后，看房时间定在周末。

苏言那天穿着随意，一身舒适长裙，头发也留长了。

其实，她知道，就算她一点也没变，周远川也认不出来。

周远川还是两年前的样子，没有多大的变化，非要细看的话，就是眼角的皱纹多了一道。

他还没说话就先笑了，露出标准的八颗牙齿："你好，你好，我姓周，你是青乔的朋友吧？"

苏言从震惊到平静，只用了一秒。她伸手，和男人递过来的手交握，平静地说："你好，周医生，我是苏言。"

直到两人进了电梯里，周远川才惊讶地问："你怎么知道我是医生？"

不等她回答，他便自己想到合理的解释："我身上有消毒水味？"

他捻起衣领左右闻了闻，说："没有啊。"然后他恍然，"是青乔告诉你的吧？"

苏言没说话，只是微笑。

电梯快速上行，周远川见她不说话，只当她是默认。

进屋，看房，一切都很顺利。

苏言站在透明的厕所门口往里看，洗手池、墙壁、地砖都是大片的白色，和外面的深色简约风格格不入。

周远川笑着解释："因为我讨厌狭窄密闭的空间，装修的时候想着反正一个人住，就全都做了敞开式，有安全感。"

这个解释很完美。他一点都没变，甚至对于她这个陌生人也很坦诚。他就像加州海岸边的开朗男孩，从出生就沐浴在阳光下，身上看不到一丝被生活捶打的痕迹。

她有些羡慕。

反正是陌生人，还是可能买他房子的买主，多问一些应该没关系吧？

苏言脱口而出："那为什么还要卖呢？是找到别的安全感了？"

她有时候觉得自己挺矛盾的，也不知道是不是在家待得太久，和社会脱节不说，脑子有时也迟钝，比如现在，她觉得自己问得随意又隐晦。她正窃喜时，却对上他打量的目光。

一对视，苏言忽然泄气，这大概触及隐私了。她想说抱歉，又觉得说了之后自己也承托不住刚才刹那而起的心思。

好在周远川马上恢复笑脸："算是吧。"

她的心没来由地一紧。

周远川倚在门边，看她的眼神已经从疑惑的打量恢复如初，也是他随意惯了，对待谁都一个样。

"因为工作调动，换了离得近的房子。"他又夸张地补充，"厕所超大，门依然透明。"

苏言也不知自己是被他这种夸张描述逗笑，还是被从话里提取的意思逗笑，总之，心情莫名其妙地变好。

她大致看完房子，和他一起下楼。

周远川也不像急着卖房一样，出了电梯，叫住苏言："吃饭了吗？门口有家川菜不错，你吃辣吧？"

这个插曲太意外，苏言微微有些愣怔。她是超慢热的人，今天的偶然重逢已经够她独自回味一个月，如果吃饭的话……

她犹豫了，主要是有自知之明。年龄、身材、脸蛋、现状，哪一项拎出来都不在婚恋市场，这样的她，怎么会有男人主动约饭？

周远川看她纠结，歪头打量她的脸，狡黠地说："因为我记得你。"

苏言不习惯和人靠得太近，耳根有些发烧。

没想到，时隔两年，他还能记得。

可惜那时的她太狼狈，往事不堪回首。

他兀自说着："帮青乔搬家的时候，我也在，就是没下车，透过车窗看到你了。"

原来是另一次。

苏言没想到会错意，有些慌乱，用手捋了下耳边的碎发，小声说："这样啊……"

夏日微风习习，两人站在树荫下，没有太阳的照耀，苏言觉得手臂发冷，不自然地用手掌搓了搓。

周远川向后挪了一步，示意她也站过去。

苏言慢慢走向他。

他看着她，像念诗一般轻声说："那天，也是这样的初夏，你穿着一条白色碎花长裙，从楼上跑下来，塞给青乔一束黄玫瑰。"

苏言愣住，有些不大习惯他这样的语气。

他却开朗，阳光也溢满眼底："既然是老相识了，能赏脸一起吃个饭吗？"

苏言心乱了。

不管多大年龄的女人听到这种浪漫的对白都会狠狠心动，心动之余，却也没忘记自己并不是自由的人，她是单身妈妈。"母亲"这个词总是凌驾于一切之上，想要跨过那道门槛看看门外的风景，最基本的是坦诚。

她笑了笑，有些抱歉地说："我时间没有那么多，等会儿还要接小孩放学。"

周远川神色不变："幼儿园放学是下午，现在……"他指了指正

274

当空的太阳，"我也很少会花两个小时吃饭。"

苏言心底的湖水荡起涟漪。她卸下所有,坦然地直视他明朗的眼睛:"万一我是已婚呢？"

虽是问句，但答案已经在语气里。

周远川抿了下嘴，眉间溢出慌乱，语气有些不确定："两年前,在医院时，你说你已经离婚了。"

他果然记得！

苏言压住陌生的雀跃，很干脆地回答："离了。"

她又反问他："你呢？"

周远川终于松了口气："我也早离了。"

正午，他们在阳光下站得久了，露在外面的皮肤微微有些灼热。

周远川看着她已经泛红的手臂，再次提出了邀约："走吧，我们去吃饭。"

苏言笑着点头："好。"

八月末，高一开学，天气格外好。

大批家长聚集在校门口，等学生报到结束后进去开家长会。

裴叙站在路口，拿着手机，不停拨号，却无人接听。

十几年来，他以为自己习惯了父母的冷落和忽视，可是几十次未接电话摆在眼前，宣告他依然对他们抱有幻想。

群消息通知不停，班主任再三强调，第一天开学，家长必须来。

人行道边，阳光刺眼，校门口黑压压的人群更刺眼，他就像是生活在阴沟里的老鼠，成绩好有什么用，没有人为他骄傲。

红灯亮，一辆货车稳稳停下。

陆勇开车，黄桂花坐在副驾驶，身子向后探，喋喋不休："陆青乔，高中这三年特别重要，你必须给我打起精神来，不能像初中那么放纵了。"

陆青乔嘴里叼着棒棒糖，敷衍地应了一声。

黄桂花看她这种态度，按捺住想抽巴掌的冲动，咬着后槽牙说："听话，好好学习，成绩提上去了，你想要什么我都给你买，绝不食言！"

夏末，温度舒适，货车的窗户大开，女人的话一字不落地飘进裴叙的耳朵里。他站在人行道中间，转头，透过玻璃看车里的一家三口。

男人憨厚，女人嗓门大，孩子坐在后座，勉强看到模糊的身影，唯一能确定的，是个女孩。

绿灯闪烁，他收回目光，大步往前走。

上午十点，家长会正式开始。

教室里黑压压一片，坐满了家长。裴叙穿着校服，坐在靠窗的第一张桌子上，在一众中年人中显得格格不入。

班主任还没到，家长们七嘴八舌地聊着天，他从嘈杂的声音里听到熟悉的语调。

"哎哟，我对我家青乔要求真不高，不求她学习多好，在班里占中等就行，我生的孩子什么样我自己知道，唉，别提了，操不完的心……"

裴叙回头，看到几个中年女人凑在一起聊各自的孩子，说话的女人穿着一身花布长裙，头发用鲨鱼夹固定。他看着那头上的夹子，想到早上车里的一家三口，淡淡地收回视线。

高中正式开始。

第一次月考排名公布，裴叙的名字在榜首。老师美滋滋地在上面贴了个卡通皇冠，因为他不仅是班级第一，还是年级第一。

十八个班呢，可不是开玩笑的。

经此一考，他在班里的地位"一人之下万人之上"，能者多劳，身居要职，同时担任物理、数学、英语三科的课代表。

还有五分钟下课，他去收作业。

他手里捧着收上来的一摞，走到第四排。陆青乔如临大敌地盯着桌上的两本物理作业，一本是写完的，一本是空白的。

她写字极快，甚至不用看，三下五除二就把答案照搬到自己的本子上。

她写完扔笔，合上本子，贴心地送到裴叙手里，疲惫地擦汗，如释重负地和同桌说："先别管我会不会，我能在这么短的时间抄完就是奇迹！"

班级排名已经刻在了裴叙心里，他只用三秒钟就找到了她的名字。

陆青乔，排名第三十六，班里有五十个学生，这个名次属于中下游。

看来她妈妈要失望了。

在他看来，陆青乔的父母要求一点都不高，想要达到毫不费力，只是……换成陆青乔就格外难。

她的名次忽上忽下，努力一阵子考到中等，她马上犒劳自己，吃好的用好的，舒坦到下次考试，不出意外，一定会考砸。

裴叙把收上来的作业送到办公室，老师不在，桌上放着还没批改的期中考卷。他放下作业本，一张一张拾起，找到陆青乔的名字。

他抽出来，粗略扫了一眼，在心里估算分数，嘴角上扬。

下半学期开始，陆青乔没有好日子过了。她丧着脸，趴在桌上背文言文，要背的东西太多了，背着背着就睡着了。

老师对上裴叙的脸时，笑得如沐春风，视线一转，看到后面趴桌的陆青乔，想到教师节收到的"嘱托"，笑意散去，狠狠敲了一下讲台。

"陆青乔，你给我上后面站着去！"

裴叙一直关注陆青乔的成绩，也说不清自己是什么心理，他从没经历过这些，不自觉地通过她来弥补这方面的空白。

成绩提升了，她爸妈一定会给她买礼物，满足她一大堆奇奇怪怪的要求；成绩下降，她马上夹起尾巴假装很努力，实际上却在课堂上开小差。

挺有意思。

他独来独往，没人知道他心里在想什么，包括陆青乔。

他们几乎不说话，虽在同个班级，却和陌生人差不多。交流也是固定的，他去收作业，面无表情地看着她狂抄，然后拿走。

她呢，总被老师揪住小辫子，被罚去值日。出于学渣的自觉，每次擦地到他那里，她气势总会矮下半截，小声说："麻烦抬下脚。"

他抬眼，看到她秀气的鼻尖溢出薄汗。她注意力全在拖把上，迅速抢了两下，又说："擦好了，脚放下吧。"

这样的日子持续了两年，直到高三再次分班。

最后一年了，一切都按成绩来，陆青乔被分到十六班，裴叙在火箭班。

本以为两人再也不会有交集，却在开学的第一天，在自家的楼道里，这个从没想到的地点，和她撞了个满怀。

即使过去十几年，裴叙依旧清晰地记得那一幕。

那时的她是什么样子呢？花季少女，心虚、紧张，清晨的阳光透过窗户照在她的脸上，青春洋溢，发丝飞舞，他能清晰地看到她的睫毛，甚至还有皮肤的纹路。

那个他一直观察的女孩，在认识两年后，终于和他对视。

她递过来蓝色保温杯，讨好地说："裴叙，你喝不喝豆浆？"

突如其来的亲近让他很抗拒，他从小孤僻，不懂如何交朋友，也不知道怎样和同龄人相处。他板着脸，生硬地拒绝。

没想到的是，从那天以后，她就变成橡皮糖，分班的怅然还没扩散，她就搬到了他家楼下。

蓝色保温杯里装满豆浆，女孩趁他不注意，一次又一次地塞进他的衣兜或者书包里。课间休息，他打开杯子，热气升腾，带出淡淡的甜味。

他有些害怕。

他害怕建立亲密关系，害怕熟悉了之后让她看到自己最真实的模样。毕竟，连亲生父母都厌弃的人，会是什么好人呢？

他依旧独来独往，维持一贯的冷漠，甚至故意制造了一些不愉快，希望她知难而退。

如他所愿，她消失了。

世间的所有相遇都是人为创造的，她退缩之后，哪怕班级紧挨着，睡觉的床只隔着一层楼板，两人竟再也没见过。

他本该高兴的，心里却没有出现开心的情绪，而是怅然若失，好像弄丢了什么重要的东西，夜不能寐。

他打开窗户，探出头，企图听到楼下的声音，或是她的声音。

那是一个失望的夜晚，也是失眠的夜晚，天还没亮他就出了门，楼道里好似被薄雾笼罩着，灰蒙蒙的。

他停住脚步，倚在栏杆边，静等。

半个小时后，她出门，见他在门口，呆滞了几秒，干笑着说："裴叙，好巧啊。"然后从衣兜里掏出一盒牛奶，谨慎地看他的脸色，"我家豆浆机罢工了，咱们以后喝牛奶吧。"

短暂失联后的关系因为这盒牛奶重新建立，压在裴叙心上的石头倏地消失。

"好。"他伸手，在她惊讶的眼神中接过牛奶。

从那天开始，裴叙决定对陆青乔敞开自己。他看了很多书，在书里找到怎样和女孩相处的答案，烂熟于心的步骤，却在面对她时烟消云散。

他看着她眉飞色舞、激情澎湃地讲一堆他听不懂的韩流，看着她一脸假装的可怜相，求他把作业拿出来救她一命。

而他依然像从前那样，视线定格，默默地观察她。

这是他一个人的独角戏，戴着不怀好意的丑陋面具，但那又能怎么样？

以后的日子很长，她总有一天会知道他的心意，知道他在十九岁的那年着魔似的在脑海里编织他们的未来。

　　就算后来她不告而别，消失在他的生活中，他也依然坚信，总有一天会重逢。

　　直到得知她即将结婚的消息。

　　如今再回忆，那段日子是空白的，漫长的路程没有留下痕迹，他只记得自己置身大红色的喜宴中心，视线正对着空荡荡的礼台。

　　她竟然不在，有些荒谬。

　　时间在那天定格，他把过往的种种珍藏在心底的角落，再次封闭自己，决定放下。

　　可是，为什么会来加拿大？有时他想，难道就非她不可吗？

　　几年后，在这个被大雪覆盖的边境小城，他坐在车里，看到魂牵梦萦的脸出现在眼前的那一瞬间，他确定，非她不可。

　　她结婚的事实先入为主，加上分离的十年空白，怨气和思念纠缠在一起，他久违地夜不能眠。

　　他像打碎了一瓶陈年老醋，大脑被占有欲填满，理智和冷静被抛到脑后，忽略了很多明显的漏洞。

　　他茕茕孑立，藏在心里的阴暗小人却在张牙舞爪。

　　误会解除之后，他有很长一段时间拒绝见林跃。他亲手把林跃塑造成十恶不赦的敌人，到头来，竟都是他自己的错。

　　再怎么避免，最后还是见到了。

　　产房门口，林跃紧张到脸色煞白，焦虑地转了几圈之后，舔舔唇，坐到裴叙身边，不自在地说："我还想，以裴总的身份，肯定得去高级的妇幼保健院生呢。"

　　裴叙目视前方，淡淡地说："提前发作了。"

　　林跃干笑："怪不得。您看，这可真是缘分啊，我老婆和青乔都在里面，咱们的孩子以后是一届呢。哎，也不一定，你们的孩子得去大城市上学吧？"

　　裴叙缓缓呼吸，不得不说，有这么个人在旁边说话，紧张的情绪缓解了很多。他转头看了看林跃，又看向手术室的门："听青乔的。"

　　"哦，呵呵，巧了，我家也是都听小红的。"

　　林跃已经好久没见到这尊大佛了，就算最好的朋友和他结了婚，也没能摆脱他刻在自己心里的罗刹印象。自己是能躲就躲，但没想到在这种地方遇见。

林跃拽着袖口擦汗，努力克制想拍马屁的冲动，好在门那边有了动静，护士推门出来。只见眼前一道残影，再抬头，裴总已经站在了产房门口。

林跃莫名其妙地看了眼旁边的空座椅，心想：裴总看着挺淡定的，原来也是硬撑啊。

裴叙拉着护士，急声问："怎么样了？"

护士笑着说："生了，是个男孩，七斤二两。"

裴叙面色紧绷："我是问大人。"

护士恍然，看了看病历单，问："杨春红的家属是吧？"

林跃刚好赶到，听到自己老婆的名字，他声音发抖："我，我是杨春红的家属。"

护士看了他一眼，点头："生了，男孩，母子平安。"

林跃又哭又笑，握着护士的手说了一大串感谢，护士恭喜的话还没说出口，门又开了。

一个年长的护士探头打量门口的这几个人，问："陆青乔的家属在吗？"

裴叙大步过去："在，我是。"

"女孩，七斤，妈妈状态很好，叫爸爸进去呢。"

五年过去了。

办公室很安静，裴叙靠着椅背，手指轻击键盘，打下最后一个句号。

他从女儿出生后开始写日记，本想记录女儿的成长，谁知道写着写着，总是回忆起少年时代的往事。

如果陆青乔没有搬家，没有递给他保温杯，他们就是两条不会相交的平行线。

幸好啊，幸好。

他重新打开文档，在完结的句号后面打下两个字——

谢谢！

大家都说陆青乔运气好，是她高攀了，他却在上百篇日记的末尾认真地打下"**谢谢**"这两个字。

陆青乔不喜欢他说谢谢。

她皱眉："我们是夫妻，天天说谢谢累不累啊？"

他亲了下她的脸颊，在她耳边轻声说："不累。"

陆青乔吓得后退，看了眼周围，好在这是二楼，还是监控死角，她埋怨地瞪了他一眼："想亲回家亲。"

他得逞地弯唇："好，说定了。"

—全文完—